# 凝望浮光的季節

# 冬雨

THE WARMEST WINTER

東燁（穹風）著

那年，我們或許還不懂愛情，卻早已懂得從彼此的臂彎中，找到繼續尋愛的勇氣。

黎明乍顯前，我們紛走於撩亂、漆黑，而荒涼曠野間，
像迷途的孩子，尋覓著一個方向。
面對接下來即將耀目的光，卻忘了抬眼有星空璀璨的美。

那年，一個我們凝望浮光的季節，
只是還不懂愛。

01

晨間有霧，瀰漫在城市街道與建築看板間，白濛濛的，似乎也將晨起通勤的人車聲喧掩藏了少許，顯出難得的靜謐感。楊韻之裹著圍巾、戴了粉紅與白色相間的毛帽，再加上一對大耳罩，看來頗具北國冬季那些女孩兒們特有的模樣，但其實室外雖冷，卻也還有十七八度，並不真有那麼嚴寒，只是她生性就怕冷。

下了車，朝車內握著方向盤的男人一揮手，也不管那男人對一個告別吻的期待落空，轉身逕自趕路進校門口。已經過九點，她遲到了十二分鐘。雖然沒有跑起來，但邁開的步伐也不小，身上的毛料窄裙並不適合奔跑，而奔跑的狼忙樣也跟她通常所展現的氣質美不相符合。然而儘管只是快步走路，當抵達學聯會的會議廳時，卻也已經披頭散髮，氣喘吁吁。本來加快腳步趕來，就是為了那已經耽擱的時間，但此時她又忽然停步，並不忙著推門入內，反而撥順了髮絲，還拿出鏡子來稍微檢視一下自己的妝容；此外，她還摘下耳罩，想聽聽裡面的動靜，如果天下太平，那她就可以以自身特有的靈性與典雅之姿，走進這場會議，反之，那最好就低調點，改由側門入內比較好。

站在老舊建築裡，這不甚明亮的走廊間，隔著一扇褐色老漆都斑駁的木門，楊韻之側耳，似乎有幾個男人正在和氣地說著話，那表示目前狀況應該很和諧。她定了定神，伸手推門，但門縫剛開啟二十公分，立刻就發現情勢不妙，那幾個本來正說明著什麼事情的男生，都在座中一個女子輕咳一聲後，頓時鴉雀無聲。

「要我評價嗎？」留著整齊而俐落的短髮，雙眼透出俐落而冷峻的目光，駱子貞即使身形瘦削，卻是座席中誰也不能忽視的存在，她流暢地轉動著手中一枝用了好多年的派克鋼筆，漂亮的圓弧形在旋轉中，她先看向主席座位那邊，又看看座中十幾位幹部，以及今天同來列席的各系學會會長們，清了清痰，以不帶任何情感的語氣說：「一面活動旗幟做得有多像招魂幡，這個我們就先略過了，學聯會跟各系學會在活動中欠缺溝通，一堆嘉賓跟學生們找不到座位所導致的兵荒馬亂，我們也可以暫時不談，光是看看各部門間，那些毫無章法的布置與措施，以及活動開始前，你們對廠商安排的燈光、音響，完全缺乏事前檢測，而讓整個活動過程充滿十面埋伏的緊張氣息，我多麼希望那些全都是你們刻意安排的戲劇效果……」一臉絕望的表情，駱子貞停止旋轉鋼筆的動作，反過來用筆頭敲敲桌上那份報告書，說：「至於這場檢討會，以及開會之前，我所收到的那份各部門檢討報告書，老實說，我還真盼望這一切都只是夢。」

「學姊……」有個活動組的學妹顫巍巍地舉起手想發言，但駱子貞沒有理會，她纖細的手腕一擺，不讓對方解釋，卻直接站了起來，好看的白襯衫搭配黑色皮質背心的影子在眾人眼前一掠，她說：「以我們對災難的定義來檢視，我個人認為這次系際盃歌唱大賽的內容，確實非常完美，簡直沒得挑剔，你們都辛苦了。」

在這悄無聲息的會議室中，駱子貞雙目如電，環掃過眾人，只見那些平常走起路來無不威風八面的各系會長們，人人此時都是臉上無光的黯淡模樣。她吐出一口胸中濁氣，留下最後一句：「麻煩下次活動，請各位除了揮霍預算之外，還是稍微再多用點心表現吧，謝謝。」說完，她直接離席，但才走了兩步，就與一臉尷尬、正想偷偷入座的楊韻之對上了眼。

「如果妳今天負責的是遞送茶水，那手上就應該有一塊托盤；如果妳是來走秀的，那麻煩跟妳的設計師再討論討論，這屋子裡面熱得很，溫度起碼有二十五度以上，應該不需要戴耳罩才對。」說著，她打量了一下楊韻之披在肩膀上那條兔毛皮草圍巾，還丟下一句：「恕我冒昧提醒妳，拿動物屍體來當裝飾的方式，真的已經過氣很久了。」

一場學聯會主辦，邀請各系學會共同參與的校園歌唱大賽，在學校中沸沸揚揚地展開，一直鬧了幾個月，直到上星期才落幕，這一切是不是真有那麼慘不忍睹，當然見仁見智，但誰都知道，駱子貞自從擔任副會長至今，她從來沒有對任何一次活動感到滿意——如果那活動不是她親自操刀的話，而事實也證明，從系學會轉戰學聯會，從小單位到大單位，從小活動辦到大活動，她一次都沒失手過。在這所學校裡，提起駱子貞三個字，任誰都得敬佩三分，也都得畏懼三分。

會議不能中途結束，但大廳內眾人面面相覷，卻是誰也說不上話，學聯會的會長好不容易接過麥克風，期期艾艾了半天，才勉強把整個氣氛再抬活些，而楊韻之將一份手中的檢討報告偷偷遞給了她所屬的中文系學會會長，完成任務後，自己則趕緊又溜了出來。

「我是說真的，皮草圍巾確實已經不流行了，做人不要這麼浮誇好嗎？」站在一樓中庭，駱子貞沒有馬上離去，等楊韻之下來後，她冷不防地從後面跟上，一開口就讓楊韻之嚇了一跳。

「幹嘛為難我們這種送快遞的小妹，而且還是在大庭廣眾下，妳好歹給我留點面子吧？」楊韻之忍不住抱怨。

「給妳留面子？那誰來給我留面子？我才請假兩個星期，一回來就看到原本企畫得非常好的一場大活動，給他們搞得面目全非，妳怎麼不去問問會議室裡面那幾十個尸位素餐的傢伙，為什麼他們拒絕用人類的眼光或智慧來思考事情？為什麼他們不給我留面子？」駱子貞說話非常快，半點沒有開玩笑的意味，卻讓楊韻之笑了出來。一邊說著話，駱子貞打開自己的包包，從裡面拿出一條淺紫灰色的針織圍巾，解下楊韻之那條華而不實的兔毛貨色，取而代之，幫她圍了上去。

「這跟我衣服顏色不搭呀。」楊韻之皺起眉頭。

「總好過感冒看醫生吧？」駱子貞白她一眼。

經過一片中庭的花草，踏上階梯，繞出後門，映入眼簾的是不遠處的文學院小劇場，那兒擺了好幾張工作桌，不少穿著制式上衣的學生正來去穿梭，準備該晚的演出活動。楊韻之湊過去看了，回來說是吉他社，今晚有聯演。

「李于晴會上台喔，要不要一起去看？」她問，但駱子貞搖頭，提醒她，今天晚上同樣也有另一場活動，就在體育館，那才是真正不能缺席的盛會。

還沒踏進館內，就已經先聞到一股汗臭味。駱子貞平常最不喜歡來這兒，她嫌那些滿場奔馳的人總是個個四肢健壯，卻也頭腦空空，除了把自己搞得滿身汗臭髒汙之外，也沒半點長處。對於這種批評，楊韻之極為贊同，她也是除非體育老師要打分數，否則絕不下場運動的那種人。

兩個人站在體育館門口，望向裡面正認真練習的一群排球隊員，但看了半晌，卻沒看見今晚也要上場的那位主角，楊韻之正想忍著臭味進去問問，卻聽見背後有人叫喚。

「妳這次失心瘋又是為了什麼？是汙染地球的塑膠玩具，還是妳根本用不到的鍋碗瓢盆？」駱子貞依然口齒犀利，她問那個手上提了兩只連鎖超商的大袋子，裡頭滿滿裝著飲料的程采。

「妳怎麼知道？」程采一愣，她已經上氣不接下氣，多虧楊韻之在旁邊幫她接過其中一袋，但也僅只接過而已，立刻又擱到地上去，對一個披著奢華皮草的文藝美少女來說，提一大袋飲料是有失形象的事，她幹不來。

「體育館外面一整排販賣機，什麼都有，就只差醬油妳買不到，但妳卻大老遠跑到超商去，如果不是為了點數，就是為了男人。」駱子貞冷冷地說著，但她一停，又說：「當然，也或許是女人。」

程采嘿嘿一笑，她說買這兩大袋飲料所換得的點數，已經足夠她換到兩個撲滿、一個時鐘，以及一對馬克杯，不過這樣還不夠，因為全系列的贈品實在太多，她起碼還缺三十張點數貼紙。

「等妳哪天死的時候，我會特別交代妳爸媽，那些都是妳的陪葬品。」跟在程采背後，三個人一起走進館內，駱子貞還沒打算停止抱怨，又說：「不過我看一具棺材可能裝不下那麼多雜物，統統埋進地下也很浪費空間，妳如果願意考慮火葬，用燒的也許方便點？」

程采跟楊韻之面帶苦笑，幾個好朋友之間，都早已習慣了她這種講話方式。駱子貞生來就有一張講不出好聽話的嘴巴。會這個樣子，是因為她自從大一以來，就憑藉著過人的能力，在學校的各項學生事務中不斷嶄露頭角，睥睨天下；而她不是只空有嘴上的批判能力而已，更重要的是，她總能在一陣毒舌後，又針對事情，提出更好的解決辦法，讓別人心服口服。

就像眼前，即使駱子貞吐出來的句句都很刺耳，但話剛說完，才走進館內，她從包包裡掏出的，赫然就是一疊超商點數貼紙。

「這哪來的？」程采又驚又喜，歡叫一聲，比打贏了任何一場排球賽都要開心。

「路邊撿的。」沒好氣地，駱子貞說。

那一疊點數是她今天一早到超商繳費，順便添購家裡的飲料、餅乾等日用品時所得來的，本來在社區後面的超市採買這些東西會更便宜也更方便，但就是為了程采，她才多花了點錢，也忍受著手提重物走上好一段路的辛苦，一口氣趕在點數兌換到期之前，都幫她蒐集到手。

歡天喜地，也不管隊友們正在勤練，程采拿出點數貼紙的蒐集紙，蹲在角落，一張張地貼了起來。楊韻之好奇地問，而駱子貞才說起早上採買的事。講著講著，她忽然一瞪楊韻之：「說到繳費，妳們知道這一期瓦斯費用是多少錢嗎？六千！足足六千。我現在警告妳們，」說著，腳一踢程采，要她回神注意聽，駱子貞說：「妳們如果有人想開瓦斯自殺的話，麻煩窗戶關好，以提升致命的目標達成率，否則，拜託洗澡時間控制一下，不要糟蹋地球資源，好嗎？」

「不是我，我洗澡一向很快。」程采立刻搖頭。

「我是洗得慢了點，但我洗澡水溫不會太高，瓦斯消耗量也不會太大。」楊韻之一摸自己漂亮的臉蛋，說：「太燙的洗澡水會傷害皮膚，這我可是非常介意的。」

「不然難道會是我？」駱子貞又要生氣，但與此同時，楊韻之跟程采卻不約而同地伸出手指指門口的方向，一個微胖的女生正上氣不接下氣地跑進來，她喘息的表情有些猙獰，但還沒搞清楚狀況，就被駱子貞一把抓住，惡狠狠地警告說：「姜圓圓，我現在鄭重地提醒妳，如果妳再在浴室裡多浪費我一度的瓦斯，以後不用熱水泡了，老娘下回直接在廚房的瓦斯爐上把妳煮熟，聽到了沒有！」一聲喝，讓這角落瞬間一片靜默，不只是姜圓圓，就連站在旁邊的楊韻之跟程采都一起立正站好，乖乖點頭。

我們沒有誰是誰的唯一，因為我們是「我們」。

原本說好了，在體育館看完練習後，四個人要一起到校外一隅那家小咖啡店去的，然而最後卻少了一個人。

「妳也別怪她了，程采這個人向來都這樣，難道妳還不曉得？」楊韻之試著寬慰，但駱子貞冷笑了幾聲，根本不置可否。

方才一行人正準備離開學校，程采換下了排球運動服，拎著包包要走時，先有一個男生闖了進來，程采眉頭一皺，轉身就要往更衣室躲，而駱子貞眼乖，立刻察覺其意。那男生應該也是本校的學生，但鬍碴滿臉，容顏憔悴，一開口就說他想找程采把話談清楚。

「如果你想找她談的事跟感情有關的，那我建議你可以省省了，因為她是不會跟你談的。程采能跑能跳，能打球能吃飯，還能闖禍跟扯淡，但就是不會處理這種問題，所以你就算找到了她，也絕對談不出個所以然來。」攔在那男生面前，臉上猶自帶著微笑，然而那種冷冷的笑，卻像一堵高聳堅固的隱形牆，給那男生碰了一鼻子灰。駱子貞說：「因此，如果她已經到了不想見你的地步，那就表示你也到了可以清醒清醒，應該放棄，要趕快忘了她的時候了。相信我，你們是不適合的。」

「妳是誰？妳又不認識我，憑什麼說適合不適合？」那男生情緒有些過激，但駱子貞絲毫不為所動，微張著手，沒讓對方越雷池一步，擋在更衣室外，只用一句話，讓對方非得垂頭喪氣地離去不可，駱子貞說：「因為在天底下，你不會找到任何一個在愛情裡真正適合程采的人。」

輕描淡寫的幾句，已經擺平一個麻煩，但楊韻之跟姜圓圓來不及歌功頌德，程采也才剛探個頭出來，慶幸自己逃過一個大麻煩，甚至連駱子貞都還沒開口抱怨，只見體育館外面又進來一個乍看之下還以為是男生的女孩子，東張西望一下，又說要找程采。

「這是男的嗎？」非常小聲，楊韻之問姜圓圓，而駱子貞搖頭代答：「笨蛋，女的。」

後來程采就跟那個男人婆走了，只剩下三人離開學校。楊韻之從頭到尾不住納悶，她納悶的不是程采這種忽而愛男人，忽而又愛女人的性格，而是到底什麼樣的個性使然，會讓肯定是男人的男人，跟委實太像男人的女人，都喜歡同一個人？

「妳不需要知道那些赤裸裸的真相，妳需要的只是努力虛構一個又一個浪漫的世界，來欺哄那些流連在網路上、少不更事的少男少女們，掉進妳文字的陷阱裡面，乖乖掏出銀子來買書就可以了。」駱子貞啜了一口咖啡，她喜歡喝奶泡綿密的卡布奇諾，上面灑滿讓姜圓圓豔羨無比的可可粉，「但前提是妳那些風花雪月的故事，得真的有認真寫完，不能老是開個頭就夭折，而且還得要找到出版機會才行。」

「寫作者多多少少是需要一點社會責任的。」楊韻之抗議。

「這種事等妳真的成名了再說還不遲。」但駱子貞根本沒在乎，她說：「妳別連一本書都賣不出去，還得出門化緣，乞討求生，造成不必要的社會負擔，政府就自然會很感激妳了。」說著，她放下咖啡杯，低頭繼續看雜誌，表示這個話題已經沒有繼續的必要，只剩哭喪著臉的楊韻之，跟差點笑翻的姜圓圓。

程采的長相其實並不十分特別，要論美貌，楊韻之的才女風采，再加上她永遠是刻意打扮過後才出門的模樣，那才是迷倒眾生的魅力，像程采那種一頭要長不短的妹妹頭髮型，臉上偶爾冒出幾顆小痘子，有時還搭配一副醜不啦嘰的黑色膠框眼鏡，駱子貞經常嘲笑她，如果想回到上個世紀五〇年代，去當那時候的大學生，那乾脆連衣服都換成藍色的旗袍造型，再搭一雙黑皮鞋算了。

可是就那麼奇怪，即使從來沒在外型上多所用心，但程采的異性緣從來都不差，她吸引的對象永遠是那些超有型的男孩，以及帥氣英俊的女同志，對此，駱子貞的毒舌又發作了，她建議程采下回要跟那些人約會時，最好都戴上安全帽，或者乾脆拿面強化玻璃罩子把自己封起來，免得別的女人看不順眼，會朝她丟石頭磚塊，甚至潑一瓶硫酸過來。

到底為什麼呢？楊韻之永遠有人追，而且追她的都是有錢公子哥，這點可以理解，但瞧程采那樣子……駱子貞以前很納悶，直到後來有一次，看見排球比賽裡頭，個子不算挺高的程采換上戰袍後，縱橫場內，發球、救球，以及展現驚人毅力與拚鬥精神，弄得渾身髒汙的模樣，她忽然就明白了，也許外在從來都不是最重要的，程采之所以吸引人，是因為那股專注與癡狂的眼神。

這種眼神並不多人有，尤其是在這年頭的大學生眼裡，簡直比捷運出軌的機率還低，或許這也是能讓駱子貞忍受著難聞的氣味，夾雜在人群中看比賽的緣故，即便是她，也喜歡程采的這種眼神，所以當球賽開打之初，兩隊互有來往地拚殺激烈時，她也忘了自己的身段，賣力加油吶喊著。

不過可惜的是，這場比賽她終究沒有看完，眼見得比賽中段之後，己方校隊幾乎是一面倒地壓制對方，這種戰局不用看到最後也知道穩贏。她喊也喊累了，這才中途離席，在夜晚微有薄霧的校園裡穿梭過，又回到小劇場。與外面沉靜的氣氛截然不同，小劇場裡打亮了燈光，同樣人聲鼎沸，尤其在李于晴的表演結束後，掌聲不斷時。他在舞台上站起身來，一手抓著吉他，對台下觀眾彎腰行禮致謝。

「我還以為南天門的四大天王應該會同手同腳，串在一起出現才對，怎麼只有妳自己？」大約等了十五分鐘，李于晴這才從側門鑽出來，肩膀上還揹著吉他。

「就算南天門真的有四大天王，也不會吃飽撐著把大家綑在一起，還跟提粽子一樣拖著走。況且，你這種程度的演出，有什麼資格吸引四大天王一起到場加油助陣？

別開玩笑了好嗎？」駱子貞說：「我只是因為收到簡訊，才想過來預祝你演出順利而已，不過既然都已經表演完了，看來我這句祝福也可以省下了。」說完，她轉身就要走。

「別這麼不近人情，難怪人家都說妳沒朋友。」李于晴笑了笑，追上一步，還伸手抓住駱子貞的手臂，但被她回眸瞪了一眼，趕緊又把手放開。

「我沒朋友，不是因為我不近人情，而是因為我討厭浪費時間、糟蹋生命，去跟那些閒人聊太多無關緊要的廢話。」

「我也是無關緊要的閒人嗎？」李于晴的表情很認真，不像方才的玩笑，他指指駱子貞背後的幾個人，又說：「我跟她們一樣，都有一顆腦袋，都有雙手雙腳，還經常在妳們吃完消夜後，擔任買單付帳的重要角色，為什麼她們就是妳的朋友，而我就非得在額頭上被貼一張標籤，放在無關緊要的閒人專屬的那個抽屜裡？」

駱子貞一愣，回頭，原來排球賽已經結束，連程采都換回了便服，跟楊韻之、姜圓圓站在一起，不知何時就已經在她背後等著，正笑吟吟地看著眼前這對唇槍舌戰的男女。李于晴搖搖頭說：「妳的名字叫作子貞，不是恐怖電影裡的貞子，殺氣不要那麼重，可以嗎？」

這話不說還好，一講出來，本來就沒好臉色的駱子貞一張臉瞬間垮了下來，即使站在她背後，連楊韻之她們三個都彷彿感受得到殺氣。這是一個不能開的玩笑，就算誰吃了熊心豹子膽，也不能把駱子貞的名字拿來跟鬼片裡的貞子玩文字遊戲，誰要是犯了這個大忌，後果可不堪設想。

「大鯉魚，你吃飽撐著是不是？活得不耐煩了嗎？到底有沒有大腦呀你！」就怕當事人可能失去理智地動手揍人，姜圓圓倒是機靈，立即跳出來罵人。

「關妳屁事呀？講到妳了是不是？沒事妳跳出來講什麼話？」駱子貞果然發起了脾氣，但她沒有立即針對闖禍的李于晴，反而先罵了姜圓圓。

那瞬間的氣氛僵到極點，姜圓圓本以為自己跳出來說上幾句，就能幫駱子貞發洩發洩的，不料自己竟成了代罪羔羊，正一臉沒奈何，而眼看楊韻之跟程采幾乎雙腿發抖，誰也不敢再多說上半句話，只見小劇場那邊幾個人忽然湧了過來，大概是節目階段性的休息時間，幾個看來就像大一新生的小女孩擠到了這邊，是想去跟剛剛有精彩演出的李于晴攀談吧，有人推了姜圓圓一把，還有人不客氣地說了句：「欸，胖子讓開點好不好？」

「叫誰胖子？」駱子貞眉頭一皺，也不管姜圓圓欲哭無淚的表情了，她走了兩步，擋在那個出言不遜的小學妹面前，她面若冰霜，殺氣全寫在臉上，「妳剛才叫誰胖子？」她瞪著那個一臉錯愕的學妹，手一指姜圓圓，冷冷地說：「我是國貿系三年級的駱子貞，你們所有人給我聽好了，誰敢再在我面前，對她說話不禮貌，誰就別想在這個學校繼續混下去。」說完，她一把扯過來李于晴，又對那個學妹說：「至於這傢伙，今天晚上，我跟他會有解決不完的問題，明天早上七點半，妳們誰想帶他去醫院驗傷的話，就到校門口排隊去，現在，妳們全都給我——」說完，冷然環顧四周那鴉雀無聲的人群，她只低低地說了兩個字：「滾開。」

我們這一國經常內鬨不斷，雖然內鬨不斷，但我們還是一國的。

套句楊韻之的說法，李于晴就是那種明知道一個開關所切換的，會是天使與惡魔之間的界線、是天下太平與核彈戰爭之間的差別，但他就是那個毫不猶豫，肯定要朝著這個開關，一掌直接拍下去的那種人。

為了一句口無遮攔的蠢話，李于晴失去了在一群小學妹面前嶄露翩翩氣度的好機會，還得掏出口袋裡僅存的幾百元，在永和豆漿店裡擺了滿滿一桌賠罪，但他是慶幸的，慶幸時間已晚，也慶幸駱子貞打死不吃麥當勞之類的速食，否則恐怕他連下個月的房租都掏出來，也許還不夠買單。

不過他並不介意這一點，起碼幾百元還付得起，只要能夠撫平這位天后的怒氣，那一切就是值得的。還記得第一次認識駱子貞時，是在通識課的教室裡，那是大二剛開學時的事情，距離現在都一年了，可是他還記憶猶新。那天，他因為在社團多耽擱了些時間，進教室慢了，手中一碗泡麵也不及在外頭吃完，只好端到座位上。老師在台上講得口沫橫飛之際，選了這門課的各系學生中，有些人認真聆聽，有些人已經睡著，而他在教室最後面也吃得香氣四溢，還間或夾雜著吸食麵條的吱咂聲。

「同學，如果你真的抑止不住這麼原始的動物本能，非得吃下那碗麵，拜託行行好，要嘛你端到外面去吃，再不然就別咬也別咀嚼了，扯開喉嚨，整碗倒進嘴巴裡，別打擾別人上課好嗎？」恰巧坐在他前面的駱子貞終於按捺不住，回過頭來，不客氣地對他說。

「老師又沒說上課中不能吃東西。」一邊舔著筷子，李于晴抗辯。

「老師也沒說上課中不能唱歌跳舞，那你是不是打算吃完這碗麵後，起來扭一段給大家看？」沒料到這個上課猛吃泡麵的傢伙非但沒有自己反省，居然還敢理直氣壯，駱子貞忍不住瞪眼。

「如果大家有興趣的話，我不介意。」

「但是我沒興趣，我介意。」

那是他們第一次開口講話，而又隔一週，在那之後的第二次上課，李于晴一進教室，就把手中一疊音樂表演門票拿出來分贈課堂上的同學，遞到駱子貞面前時，他一臉不計前嫌的樣子，說：「來認識一下音樂吧，可以陶冶性情，治癒妳的躁鬱症。」

「有沒有哪一天，你可能變成台灣的下一位音樂才子，在小巨蛋的舞台上自彈自唱？」沒接過票，駱子貞問。

「小巨蛋可能比較沒把握，但小劇場肯定沒問題。」

「不好意思，我不太喜歡把寶貴的時間，浪費在沒有未來的事情上。」駱子貞把頭一低，繼續看起手上的書。

「我知道妳姓駱，但是個性不要像駱駝一樣倔強；妳叫子貞，名字很好聽，但也不要倒過來，就變成殺氣騰騰、一遇上就不留活口的貞子。」當時，他就是不知天高地厚地開了這樣的玩笑，結果駱子貞沒有掀桌子，也沒有破口大罵，她咬著牙，站起身來，接過了李于晴手中還沒發完的幾張音樂表演門票，當著教室裡所有人的面前，撕得粉碎，然後書包一拽，直接走出了教室。

「可以原諒他了吧？」吃完消夜，慢慢散步回家，楊韻之打著飽嗝問駱子貞，她笑著說：「這小子永遠學不會教訓，這輩子大概也就有請不完的消夜。」

「想跟他糾纏一輩子的話，那妳們請便，千萬別把我算進去。」駱子貞哭笑不得。

「別這樣嘛，人家好歹也是一番誠意在請客。」楊韻之帶著笑，說：「上個學期，跟你們一起上通識課，就是我剛認識他的時候，那時我們還經常在線上聊天，他三番兩次跟我打聽妳，一副對妳很有興趣的樣子，還說他可是處心積慮了很久，千方百計才探聽到妳新學期通識課選哪一門，拚了命、擠破頭也想再跟妳當同學，可不曉得有多用心良苦，當時我還以為這傢伙也許有點本事，可以點亮妳的紅鸞星。」

「用得著千方百計去打聽嗎？敲敲鍵盤不就問得到了？我猜那個在線上出賣我選課單的內奸肯定就是妳！還有，妳剛說什麼紅鸞星？」駱子貞用不可置信的語氣說：「楊韻之，妳知道自己在說什麼嗎？」

「真的呀，他那時候問的可多了，還以為我們駱大小姐是哪家哪戶的掌上明珠，怎麼這麼嬌生慣養難伺候的，我就把妳大概的事情都告訴他了，還說妳其實也不是那麼挑三揀四的人，只是有自己的原則跟標準，而且喜歡吃永和豆漿的飯糰。

「本來呢，我還以為跟他說了那麼多，在準備周詳後，他很快就會有所行動，殊不知都一年過去了，居然沒消沒息，也不知道還在遲疑什麼。」

「妳什麼時候開始在水族館打工的，我怎麼都不知道？」駱子貞停下腳步，想了又想，忽然問了個怪問題。

「我？」楊韻之一臉茫然。

「不在水族館打工，那妳沒事幹嘛跟一條鯉魚鬼扯那麼多？」駱子貞哼了一聲，「要是他下次問起我的生辰八字，妳是不是也要給他？」

「如果妳願意告訴我，我會很樂意幫忙轉達。」楊韻之笑了出來，伸手到包包裡，打算拿出筆紙來立刻記下。

「給他姜圓圓的生辰八字就可以了，我不需要。」說完，駱子貞大步跨了出去，再懶得理會這幾個已經笑彎腰的女人。

愛情不是一份關係的證明，而是一種陪伴的意義。

04

晚上十一點多，楊韻之剛洗過澡，還沒吹頭髮，只裹了一條毛巾，便大剌剌地往床上一躺。漆成橄欖綠色的牆面，讓房間角落的米色床組更顯得柔軟舒適。這是四個房間當中，最寬敞也最大的一間，還附帶有獨立的衛浴設備。駱子貞雖然是二房東，卻沒自己要了這一間，因為這兒有一座小陽台，正適合四個人當中，唯一一個偶爾會抽根菸的楊韻之。

包含楊韻之自己在內，大家都是機緣碰巧，才會住進這地方。最初，駱子貞的家境並不算富裕，她的父母都是南部的農民，所能提供的經濟支援，只夠讓女兒繳交大學註冊費而已，但駱子貞很爭氣，從小到大就是個超級厲害的獎學金獵人，她永遠能夠早一步打聽到各種校內、校外獎學金的申請規則，而且提出比別人更優秀的成績證明，光靠那些錢，她就能過著充裕的生活。而這房子本來是駱子貞一位遠房親戚的物業，親戚一家人老早都移民出去了，一層公寓反正是閒置，所以駱子貞在大學一年級的上學期，在學校宿舍才住滿一個月，因為討厭那種人滿為患的嘈雜亂象而搬離後，便以代為管理及僅止於支付管理費的代價承租下來，然後又分租出去。

在這裡，駱子貞算得上是二房東，卻從來也沒跟誰催繳過租金。從小到大都習慣了自立自強的她，一向恪守嚴以律己的信念，對自己要求很高，而她在嚴格自律外，對於別人，同樣也沒有寬鬆多少。駱子貞一手打造了這個屬於她的世界，也奉行她一定的規矩，任何人都不能輕易破壞。儘管生活在這種規矩下，看似沒那麼自由，但除了平常要聽她毒舌之外，其實也沒有什麼不好的地方，畢竟，這一張由天后所張開的保護傘，總是確確實實地籠罩著，讓大家生活得無憂無慮。而楊韻之更喜歡的，是駱子貞口舌雖然毒辣，但她觀察力強，也善於照顧別人，就像楊韻之自己之所以能獲得這個有陽台、方便抽菸，而且還擺得下大衣櫃的房間一樣，這些都是駱子貞不必別人開口相央，她就能設想周到的地方。

想起搬來這兒的往事，楊韻之躺在床上有些出神。幾個女人們，與其說是分租，但其實三個房客的入住理由，也跟一般人找房子搬家的情形略有不同。在學校宿舍那短短的一個月生活中，姜圓圓就是駱子貞的室友，當時她很欣賞這個身材有點圓胖，但生活習慣極為良好，不但擁有熱愛清潔打掃的個性，還經常能下廚煮點東西的女生。而碰巧的是，雖然就讀的科系不同，但姜圓圓最頭痛的會計課程，就是駱子貞高中時最擅長的項目。所以儘管已經不同住處，但姜圓圓卻三天兩頭捧著一疊會計題目，跑來這裡求援，駱子貞也很大方給予協助，幾回下來，果然成績大有起色，讓她從此感激不盡。到了一年級上學期結束時，駱子貞靈機一動，開口提出邀約，姜圓圓當然二話不說，立即答應搬過來同住，而且駱子貞開出的價碼，還比學校宿舍的費用更便宜，除了幫忙分攤大樓管理費外，她只希望姜圓圓在這裡能夠繼續發揮超強的打掃功力就好。

大樓裡的這一戶，因為還有兩個空房間，所以姜圓圓住進來不久後，也把為了抽不到數量有限、非常搶手的學校宿舍而萬分苦惱，正不知往哪裡找房子的程采介紹給駱子貞認識，讓她一起加入。姜圓圓雖然貌不驚人，成績與姿色都平庸，但人緣卻好，當初她在學校宿舍的交友本就廣泛，連去倒垃圾都能結交幾個樓友，程采就是在垃圾堆邊被她碰上，後來慢慢熟絡起來的。

至於楊韻之自己會住進來，那又是一番奇遇了，她躺在床上，想起的是一年級下學期快結束前，自己在咖啡店裡，捧著筆電寫小說，偶爾到門外去抽根菸，來去之間，忽然有人叫住她。

「妳在一個小時之內，總共出去抽了四根菸，桌上的手機響過八次，但妳沒接任何一通，而且每次電話一響，妳總露出厭煩的表情。外界的干擾這麼多，妳真的還能寫好小說嗎？」坐在另一桌的短髮女孩，放下了手中不斷轉動的鋼筆，忽然抬起頭來對她說話。

「妳知道我在寫小說？」楊韻之愣了一下。

「妳是中文系的楊韻之，上一屆學聯會主辦的華青文學獎，妳是小說獎得主，得獎作品是以描寫台北都會男女為主題的〈寂寞雨天〉。那次比賽，妳最大的對手，是大妳一屆的上任得獎作者，不過在最後決選中，以一票之差，妳擊敗了學長，順利獲獎。得獎後，除了獎金與獎狀之外，妳接受了兩家廣播電台的邀約通告，去談現代年輕人對愛情的看法，也得到了一家女性雜誌為期一年的專欄寫作邀請，為它撰寫兩性話題的文章。」

楊韻之瞠目結舌，無法想像這世上居然有人對她如此瞭若指掌，短髮女孩微笑了一下，遞給她一張學聯會的名片，上面頭銜是副會長，名叫駱子貞。

「妳獲勝的那一票，是我投下的，而校外的訪問或專欄邀約，也是我去談的，為的是推廣我們學校在文學創作發展上的成就，讓更多人知道。」駱子貞說得輕描淡寫，絲毫不像在騙人，她手掌一擺，邀請楊韻之在同桌坐下，又說：「我在這家咖啡店遇過妳很多次，通常妳都很安靜在寫作，所以沒有開口打擾，但今天妳似乎心情不是很好，有沒有什麼需要我幫忙的地方？」

凝視了駱子貞一會兒，楊韻之忽然嘆口氣，她的確滿懷苦惱，因為接連好幾天，有個被她拋棄的生態系的學長，每天晚上都跑到她賃居的宿舍外面叫門，害她根本不敢回家；而就算回去了，卻連燈也不敢開。現在可好，那傢伙連大白天也電話不斷，就是想挽回已經變心的女朋友。

「妳曾經是他的女朋友？」駱子貞問。

「我……我可以說不是嗎？」楊韻之露出為難的神色，尷尬地說：「至少我不覺得看過幾場電影、吃過幾次飯、散散步、牽牽手，這樣就能算女朋友。」

然後駱子貞笑了，她拿起鋼筆，抽出玻璃水杯下的那張杯墊，寫下一串地址，遞給楊韻之，說：「如果妳想要找一個可以安靜寫小說，又能避開那些無聊人士打擾的地方，也許可以考慮來我家。」

你會因為選對一個朋友而幸福一世，卻也可能因為愛錯一個人而痛苦一生。

05

「拜託妳行行好，別一回到家就忘了自己是個人好嗎？」這是駱子貞進她房門後說的第一句話。楊韻之全身上下只穿著一件長版背心裙，毛巾還裹在頭髮上，聽見敲門聲，她只起來開個門，跟著又賴回床上，既不理會地板上、椅背上，還有床尾邊那一大堆亂丟的衣服，也沒打算起來吹頭髮。

給她一份文件，上面記載了不少說明事項，駱子貞說學聯會要編纂一份刊物，需要好的文筆來撰寫，因此她打算私藏這份肥缺，公器私用，留給自己人。

「意思就是說，這會有稿費？」楊韻之眼睛一亮。

「不但有，而且遠比妳想像的還要多。」駱子貞問：「前陣子不是聽妳說要找打工？把妳到外面去打工的時間省下來吧，用最拿手的方式賺錢，還可以磨練自己的文筆，對妳的夢想應該會更有幫助不是？不然妳到處找，又能找到什麼喜歡的工作？」

「是呀，我找了好幾個徵才的地方，但是都沒中意的，要嘛錢太少，再不就是工作內容太無聊。」她躺在床上聳肩，又反問駱子貞的家裡可好。

「也不過就那樣。」駱子貞也聳肩。之前請了一個星期的假回屏東，為的是爺爺的葬禮。大家族的長輩過世，本來就瑣事繁多，她又是爺爺生前最疼愛的長孫女，當然諸事更少不了她的參與。

「說到夢想，妳畢業後要幹嘛？要回家幫忙嗎？」躺在床上，楊韻之想了想，忽然問。

「幫什麼忙？種田嗎？吃飯我會，下田我可能沒辦法。」駱子貞啞然失笑。

夜已經很深了，在自己的房間裡，駱子貞想起剛剛楊韻之的怪問題，臉上還帶著苦笑。心想，怎麼會以為我要回家種田呢？我可以精準算出各種商務細則的實際運用，也可以在各種外幣匯率的兌換中演算自如，還可以一眼窺出股匯市中那些指數起伏的箇中奧妙，但天知道一畝田裡，到底哪時候要施肥、要噴藥或除草？那是沒有數據可供參考的工作，這個她只有一竅不通的份。

坐在書桌前，一邊胡思亂想，一邊慢慢寫完作業，伸個懶腰，打了呵欠，看手機時才發現時間已經凌晨兩點多，另外有封李于晴早在幾個小時前，就已經傳來的網路訊息，打開一瞧，裡面居然是好幾則網路笑話，下面還有一行註記，說：「數字不能使妳發笑，而我大概只能惹妳發怒，所以今晚妳若算累了數學，請揚起嘴角再入睡，晚安。」

「無聊。」啐了一口，根本沒看那些笑話，她直接把訊息給刪了。忙了一晚都還沒洗澡，心想這時間總不會還得排隊進浴室，她正打算下床，去衣櫃找找換洗衣物，結果卻聽到外面客廳傳來喧譁聲。納悶著，但還不及出去查看，就有人急促地敲著房門，而一開門可不得了，姜圓圓差點撞了上來，她興高采烈地嚷著說要吃消夜。

「又消夜？」駱子貞瞪眼，「幾個小時前吞下肚子的永和豆漿，難道只是妳的幻覺嗎？」

可是不由分說，姜圓圓開心地說什麼東西都擺好了，就在頂樓的陽台上，要駱子貞立刻上去，不由分說，她張開手就要拉人。駱子貞一邊抗拒著，一邊責罵：「又要去屋頂上胡鬧，是想讓我被管理室的警衛罵嗎？」可是她話還沒說完，楊韻之已經換好休閒服，從自己的房內走出來，幫著姜圓圓，兩人分列左右，扯著駱子貞的肩膀，她一臉嫵媚地笑著說：「警衛室還不容易搞定嗎？那個總幹事一拿到我的手機號碼，高興得比中樂透還開心，就算我們今天晚上把屋頂給掀了，他都不會介意的。」

「程采，妳死了是不是？出來制止這兩個瘋子呀！」兩手被抓著，駱子貞只好大叫，但程采顯然沒打算站在她這一邊，只見這個摸了一整天排球後，此時臉上還敷著面膜的女人，依舊活力充沛的樣子，她從客廳跑過來，幫著姜圓圓跟楊韻之，直接抓起駱子貞的兩條腿，合力就把人給扛出了門。

大樓的屋頂上通常鮮少人光顧，向來也不上鎖，之前駱子貞她們還來放過煙火，也在這裡野餐，因此非常熟門熟路。此時一上來，在門口邊已經擺好了折疊式的小桌子，上面擱著一堆串燒跟鹽酥雞，還有兩大瓶可樂，以及一手啤酒。此外，一瓶無糖綠茶很顯然是給駱子貞特別準備的，桌子上方拉出幾條燈泡線，七彩的燈光閃動，像是過聖誕節的氣氛。

「就算只是消夜，妳也不該穿得這麼邋遢吧？」皺起眉頭，李于晴指著駱子貞腳下的塑膠拖鞋，除了他之外，還有另外三個陌生人。

「為什麼你會出現在這裡？」駱子貞錯愕不已，想起那封她才剛看完的簡訊，還問：「你不是應該在家睡覺了嗎？」

「本來是要睡了呀，但就有人嚷著想吃消夜，非得把我吵醒嘛。」李于晴一聳肩，看向姜圓圓跟程采。

「想說……人多一點比較熱鬧……」程采小心翼翼地說。

「所以我們就決定……每個人再各約一個朋友……」姜圓圓跟著說。

駱子貞傻眼了。站在桌邊正在撕開紙袋，讓熱騰騰的鹽酥雞香氣冒出來的，是一個頭髮削得更短的女生，她一臉英氣逼人的模樣，比男人還像男人，今天下午大家在體育館已經見過面，那是程采的新歡；另一個正在紙杯裡一一斟上飲料的，則是姜圓圓班上的同學，駱子貞也認識；至於最後那個男生，不用問也知道了，他已經跟楊韻之手牽手，在一旁差點就要擁吻了，那當然是她最近交往的對象。

「我駱子貞像是可憐到這種地步，都沒半個朋友願意賞光，來我家一起吃消夜了嗎？妳們就算要自作主張替我約人，難道找不到其他選擇，非得打開那個『閒雜人等』的抽屜，拿出這樣的貨色來？」駱子貞哭笑不得地說。

「別老這麼愛記恨，不過就是拿妳名字開過幾次玩笑罷了，需要一天到晚詛咒我嗎？虧我傳了那些笑話給妳，想必一定都沒看，才會這麼缺乏幽默感。」李于晴一點也不介意，他從腳邊一個紙袋裡，拿出一個塑膠袋包裝的東西，打開來，居然是長度快跟駱子貞一樣高的一面紅色鯉魚旗。一邊拉扯著線，讓旗子迎風飄了起來，李于晴將線頭遞到駱子貞的手中，說：「聽說這年頭，很流行送鯉魚旗給女生，剛好，我的名字跟鯉魚旗的發音也很像，這樣妳高興了吧？」

「楊韻之！」一聲喝，駱子貞將那對濃情密意中的愛侶給硬生生拆散。把人叫過來，也把旗子遞過去，她說：「我知道這傢伙肯定是妳找來的，現在事情由妳負責，把旗子掛起來，掛到管理室的門口去，妳給我照三餐鞭打這條魚！」

有些愛是用不著說的，無聲中自然存在。

## 06

「妳再這樣忙下去，會到大四都交不到男朋友。」剛放學不久，駱子貞一踏進家門就傻眼，程采趴在地板上，聚精會神地玩著拼圖，客廳空間不算大，但拼圖已經掩蓋了地面木板的顏色，花花綠綠好大片，讓駱子貞差點傻眼。程采頭也不回，光憑腳步聲就能知道是誰到家，一屋子四個人，只有兩個會穿高跟鞋，而另外那一個，通常只要一約會，不到三更半夜是不會回來的。

「楊韻之呢？」沒理會程采的調侃，她問。

「一大早就出發去花蓮玩了，好像是跟上次一起吃消夜的那個男人。」程采仔細地端詳著地上一堆堆的拼圖片，挑出幾塊來比對再比對，但顯然都不太像，她又丟了回去，背對著駱子貞，說：「早上聽她在講，大概會去三天吧。」

「三天？課不用上了？事也不用做了是不是？」她簡直不敢相信，拿出手機要打電話追人，嘴裡還念念有詞地說：「稿子也沒給我，居然好意思出去玩？一天到晚忙約會，到底要交幾個男朋友才夠呀？」

「稿子在妳房間桌上，她寫好了。」還沒推開房門，駱子貞已經聽到程采從客廳裡傳來的聲音。

這一屋子的人都不太正常，一個是假大學生的身分以掩飾，成天光會寫小說跟談戀愛的女人，三天兩頭換男朋友；另一個則是一旦發現什麼有興趣的事，就會徹底遺忘自己的本分，一頭栽進去的瘋子。駱子貞搖搖頭，她擔心接下來只怕會有一兩個月時間，程采大概都會盤窩在客廳地板上。

「妳要霸佔整個客廳，這我不介意；妳要廢寢忘食玩拼圖，這我也管不著，但是我警告妳，每隔三十分鐘，妳最好給我乖乖站起來活動活動。」把鬧鐘放在客廳的小桌上，駱子貞嚴肅叮嚀：「要是胃潰瘍了、關節炎了，還是尿道炎或眼球爆掉了，可別指望我會同情妳。」說完，她匆匆忙忙拎了那份稿子又要出門。

「放心，就算不同情我，但如果真的需要送醫院了，妳也還是會替我叫救護車的。」根本沒有回頭，程采眼睛直盯著手上的拼圖片，居然還笑得出來，讓駱子貞只能無言搖頭，這些人都是她找來同居的，要一天到晚擔心這些人，還得當她們的老媽子，看來也是活該得剛剛好而已。

除了家裡那三個女人需要照顧之外，儘管有很多不合理的地方，但沒得選擇，既然自己在學聯會也擔任重要幹部，就什麼事都得管。好比就業博覽會，儘管服務的對象是大四的準畢業生，但活動既然由學聯會主辦，才大三的她當然不可能置身事外。

「但是我不懂，就業博覽會跟我們吉他社有什麼關聯，需要我們來表演？」社窩裡，李于晴聳個肩，向來樂天的他，老是一副無所謂的樣子，正抱著吉他窩在躺椅上亂彈，這讓凡事都講求嚴謹的駱子貞最受不了，偏偏這人又是社團的公關，不找他也不行。

「吉他社難道沒有大四畢業生嗎？替你的學長姊做點事情會怎樣，幹嘛那麼計較？」

「那我隨便派幾個學弟上場就好了，可以吧？」

「可以，只要不搞砸活動，你就算派兩隻無尾熊上去跳舞都可以，我完全沒意見。」說完，她把一份跟吉他社有關的活動細則放在桌上，掉頭又要趕往下一個社團去交涉支援。

「今天晚上我有表演，妳來不來？」李于晴連忙叫住她。

「以什麼立場？」

「以一個我喜歡的女生的立場如何？」露出一臉痞樣，李于晴做出自以為很帥的表情，然而駱子貞只冷冷地看了他一眼，卻連一盆冷水都懶得潑，直接走出了社窩。

她想起今天程采說的那句話，再忙下去，只怕到了大四都還交不到男朋友。自己很需要男朋友嗎？要愛情做什麼？這年頭的愛情所能提供的是什麼？是有人幫忙在購物時買單？駱子貞搖頭，她物欲低，要買的東西，價位也都是自己能負擔的程度；提供心靈上的慰藉？她忙得根本沒時間去管什麼心靈不心靈的問題，況且，自己也不是喜歡訴苦的人，要找分享心事的對象，她有三個死黨兼房客，誰不能聽她說？毫無意義又惹來滿身傷的愛情，她只經歷過一次，就從此失去了興趣。所以結論是，這種年輕而精力旺盛的學生時代，如果從情竇滋生的愛意，到最後必然只能導向肉欲交纏的結果，或勞神憔悴的苦難，那她寧可把時間跟力氣都省下來，做點其他事情算了。

離開吉他社，還在走廊上，迎面過來一個個子很高的男生，映入駱子貞眼簾的第一印象是髮型，這年頭還有人在模仿貓王嗎，那鬢角是怎麼回事？微皺起眉，為了這男生的品味在搖頭，駱子貞不敢蹉跎，她還得跑一趟熱舞社，但正要下樓梯時，卻差點被一個胖妹撞倒，一邊閃避，正想罵人，竟發現這胖妹居然是姜圓圓。

「妳剛剛有沒有看到他？」

「誰？貓王嗎？」駱子貞納悶。

一臉神祕的姜圓圓也無暇解釋，拉著駱子貞又往走廊走回去，結果到了吉他社的社窩外面，一扇舊木門上，透過紗窗看進去，貓王坐在另一張椅子上，正好整以暇在抽菸，一邊抽，一邊跟彈著吉他的李于晴聊天。

「他很帥吧？一點都不輸給妳的大鯉魚喔！」姜圓圓目不轉睛地盯著貓王，心嚮往之地說。

「我的大鯉魚？等等，妳現在這是在幹嘛？居然偷偷跟蹤別人？我的天哪。」受不了的語氣，駱子貞趕緊把人拉遠，姜圓圓說那是她最近物色到的目標，堪稱極品，是熱音社的吉他手，叫作莊培誠。

「妳可不可以有點品味，不要寧濫勿缺地亂槍打鳥？」

「不會呀，我覺得他挺好，而且他跟大鯉魚還是好朋友，看樣子我能接近他的機會應該不少。」露出涎相，在樓梯口的轉角，姜圓圓微瞇著眼，拱起鼻子彷彿還能聞到剛剛貓王走過去時，身上一股遺留在空氣中的男性香水味道。

「拜託妳醒醒吧，平常上上交友網站，跟那些宅男們瞎聊天也就算了，現在妳連自己學校裡的都不放過嗎？」

「子貞哪，我沒有妳那麼偉大，要以天下興亡為己任，也不像韻之跟程采那樣，坐在家裡就有人上門來約，妳就算可憐可憐我，別阻止我這一點微薄的小興趣，好嗎？」瞧姜圓圓一副就要跪下來哀求的模樣，讓駱子貞哭笑不得，也只得由著她去了。

跑完幾個社團，親自確認合作細節都無誤後，駱子貞搭著計程車離開學校，又跑了兩家公司，其中一家的公關部經理很慷慨，當場允諾會在活動期間就釋出相當的徵才名額，提供給參加就業博覽會的學生；而另一家事業橫跨多元，但目前以電子產業為大宗的公司，在小會議室裡，駱子貞非常榮幸，見到了剛從大陸飛回台灣開會的大老闆。他原本只是隨手拿起公司的各項工作紀錄，卻意外發現今天的小會議室裡，寫著「學生預約」四個字，好奇心起，本來應該由公關部專員出來應對的小事，他卻親自上陣。

談了些學校裡的事，也聊了活動的準備辛苦，那位姓顏的大老闆，年紀不過五十歲上下，但氣度雍容，非常親切，絲毫不見倨傲之色。知道駱子貞在大學裡主修國貿，隨口也跟她聊了不少當前亞洲財經局勢的變化，深覺這個優秀的女孩並不是一般只懂消費、追逐名牌的大學生。會談結束時，他沒讓公司的職員送客，卻親自帶她走到門口，臨別之際，顏老闆拿出一張名片遞給駱子貞。

「上面有我私人的手機號碼，妳大學畢業後，如果有興趣來我這裡上班，可以隨時打個電話來。」笑容可掬的大老闆也很有幽默感，他停了一下，又說：「當然，妳也可以權衡一下，一張大學文憑，跟一張我公司裡的辦公椅，哪個對妳比較有吸引力，大家都知道，我沒有錄取員工還要看文憑的習慣。」

有些受寵若驚，駱子貞半晌說不出話，好不容易回神，一再道謝後，她恭恭敬敬地退出公司大門，在電梯口還跟依然站在那兒，面帶微笑的顏老闆點頭致謝。

這就是她認為自己即使沒有愛情，也能活得很精彩的原因，在這個世界上，她永遠都是光彩奪目、睥睨於人群中的那個佼佼者，誠如姜圓圓所說，駱子貞就是一個以天下興亡為己任的人，她忙著拯救世界都來不及了，哪來的心思去談戀愛？

懷抱著自信與驕傲，結束一天的行程，本來想打個電話，把程采叫出來吃飯的，真的有些擔心那個癡迷的傢伙會在地上趴出關節炎，或憋尿憋出尿道炎，然而想想又作罷，程采如果是一個撥通電話就能被打斷投入情緒的人，那她就不是程采了。

駱子貞還記得去年有一回，程采就是因為沉迷在數獨遊戲裡，幾天幾夜沒闔眼，居然玩到忘了吃飯，因為胃潰瘍而痛到昏倒，才被一群人緊急送醫的往事。她自己在路邊的麵攤吃了一碗湯麵，覺得味道還不錯，當下決定晚點回家時，還要再來外帶一份回去給程采，而一邊想著，一邊走到前面不遠，轉角處的小咖啡館。

這家一樓店面非常狹窄的咖啡館，它主要的營業內容，其實是租借地下室場地給各種小型的音樂表演者。駱子貞有些猶豫，她幾乎是不自主地來到這裡。難道要為了一場自己其實也不太有興趣的音樂表演而花錢買票嗎？地下室的空氣肯定不流通，再加上人擠人的混亂，她實在很為難。都怪那隻大鯉魚，沒事約這裡幹嘛？

街邊人來人往，店家已經開放觀眾入場，這些年輕的樂迷們當然不是為了李于晴而來，事實上，社團推派出這組吉他二重奏，也只是在幫另一個據說頗有名氣的地下樂團做暖場而已，不會是一整晚的表演重心。但李于晴他們向來甘之如飴，因為這就是年輕的音樂人要踏出校園的最佳方式。

駱子貞躊躇了一會，最後還是決定放棄，她不想跟那些追逐偶像的傻子一樣，要她湊在人群中，為別人拍手鼓掌叫好，這種事她一向是寧死也做不來。今天會走到這裡，她不只是為了看一場表演而已，主要還是想起自己在吃了李于晴無數次的消夜後，總覺得應該禮尚往來，給他加油打氣，也欣賞他的彈唱演出；但眼前已經這麼多觀眾在排隊，還差我這張門票嗎？駱子貞心想，除非擠到最前排去，不然李于晴根本不會注意到誰在觀眾席裡，而一旦擠進去了，等大鯉魚唱完後，自己又不想聽別人的表演，萬一擠不出來怎麼辦？

大鯉魚，我不是故意不給你面子的，真的，請你一定要原諒我，我的心與你同在，好嗎？阿彌陀佛，請恕我先回家去了。一邊這麼想著，駱子貞轉過身，正想走開，然而包包裡的手機卻響起。本以為會是李于晴打來的，結果一看來電顯示，駱子貞丟失了原本還不差的心情，瞬間皺起眉頭。

「大老遠就看見一個很像妳的人在那裡徘徊半天，我還以為看錯了，所以乾脆打個電話試試看，想不到真的是妳！」電話剛掛斷，駱子貞還站在街燈下，卻看見一個人小跑步過來，他個子也很高，頭髮上抓了不少東西吧，又翹又膨的，再搭配一撮蓄在下巴的鬍子，確實是很時髦的造型。這樣的男人，對很多小女生來說應該挺吸引人，但這世界上如果有一個駱子貞最不想看見的男人，大概也就只剩他了。

「就算我們已經分手了，好歹路上遇見了也可以打招呼吧？這麼巧，也來看表演嗎？」他大方地伸出手來，想跟對方握握，但駱子貞表情冷淡，任隨那男人的手懸空，隔了一會兒，她才說：「你的招呼只讓我覺得自己不換電話號碼，可能會是一生中第二大的錯誤。」

「這麼嚴重？」他啞然失笑，又問：「那第一大錯誤呢？」

「認識你關信華。」說完，駱子貞轉身。

愛錯一個人所付出的最大代價，並非當時的傷慟，而是從此怕了愛。

07

「有沒有聽過一個說法，有一位媽媽，對她的女兒說：乖，只要妳當一個乖女孩，長大以後，就可以得到一個男朋友。」楊韻之比畫著，像在講述一個天真美好的童話故事，她說：「這個小女孩聽了就點點頭，又問媽媽，那如果不乖呢？不乖會怎樣呢？」

三個聽眾的表情各自不同，程采是心不在焉，還在偷瞄地上的拚圖片，想找出已經兩天都停滯不前的突破點，即使今天晚上，楊韻之為了她的生日，千里迢迢特地從花蓮帶著禮物趕回來，又即使旁邊的桌子上，擺著一個駱子貞特別跑了幾家店，費心去幫她張羅來的、好大的起司蛋糕，卻也絲毫引不起她的食欲，她果然一旦沉迷進某項興趣之後，就完全難以自拔。

至於駱子貞，她在幾經奔波，終於買到程采以前愛吃的起司蛋糕後，早已累得要命，根本沒興趣聽那些肯定狗屁倒灶的歪理，只有姜圓圓非常認真地追問：「會怎樣？」

「噢齁齁……」笑得非常嬌媚，手掌還輕撫過自己弧線漂亮的下巴，楊韻之說：「會跟楊姊姊一樣，得到很多個男朋友。」

滿臉茫然，姜圓圓望向程采，程采嘆了口氣，選擇繼續玩拚圖；再望向駱子貞，駱子貞則搖搖頭，看看這一屋子，自己為了程采而精心布置出來，一派張燈結綵的熱鬧景象，她嘆口氣說：「如果妳想跟她一樣，承擔著隨時可能被告妨礙家庭的風險，那這種故事妳就繼續相信好了。」

「別這麼鐵齒，要知道，十個女孩子中，有九個都以獲得真正的愛情來當作自己的夢想。」楊韻之說。

「那好，我自願當那個最佳第十人。」駱子貞立刻說。

「不好意思，第十個女生不是她不需要愛情，」楊韻之笑著說：「她只是還不懂愛而已。」

怎麼，自己在她們眼裡，居然是個不懂愛的人嗎？愛一個人，要到怎樣程度才算真的搞懂了愛？這問題有標準答案嗎？如果沒有，那誰有資格來評價誰懂或不懂愛情？駱子貞對愛來愛去的問題一向嗤之以鼻，她並不認同楊韻之的見解，當然更不可能承認自己就是那個不懂愛的第十個女生；事實上，她也不是完全沒交過男朋友，對於愛情，她其實不算陌生才對。

不用走到床尾邊，光從書桌這頭看過去，床尾那組矮櫃的最下層，小紙箱都還露出一個角來，那裡頭裝滿了關信華當初送的所有東西，零零碎碎，全在分手後被駱子貞塞了進去，從此塵封。她也不是沒想過要把東西給扔了，只是擺在那兒，放著放著就忘了而已。

屋子裡的四個女人，全都沒有即將面臨期中考的緊張感，眼見得兩萬片的巨幅拼圖沒有完成之前，程采大概除了排球隊不得不去之外，對天下萬物都不會再有興趣；而姜圓圓迷戀著貓王，根本無心念書；至於楊韻之，她剛走進這個房間，打斷了駱子貞正要開始回憶過往的興致，卻拿了好幾件衣服要她試穿。

「如果妳想逛街，台北多的是可以花錢的地方，何必大老遠跑到花蓮，買這種五分埔滿街都是的東西？」沒瞧上一眼，她自己是個很懂得打扮的人，當然楊韻之的品味也不差，但兩個人穿著風格迴異，那些衣服根本連試都不必試，駱子貞就知道不適合，然而楊韻之不這麼認為，即使衣服不行，一堆飾品她也要駱子貞試戴看看。

「這條項鍊還不錯，妳可以的，戴上、戴上！」她不等一條鍊子摘下來，急著又拿出另一條。

「我家狗鍊都比這個有質感，免了。」駱子貞搖頭，但同時卻也發現丟滿床上的林林總總當中，有一個盒蓋半掩的小紙盒，裡面裝著一枚造型挺別致的胸針，她拿起來一看，忍不住被上面繁複細緻的雕花所吸引。

「中了，中了，果然這是合妳胃口的風格。」楊韻之拍手。

「這不便宜吧，妳買的？」

「那倒不是，這裡妳看到的所有戰利品，全都是我自己花錢買的，唯獨這盒子裡的東西不是。」楊韻之賣起關子了，「這是有人託我送來的。」

「李于晴？」

「關信華。」楊韻之說，但她三個字還沒講完，那枚胸針已經連著盒子都飛進了垃圾桶。

「妳怎麼會跟他扯上關係？」悶了一晚，隔天一起出門上課時，駱子貞終究忍不住問起。

「也談不上什麼扯關係，我不就想找打工嗎？面試的時候剛好遇到罷了。」楊韻之說她去面試過幾個地方，都在學校附近，恰巧遇見關信華，兩人留下聯絡方式。而她剛從花蓮回來，就接到一通電話，關信華請她代為轉交那枚胸針。

兩人一起站在校門口對面的早餐攤子前，看著小籠包蒸熟時的白色煙霧瀰漫，跟行人口中呵出的凍氣混成一團，駱子貞默默地聽完，對楊韻之說：「聽我一句話，跟那種人保持距離。」

「妳這麼恨他？」

「我跟妳說一個故事。」駱子貞沒回答那個問題，她腦海裡泛起的，是跟關信華分手前所見的一幕，也是這麼寒冷的天氣裡，同樣飄著雨，急忙忙出門而被路邊經過的車子濺了滿身濕，只為了送把雨傘去宿舍給他。關信華那時窮得連第二把雨傘都買不起。然而眼巴巴趕到宿舍外，駱子貞看到的，卻是關信華被另一個女孩挽著手，非常甜蜜地一起走出門口的畫面，在那個堆滿雜物、到處瀰漫著一股男生們特有的汗臭味的宿舍門前，那女孩撐起了一把自己的傘，跟關信華走了出去。

「結果呢？」楊韻之問，但駱子貞沒有再講下去，她只記得那天自己輕輕咬了咬牙，沒有歇斯底里的崩潰，卻充滿驕傲自信地走上前去。她收起傘，做了要遞出的動作，關信華一愣，伸手想接，但就在手碰到傘之前，駱子貞已經鬆開掌心，跟雨傘一起掉落的，是她的初戀，混著滿地泥濘雨水，散了。

「如果這是個結，難道沒有解開的方法嗎？他只是跟一個女朋友之外的女生……」楊韻之一時不曉得該怎麼說才好，但駱子貞已經搖頭，說：「我可以對妳像一隻花蝴蝶般穿梭來去都無動於衷，因為妳是我最好的朋友；而我不能容忍他有任何的不軌舉動，也因為他當時是我最在乎的男人。」說完，她拎著早餐，撐著傘，轉身就要過馬路。

「每個人都有犯錯的時候不是？」

「但不是每一種錯都可以被原諒，特別是在愛情裡。」站在人行道上，隔著輕飄的雨幕，駱子貞回頭說。

這世上沒有不需要愛的人，只有還不懂愛的人。

歲月將你我的足跡釀成一抹茶香，漾入隆冬彤雲後，
落成難分彼此的一場雪。
須耐心等候來年初春，方可掬得這清冽芬芳的滋味。

我原諒了深霾黯淡的一天愁緒，
爲的只是當你踩踏陽光而來時，能有不變的笑顏迎接。

「臉色這麼臭，皮膚容易皺。皮膚一皺就會老得快，年輕女孩子要常保笑容啦。」

坐在空蕩蕩的學生餐廳裡，角落賣滷味的大叔把腰間的圍裙一甩，鍋鏟架在肩上，問：「妳幾年級了？」

「三年級。」駱子貞沒好氣地回答。

「噢，那真的要小心了，已經三年級，快走下坡了。」大叔一臉認真的樣子，若不是楊韻之跟姜圓圓急忙出手攔下，駱子貞已經犯下殺人罪了。

本來約好四個人一起吃午餐，吃的還是程采特愛的滷味，但已經等到下午一點多，仍遲遲不見她過來會合，而且電話怎麼都打不通，等得有些蹊蹺，駱子貞按捺不住，更不爽那個老闆有一搭沒一搭地調侃，扯了楊韻之跟姜圓圓就走。從餐廳離開，走過穿堂，沿著山坡往上走，再不遠就到程采就讀的管理學院，期中考前，校園裡十分僻靜，也不見閒常四處走動的學生。

「會不會她自己跑回家去了？」楊韻之問，她剛又撥過一次電話，依舊不通。

「還是其實忘了跟我們有約？」姜圓圓也問，但駱子貞通通搖頭，她說：「最有可能的是，她忽然迷上了哪個男人，或者很像男人的女人，已經跟別人跑了。」

管理學院是一幢回字型建築，在中庭走了兩圈都不見人。楊韻之去查了課表，按圖索驥找到教室，但裡面空空如也，老早沒半個學生。

「真的把我們給扔下，她自己走了耶。」楊韻之詫異地說。

「那她的皮可就得繃緊點了。」駱子貞也皺眉。

三個人在四樓教室前後走了一遭，途中只遇到幾個學生經過，再沒熟悉的身影。本來她們已經放棄，打算直接回家，但就在走回電梯門口前，駱子貞的手機忽然震動，她看了一下，差點沒有昏倒。

「救我，三樓廁所。」只有短短幾個字，程采一封沒頭沒腦的訊息，讓眾人為之錯愕。

駱子貞眉頭一皺，急著往旁邊的樓梯跑下去，就怕真的發生什麼事。管理學院每層樓的各個角落都有男廁跟女廁，一邊往下跑，駱子貞隨手指派，三個人各往三個方向，誰先遇到危險狀況就大叫。她跑向建築最南邊的廁所，那兒毫無動靜，她一連踹開三間女廁的窄門，哪有程采的影子？再轉身又往東邊跑，這次卻看到一個熟悉的人影，就站在廁所外面，那是駱子貞她們都見過的，前陣子才跟程采交往而已，一個很有陽剛氣概的男人婆。本來她跟程采情投意合，非常登對，但看來現在可能已經翻臉了，只見她橫眉怒目地站在廁所門口，往裡頭盯著瞧。駱子貞急忙停下腳步，一時沒有衝上前去輕舉妄動，跟著是楊韻之與姜圓圓都趕到身後，她們不必上前詢問，光從一封求救簡訊與眼前光景，就可以猜測得到，程采一定是分手談判失敗，現在躲在廁所裡面不敢出來，而對方顯然也不急著進去破門抓人，反正這是三樓，誰也不可能翻窗逃走，她大可好整以暇地守在外面，等著變心的女友出來自投羅網。

「怎麼辦？」姜圓圓抓抓臉，一臉擔憂地問：「要報警嗎？」

「妳是警察的話，妳管不管這種事？」駱子貞問，但旁邊兩人不約而同都搖頭，她雙手一攤：「那就對了。」

在遠遠的轉角邊觀望了半晌，只見廁所門口那個男人婆忽然發起飆來，她隨手抓起放置在角落的掃把，整支往裡面砸了進去，但程采大概躲在其中一間裡，死都不肯開門，所以當然沒有回應。

「我有一個辦法。」這時，駱子貞心裡已經閃過一個點子，提了一招千百年來都有人慣用的伎倆，要來個聲東擊西。

本來靜僻的建築，下午時段，學生們都在上課，沒有多少人經過的走廊上，忽然傳出一聲大叫，驚動一些人從窗口探頭出來查看，只見一個微胖的女生從走廊彼端大喊著跑過來，嘴裡嚷著：「外星人來了！外星人來進攻了，大家快逃呀！」不斷嚷叫，還手舞足蹈地順著走廊跑過去，但她經過廁所門口時，卻刻意放低了一點音量，大概也怕得罪那個男人婆，居然壓低了頭，很快鑽了過去，讓躲在一旁觀看動靜的駱子貞跟楊韻之差點吐血，連程采都從廁所裡又傳了一封簡訊出來，上面寫了六個字：

「姜圓圓是白癡。」

「妳到底寫的是什麼小說，怎麼掰出這種台詞給她？」駱子貞露出慘不忍睹的表情，望著旁邊的人，「具體戰術是這麼下達的嗎？」

「我只叫她臨場發揮，要能吸引大家的注意力，哪知道……」楊韻之也哭笑不得。

第一招宣告失敗，姜圓圓繞了四樓一圈，又回到原點時，險些被駱子貞一腳從樓梯口踹下去，她瞪了這個毫無表演天分的夥伴一眼，又對楊韻之說：「『聲東擊西』不管用了，現在換第二招。上過軍護課吧？知道什麼叫作『掩護射擊』吧？親愛的，該妳表現了。」

第二招會不會有效一點呢？駱子貞心裡猜想，但答案很快揭曉，剛剛外星人突襲的消息只引起了一點點騷動，讓一些上課中的學生們發出笑聲。而此時在已經恢復安靜的走廊間，忽然響起一陣歌聲，那是首委婉曲折、如泣如訴的情歌，駱子貞平常不怎麼聽音樂，根本不曉得那是首什麼歌，她只是叫楊韻之設法製造一點音效，最好能把教室裡的人都吵到受不了，如果大家跑出來抗議，那麼人潮一聚集，場面瞬間大亂，就能吸引男人婆的注意力，程采便有機會趁亂逃出廁所。然而楊韻之站到走廊上去，一首哀歌唱完，不但男人婆無動於衷，甚至連半個探頭出來的學生都沒有。

那場面頓時有點乾，楊韻之轉過頭來，攤開雙手，臉上做出一個「現在怎麼辦」的表情，而駱子貞握握拳頭，又用力張開，示意她還得更大聲一點，然而這下可好，楊韻之一皺眉，鼓足丹田之力所唱出來的，不是什麼可以吸引人的音調，居然是她窮盡智慧後，唯一想得到一首可以大聲唱出來的〈我愛中華〉。

這麼一嚷嚷果然奏效，才唱到第二句「文化悠久，物博地大」，旁邊教室裡的老師就已經走出來，大吼了一聲：「那是哪個系的學生，活得不耐煩了是不是？」嚇得駱子貞跟姜圓圓急忙縮頭，更讓楊韻之抱頭鼠竄，但廁所門口的男人婆文風不動，她完全不在乎這些小狀況，雙眼如要噴出火來，照樣還是死盯著廁所裡面。

「我看妳參加軍歌比賽應該從來沒贏過吧？」駱子貞嘆口氣。

「可是我已經盡力了……」這回換楊韻之哭喪著臉。

三人對看了幾眼，再想不出其他好辦法，既不知道程采跟對方究竟出了什麼事，但瞧對方一副不肯善罷甘休的樣子，又怕真讓她們見了面，搞不好會鬧出人命。駱子貞左右為難了半晌，最後她走到樓梯口，脫下左腳那隻有一點短跟的鞋子，看了楊韻之跟姜圓圓一眼，她們眼中是擔憂的表情，深怕這最後一招可能招來莫大後患，但駱子貞深吸了一口氣，沒得選擇了，想讓天下大亂，這絕對是最有效的一招，一咬牙，朝著消防警鈴的透明塑膠蓋子，用力敲了下去，塑膠殼破裂的瞬間，整棟大樓同時響起刺耳的警鈴聲，跟著就是四面八方同時傳來的尖叫與奔跑聲。

我們願意付出一切代價，只為了彼此。

09

「程采那點小狀況，通報校警來處理也就可以了，值得妳鬧這麼大嗎？知不知道那一敲下去，可能引發多大的後果？知不知道自己可能被退學？」李于晴皺起眉頭，但駱子貞沒有回嘴，她只是撇開了頭。

「到底有沒有在聽呀，妳……」他話都還沒講完，駱子貞已經站起身，朝旁邊走了開去。

「說夠了沒有，別像個老太婆一樣囉嗦行不行？我會怎麼樣，還用得著你來管嗎？」駱子貞不耐煩地說，轉身走到櫃檯邊，跟老闆要了一杯冰開水。

「不用我管？要不是我真的插手來管了這麼兩下子，妳這時候老早被趕出學校了，還能坐在這裡喝咖啡？」李于晴追了上來，說：「知不知道我在校長面前給妳說了多少好話，才保住妳這一條小命！」

「就憑你？校長幹嘛聽你的？他是你爸？」

「是我爺爺。」李于晴沒好氣地說，卻讓所有人全都傻眼。

當時，她坐在校安室裡頭，一群老師跟教官都圍著，就等這個闖禍的當事人開開尊口，然而他們左等右等，始終沒等到答案，最後經不住再三催逼，駱子貞只說她跟同學在樓梯間嬉鬧，自己脫下鞋來，本想丟別人，不料卻誤中警鈴開關。這個答案聽來扯淡，卻十分符合邏輯，身為從犯的楊韻之跟姜圓圓也點頭承認，最後三個人都寫了悔過書，駱子貞因為是闖禍的主犯，所以另外被判停學三天，外加校內勞動服務一百個小時。

「校長真的是你爺爺？」半信半疑，駱子貞忍不住問。

「需要我回家拿戶口名簿來證明嗎？」李于晴沒好氣地說。

「那你是怎麼跟他求情的，為什麼他會願意給面子？」駱子貞想了想，問：「這件事可大可小，但是面對那麼多教官、老師，還有學生們的眼光，他要想輕輕放下，應該也不容易吧？」

「我只是告訴他，未來的孫媳婦身上，最好不要留下汙點，免得他也臉上無光而已。」李于晴聳肩的同時，還閃過駱子貞忍不住噴出來的一口水。

「對不起……」事發的兩天後，在大樓外面等計程車時，程采囁嚅著道歉。

「我要聽到的可不是這麼無濟於事的一句話。」駱子貞嘆口氣，問她：「妳休息了兩天，現在可以跟我們說說，到底怎麼回事了吧？」

「沒有怎麼回事呀，」程采抬起頭來，吶吶地說：「我就只是……不想愛了而已嘛……」

這世界很奇怪，有各式各樣的愛情觀，駱子貞自從結束上一段戀情後，幾乎就成了再沒把愛情看在眼裡的人；姜圓圓則可能連什麼是愛都不知道；至於程采，程采就怪了，她的問題不在於愛不愛，考慮的問題卻是自己想或不想繼續愛。這種事情可以這樣考慮的嗎？在搭計程車往台北車站的途中，楊韻之很想問問程采，但轉念作罷，自己又好到哪裡去？大學念了快滿三年，交過的男朋友卻老早超過了三十個，有什麼立場去質疑別人的愛情觀？

「妳有沒有想過，如果有一天，妳想結婚的對象，居然跟妳一樣是個女的，妳家人會怎麼樣？」楊韻之問。

「啊？」像大夢初醒般，老是心不在焉的程采張大了嘴，說自己從來沒考慮過這問題。

「妳不想結婚嗎？」

「也不是不想，但也不是想，這個……」程采猶豫了一下，面帶為難，還有更多惶恐，說：「我好像從來沒想過自己會不會結婚，或者要跟誰結婚的問題耶。」

「不然妳平常這裡都在想什麼？」楊韻之指指程采的腦袋。

「也不一定呀，前陣子我都在想著打排球，最近就只想玩拼圖，這樣應該可以吧？」她像在徵詢別人的意見似的，有誠懇的眼神，而楊韻之則搖頭嘆氣，程采手掌一拍，還開心地說：「還有想妳們。」

「那可真是謝了。」楊韻之哭笑不得，程采這個人，與其說她可能少了根筋，倒不如說她腦袋裡有哪根筋接錯了位置，才會經常這樣癡癡傻傻的。

車上有短暫的片刻沉默，程采搖頭晃腦，想了又想之後，忽然又說了一次對不起，但楊韻之也搖頭，「這句話妳就不要鬼打牆了，我是無所謂，但子貞聽到了一定會生氣。」

「子貞很愛生氣。」程采點頭，卻讓楊韻之笑了出來，說：「她就是刀子嘴嘛，也沒有什麼惡意，比較大的缺點呢，大概就是她看待自己跟這個世界的標準，都比別人高了些而已，脾氣倒也不是真的那麼差。不過就因為她有那麼一點精神上的潔癖，所以她不順耳的一些事或一些話，能別說就還是別說了，免得自找麻煩。」

「妳有不跟她說的事情嗎？」程采睜大眼問。

「就只是一點小事啦……」楊韻之尷尬地一笑。

正說著，計程車已經抵達車站。推開車門，楊韻之幫忙提行李，臨行前有個小擁抱，楊韻之叮嚀：「不該接的電話別亂接，不該見的人也別亂見，更別告訴別人說妳回老家，否則就失去了避風頭的意義。」看著程采一一點頭，她又說：「記得，雖然下週才開始期中考，但這週末有個很重要的活動，妳得趕回來參加，知道是什麼事嗎？」

「妳打工的那家店開幕。」程采綻開笑靨。

「賓果。」楊韻之也露出了笑容。

楊韻之陪著程采出門後不久，駱子貞在家裡接到電話，本來不想往外跑的她，只好搭上捷運，一路來到可以眺望平緩河面與海峽匯流的渡口邊。

「趁著楊韻之跟程采不在的時候約我，又不讓我帶姜圓圓來，想必不是為了逛老街，你有什麼話，現在可以說了吧？」走在前面，駱子貞被海風吹得睜不太開眼，她眼望最遠的地方，海天相接之際已是一片朦朧，淡水河畔遊人不多，顯得冷清，這一天陰霾，彷彿快要下雨。一回頭，她問。

「我最近常常覺得，如果一直迂迴曲折都沒用的話，或許自己是應該換個方式來看待這一份愛情。」李于晴沉吟著說。

「不好意思，你可以說得白話一些嗎？風有點冷，我不想在這種溫度下，聽一些太虛無的話題，特別是，如果這話題跟我無關的話。坦白講，我比較想早點回家寫報告，兩份報告都需要很多數據，我盯著那些數字，感覺已經快被逼瘋了。」

「好，那我長話短說，就只有一個問題而已。」李于晴像是悶著很久了，但也可能只是跟駱子貞一樣，走在有些涼的海風中，冷空氣讓他的臉很緊繃，連說出來的話都有些顫抖，他果然很直接，開門見山就問：「妳願意接受我的告白嗎？」

「什麼？告白？」滿臉驚詫，駱子貞想了想，只覺得荒謬不已，忍不住失笑，說：「你認為一段男女之間的愛情，可以濃縮成這麼簡單的一個問題？一方提出邀約，另一方點個頭，然後方程式就算成立了，是嗎？」雖然帶著笑，但語氣卻很認真，她又說：「在你偶爾出現在我家頂樓，或我的生活領域中，以及你幫我去跟校長求情之後，我就應該對你有感覺嗎？或者你做那些事的目的，就是希望我因此而對你有些感覺嗎？你覺得我應該喜歡你，是不是？」

「妳真的對我毫無感覺嗎？」兩人相隔著幾步，李于晴鼓起膽子，單刀直入地問。

「為什麼你總認為我應該要對你有感覺？」駱子貞不客氣地反問。

「因為我喜歡妳。」

可能這答案來得太快也太突然，駱子貞一時不知該怎麼回話才好，她甚至連李于晴現在是什麼表情都不太敢看，轉過身來，一步一步慢慢又往前走，沒有回頭，但她知道，那個人亦步亦趨，都在背後。

慶幸的是這條海岸邊的步道很長，而他們走得極慢，一時間還到不了盡頭。駱子貞沒打點出什麼具體的想法，卻整理好自己差點亂了的情緒，在渡船頭邊，靜悄悄的，一艘船也沒有，她回過頭來，用冷靜的態度，跟帶有距離感的語氣，問李于晴：「你一定覺得很失望，我沒跟那些巴不得更靠近你一點的小女生們一樣，歡天喜地、喜極而泣，對吧？」

「我從來也沒覺得妳必須跟她們一樣，就因為妳不一樣，我才更想跟妳在一起。」

李于晴的語氣裡透著堅定。

「我不知道你這種沒來由的喜歡是怎麼回事，但是我真的很忙，沒空陪你玩耍，更不希望自己大老遠跑來淡水一趟，居然只是為了跟你聊聊這種無關緊要的小事情。現在，如果你話都說完了，也沒其他事了，請恕我失陪。」說完，她微低著頭，往前邁開腳步，擦過李于晴的身邊，朝著捷運站的方向要走。

「妳是不敢面對愛情，還是不敢面對我，或者妳只是不敢面對妳自己？」李于晴站在原地，理直氣壯，但語氣依舊溫和。

因為不知道該如何面對，所以她一直沒再抬頭，原本想要隱藏的那一點心慌，此時忽然被揭穿開來，那瞬間，駱子貞全身忽然微微一顫，她停下腳步，低垂的劉海遮住視線，她只看著自己的腳尖幾眼，用力吐出胸中一口氣，又轉過身來，正眼看向李于晴。

「給自己一個機會，也給別人一個機會，真的有那麼困難嗎？」李于晴又問。

「有沒有困難，這問題不是針對我，而是針對你。」說著，海邊的冷風吹來，把駱子貞原本掛在脖子上，一條柔軟而幾乎沒有重量的細絲圍巾給瞬間掠高，她還來不及伸手去抓，絲巾已經輕飄飄地被刮到了河面上，落在不斷拍打堤防的潮水中。

從頭到尾，對那條圍巾只瞄了一眼，儘管心疼不已，但她有更重要的問題還擺在眼前，需要先處理好才行。駱子貞瞪著眼凝視李于晴，硬是把自己那份心虛與慌張的感覺壓抑下來，她像是要告訴他，自己的心早已堅如鐵石，哪怕是一條珍愛的圍巾落水了，她也不會為之動搖。只是儘管內心倔強，剛剛也沒失聲驚呼，此刻更沒慌張焦慮，但那畢竟是存了好一陣子的錢才買得起的昂貴東西，在四目交接的片刻中，駱子貞還是用眼角餘光又瞥了一下，心裡暗叫可惜。

只有那一瞬間而已，李于晴牢牢地望著駱子貞，彷彿就看穿了她堅固堡壘下的真心，他也沒再多說，卻反手脫下自己的外套，隨便往地上一扔，跟著整個人朝河岸邊，那條圍巾漂浮的位置，直接跳了下去。

給自己一次機會去愛，對某些人來說，往往是最困難的。

# 10

一邊瑟縮在棉被裡發抖，一邊卻又喝著冰涼的啤酒，李于晴只覺得自己糗到爆炸，但說也奇怪，他心裡沒有任何怨懟。住在樓下的莊培誠跑上來，看著還扔在浴室地板上，那些浸泡過淡水河河水的衣褲，忍不住大笑出來。

「哪個女人你不愛，偏偏挑上一個最難搞的，這種大冷天耶，還玩什麼跳水戲碼，你偶像劇看太多嗎？」他說：「都做了那麼多，人家還不領情。我看哪，你就算把腦袋割下來，用雙手捧到她面前，她大概也只會當是一顆球，直接把你踢開。」

「大自然裡那麼多花花草草，無尾熊偏愛吃尤加利葉，你說那是為什麼？那叫作情有獨鍾。」說著，李于晴打了個冷顫。

「那叫作自作孽。」莊培誠搖頭，「這種只懂得居高臨下去看世界的女人，動不動就逼著別人跳河，你要是真的跟她在一起，這輩子大概都不會有好日子過。」

「那就是命了。」他只能苦笑著說：「每個人造化不同。」

學校附近的這一整棟公寓被改裝成出租的學生套房，幾乎被吉他社跟熱音社的學生全部包下，每天晚上總能從好幾個房間裡傳出音樂聲，有些人彈吉他，有些人哼哼唱唱，有時也可以聽到規律單調的鼓點練習，甚至是電子鋼琴的樂音，大家都說，這兒簡直就是音樂系的專用宿舍，但事實上，學校根本沒有音樂系的存在。

對於這些噪音，李于晴平常也不以為意，反正自己光是角落就有好幾把吉他跟一組揚聲器，要說製造噪音，他也不遑多讓於別人，但今天他沒心情練習，即使聽到不知哪個房間裡傳出的音樂，也失去欣賞的雅致，反而覺得有點吵鬧。

莊培誠嘲笑一番後，很快又回自己房間去了，李于晴喝乾幾罐啤酒，把捏扁的啤酒罐頭丟進垃圾桶。他裹著棉被，走到窗邊，舊公寓一整排都沿山而建，可以遠遠眺望到整個大台北的夜景，看著斑斕的燈火閃爍，又被瀰漫的雨霧給鍍上一層朦朧的氛圍，他忍不住嘆了口氣，讓人搞不懂的，又何止是霓虹為何閃爍而已。回頭，一個不到掌心大小的迷你禮物盒依舊擱在桌上，那裡面是一條沒能送出去的項鍊，雖然不貴，但好歹也值點錢。老像蒼蠅一樣地在人家身邊打轉，轉了那麼久也沒能讓頑石點頭，這次他鼓足了勇氣，決定捨棄浪漫的言詞，針對駱子貞不喜歡多說廢話，偏好單刀直入、開門見山的個性，本以為可以用最理性與直接的方式，來溝通出一段兩個人或許可以共譜的愛情，結果那個與項鍊無緣的女孩，卻完全沒打算給別人機會，也不願給她自己機會。

「你這是在幹什麼？」當時，駱子貞大吃一驚，把一手撈到圍巾，但也泡得滿身濕的李于晴給攙了起來，急忙從包包裡掏出面紙，盡可能地幫他擦去頭上、臉上的水漬與汙泥，卻又說：「旁邊明明就有竹竿可以拿來撈圍巾，你用點科學的方法不行嗎？」

期中考前，原本是全校學生應該認真準備課業的時機，但總也有些人不那麼熱中於書本。距離學校不算太遠，街邊轉角的咖啡店開張，別致的歐式風格裝潢，有充滿古典浪漫氣氛的燈光及擺設，推開白色髹漆的仿中古世紀大門，裡頭是七八張歐風十足的桌椅；櫃台邊，一座骨董老時鐘正搖曳鐘擺，發出沉穩而規律的機械聲響，正好跟店內迴盪的音樂搭配節拍，那是楊韻之很喜歡的古典鋼琴演奏唱片，不過包括咖啡店老闆跟她本人，都不知道那是誰彈的什麼曲子。

「妳也太狠了吧，這種天氣，居然逼著他跳淡水河？」熙來攘往的店裡，咖啡香開始竄出，楊韻之剛招呼過幾位客人，瞥眼見駱子貞帶著程采、姜圓圓也到來，急忙揮手，趁著間隙，她小聲對駱子貞說話。彼此的視線不約而同，都穿過店裡的人群，正落在對面那兒，一邊跟朋友聊天，又一邊擤著鼻涕，顯然已經感冒的李于晴。

「我逼他？」駱子貞啞然失笑，「我如果真想逼他幹嘛，會只是讓他洗洗腳那麼簡單？」

「洗洗腳？他差點就重感冒死了耶！」

「起碼現在還活著，」她瞄了楊韻之一眼，說：「要是待會才斷氣，那追究責任也不會在我身上，反而跟妳倒給人家的咖啡有關。」

楊韻之輕輕推了她一拐子，但也笑著，開始給姊妹們介紹起這家店的種種。學校附近本來就有不少家風格迥異的咖啡館，但大多走平價路線，平常也早淪為學生佔據讀書或聊天的地方，根本顯露不出咖啡館應有的氛圍。這家店的老闆跟別人反其道而行，主打高價位的飲品，不論是咖啡豆或其他食材原料，幾乎都是國外進口，餐具杯組也精挑細選過，走精緻路線，甚至連店內員工都有外貌上的要求。放眼店裡，跟楊韻之一樣穿著紅黑兩色，綴滿蕾絲的小洋裝的，都是這裡新招募的店員，而她們共有的特色就是漂亮。

「待會看到我們老闆，麻煩妳稍微退後兩步，不要跟他對上眼。」楊韻之忽然叮嚀，還說要叫姜圓圓跟程采站出來點，好擋擋視線。

「為什麼？」駱子貞納悶。

「因為妳跟我站在一起，可能就會搶了我的店長頭銜。」說著，她還伸出手去，要撥弄駱子貞的劉海來蓋住臉，逗得駱子貞笑出來，反手打了她好幾下。

店裡高朋滿座，挺著中年肚子的老闆笑容可掬，到處與人寒暄聊天，並力邀客人們以後常來光顧。走到這邊時，他還親切地跟駱子貞握手，但又口氣謹慎地說了一句：「久仰。」

「他是久仰我的美色，還是久仰我的臭脾氣，妳回去可得好好跟我交代交代。」偷偷附在楊韻之耳邊，駱子貞誇張地咬牙切齒著說。

致詞結束後，店裡恢復原來的熱鬧，鋼琴聲也繼續揚起。剛從南部回來的程采，胃口全開地大啖桌上的小點心，而姜圓圓已經看得失神，幾乎忘了手上那只白釉瓷碟中的食物，兩眼死盯著李于晴旁邊的莊培誠。

「省省吧，從妳踏進來到現在，貓王一眼都沒有看過來，他根本沒注意到妳。」駱子貞哭笑不得。

「他不用注意我，沒關係，我注意他就可以了。」她露出沒來由的幸福微笑，讓駱子貞哭笑不得。

也沒有特別想聊天的對象，她只是穿梭在店裡，到處看看這兒的裝潢擺設，又稍微研究一下菜單，平時也常喝咖啡的她，對什麼都興味盎然。這中間她跟李于晴有過幾次對眼，兩個人沒有交談，李于晴禮貌地點頭微笑，只是礙於旁邊一直有朋友在聊著，暫且還走不開，但駱子貞卻沒有任何表示，她總是像在瀏覽風景似的，眼神掃過李于晴之後，又不帶感情地移開。

為什麼要這樣冷落他呢？駱子貞也說不上來自己的感覺，儘管那番告白應該是真心的，但她總覺得自己還不到可以接受的程度。兩個人的關係，固然還存在著朋友的情誼，但如果要跨越那條線，駱子貞心想，那中間還差了個契機，至於契機在哪裡、何時會出現，她一點也不介意，這種問題留給大鯉魚去煩惱就好，她個人還是比較想把心思放在功課上。

只是一邊逛著，駱子貞又想起，今天晚上的開幕活動結束後，楊韻之說老闆要請客，想邀請店裡這些朋友們一起去夜唱，屆時李于晴是不是也會去？如果他故意在那種人多嘴雜的場子裡，想挾著群眾的輿論壓力，又跑來跟自己再告白一次，那該怎麼辦才好？

「妳來啦？」一個男人的聲音在背後響起，不用回頭，都聽得出來那是關信華。

「為什麼連你都在這裡？」本來有的一些繞指思緒，在聽到這聲音後，瞬間全都化為烏有，駱子貞手上還端著一盞描上金線，盛著半杯琥珀色藍山的小咖啡杯，她將杯子往桌邊一擱，口氣也充滿敵意。

「為什麼妳只要一見到我，就會從一隻小綿羊，瞬間變成一隻刺蝟？」關信華聳個肩，苦笑說：「難道我們不能心平氣和講講話，起碼當個朋友嗎？」

「你從頭到尾、從上到下，都讓我找不到半點可以當朋友的地方。」駱子貞絲毫不客氣。

「我也許不夠格當妳的朋友，但起碼還能當妳朋友的朋友不是？」關信華無奈一笑，看了正在吧台裡忙碌的楊韻之一眼。

「什麼意思？」

「她沒跟妳說嗎？」關信華疑惑地說：「這家店的老闆是我很景仰的一位老大哥，他開店需要人手，之前託我幫忙物色一些工讀生。本來呢，我是很想找妳的，但每次跟妳說不了幾句，妳總是掉頭就走，所以我就問問看楊韻之，沒想到她很有興趣，於是就來面試了。」

那一刻，駱子貞幾乎完全說不出話來，她簡直難以置信，側身把咖啡杯端起，直接走到吧台邊，擱在托盤上，問楊韻之：「妳這工作是他介紹的？」

「這……」楊韻之語塞。

無言以對，那就是默認了，駱子貞鼻子裡哼出一口氣，轉身就要走，而關信華追上一步，拉住她的手腕。

「放手，」盯著他，駱子貞說：「我這人很有教養，不會在這裡跟你嚷嚷，所以也請你自重點，可以嗎？」聲音壓得極低，但語氣很重，嚇得關信華急忙縮手。

「你敢再碰到我一下就試試看。」拍拍自己剛被關信華握過的手腕，彷彿上頭沾到什麼髒東西似的，面帶厭惡地說完，她就要踏出店門，但這時換程采追了過來，擋在面前。

「幹嘛？」駱子貞問。

「這個……韻之其實也不是故意瞞著妳的。」程采囁嚅著說。

「怎麼，連妳都知道這件事，是嗎？」看看楊韻之，又看著程采，駱子貞說：「她不是故意的，那麼妳是故意的囉？」

整家洋溢著熱鬧氣氛的咖啡店，門口一隅的這邊卻冷到極點，再沒有人敢說話，程采被這兩句話逼到牆角，大氣不敢再吐一口，連姜圓圓跟關信華也呆若木雞。駱子貞回過頭，對百口莫辯的楊韻之說：「別忘了，妳明天一早還要考試，她們兩個也得念點書，晚上別讓她們出去玩太瘋，全都給我早點回來睡覺。」說完，她頭也不回就走出了咖啡店。

情人眼裡不能容沙，友誼也是。

「你可不可以不要一直跟著我？」已經走離了咖啡店，華燈初上，為了裝飾聖誕節而纏繞行道樹上的燈泡，正綻露出五彩繽紛的光芒，但也映照著人心的空虛與徬徨，駱子貞無心賞翫那些，她一回頭，就看到李于晴毫不遮掩地尾隨。

「那妳告訴我，到底是怎麼回事？」

「我告訴你？我還在等誰來告訴我，到底今晚是怎麼回事呢。」駱子貞不怒反笑，她指著來時的方向，說：「我最好的朋友，偷偷地接受了一份工作，而介紹那份工作給她的，居然是我最不想見到的前男友。這些事，連程采都知道，而我卻到十分鐘前才曉得，誰願意來告訴我，這又是怎麼一回事？」

「你還愛他嗎？」李于晴想了想，不問楊韻之或程采的原委，卻問了個怪問題。

「你這又是什麼蠢問題啊？」駱子貞瞪眼，「我現在只想殺了他。」說完，她轉身繼續往前走。又走出好一段路，距離捷運站已經不遠，駱子貞按捺不住，再次回過頭來，李于晴始終保持在距離她幾公尺遠的地方。

「妳還會在意對方，不就表示那個人還在妳心裡，佔據了一定的份量嗎？」

「你最討厭的東西是什麼？而你最喜歡的東西又是什麼？」雖然很想充耳不聞，

直接掉頭走人，但駱子貞還是停下腳步，只是問的問題有點突兀，李于晴先愣了一下，才說自己最討厭的應該是蟑螂，至於最喜歡的，則當然是吉他。駱子貞點點頭，說：「那就對了，如果今天晚上，有隻蟑螂爬過你的吉他，而且爬得很快，你根本來不及追打。那麼我請問你，這接下來的一整晚，你是不是都會把蟑螂玷汙你樂器的這件事情，一直放在心上？」

「當然會，我會擦一整晚的吉他。」

「那就對了，你會把這件事情放在心上，不是因為蟑螂在你心裡有任何狗屁份量，而是因為你討厭那種東西，特別是牠還玷汙了你的最愛。」駱子貞說：「我現在就是這種感覺。話已經說完了，拜託你不要再跟了，行行好，讓我一個人靜一靜，可以嗎？」

「妳的比喻確實也不無道理，而我雖然不知道妳跟那個男生的過去，但如果已經分手了，那就應該放下，不是嗎？」李于晴可沒打算就這麼放任駱子貞離開，他慢慢說著：「一直困在過去的情緒裡，妳還能怎麼開心過日子？以後是不是只要一遇到跟他有關的場合，妳就要這樣發作一次？」

「難道你還指望我去原諒一個劈腿的前男友？」

「我不是叫妳原諒他，我是叫妳放過妳自己。」李于晴的語氣裡，有一種淡淡的哀傷。

「我談過三次戀愛，最早那次是國中一年級。」坐在路邊的小椅子上，背後是便利商店的燈光，路上車來車往，誰也沒朝這邊看上一眼，李于晴望著這城市的風景，正要說起自己的故事。

「國中一年級就急著談戀愛？原來你跟楊韻之是同一種人。」駱子貞冷笑打岔。

「別插嘴，我跟她哪時候成了同一種人了？我可是很認真在談戀愛的。」李于晴說：「初戀就是那麼一回事，莫名其妙地開始，也莫名其妙就結束了；高一時，我又交了第二個女朋友，不過時間很短，沒幾個月就被甩了；最後一個，是高三那年。」

「拜託，我可不想聽那種課業壓力怎樣怎樣，家人怎樣又怎樣，然後就草草分手的三流劇情，如果你只是為了安慰我，而杜撰一些無聊的故事，那你可以省省了。」

「拜託妳讓別人有點發言的機會好嗎？算我求妳了。」李于晴懊惱地瞪了一眼，又說：「那個女生是我花了很多精神跟力氣才追到的，本來呢，我以為可以順利發展下去，因為兩個人的興趣都是音樂，讀的也是同一類組，成績又差不多，我們要考上同一所大學的機會也很高，一切看起來都好像很順利，結果高三快畢業的時候……」

「她車禍還是你車禍？她失憶還是你失憶？」

「再插嘴妳就試試看。」這次是真的用力瞪上一眼，逼得駱子貞只好乖乖掩嘴而笑，卻不敢再打岔。

「結果其實也沒怎樣，」李于晴自己嘆口氣，說：「結果高三考完試，都還沒放榜，她就跟我提了分手，理由很簡單，她說她不愛我了，就這樣而已。」

「以自我為中心，很像程采的風格。」駱子貞點點頭。

李于晴還在嘆氣，這回他沒介意又被插嘴，繼續說道：「如果只是以自我為中心，因為不愛了而要分手，那也就罷了。我們分手後，才過沒多久，我就看到她跟別的男生手牽手在東區逛大街。」

「噢，那她不是程采那一型的，」駱子貞點頭，「是楊韻之那一型的。」

「是哪一型的都無所謂，重點是我，我才是苦主，請妳把注意力集中在我身上好嗎？」他拉拉駱子貞的袖口，一副可憐兮兮的樣子，說：「我有很長一段時間，心裡都對那個前女友帶點埋怨，一直到後來，我才慢慢發覺，其實世界很大，人生很長，不必每件事都放在心上念念不忘；而我也才懂得，其實埋怨是沒有用的，我應該感謝她才對，是她讓我想通這些，也才看到更寬廣的世界，甚至有了展開新的故事的機會。俗話不是說嗎，舊的不去，新的不來嘛。」

「一葉障目，不見泰山。你用這句會顯得比較有深度，這句是楊韻之教我的。」駱子貞還是忍不住想插話，也又搖頭說：「至於原諒，很抱歉，這我做不到，我沒有你那麼豁達。」

「好，謝謝。」李于晴一臉受教的樣子，又說：「妳知道嗎，有些事，妳可能以為自己這輩子都不會釋懷，但其實不是那樣的，妳只要肯放下，只要換個想法，就會發現，那些老早都可以雲淡風輕地過去，而沒有再記恨的必要。妳要原諒的，也許從來都不是別人，而是你自己。」

原諒那個不夠珍惜愛情的人，才能找到下一份值得珍惜的愛。

那這幾句話說得懇切，讓駱子貞忘了搗蛋，她有些似懂非懂，但又不曉得該如何去想才好，手上拿著一瓶已經失去低溫的啤酒，喝了兩口，腦海中想起的，是她跟關信華談戀愛時的種種，但也想起了今晚被她丟在咖啡館裡的三個姊妹。

「其實有時候我還挺羨慕楊韻之跟程采的。像程采那樣多好，一輩子都活在自己的世界裡，做什麼、想什麼，或者愛誰，都以自己為出發點，要說這樣很悲哀，或許也是可以，因為除了我們之外，她幾乎就沒有其他朋友了，但要說是幸福，她也很幸福，因為沒人可以走進來，打擾她平靜的小世界；至於楊韻之呢，她愛過一個又一個，永遠都跟蜻蜓點水一樣，輕輕提起，又輕輕放下，揮揮衣袖，不帶走一片雲彩，遊戲人生。往壞處看，是說有點濫情，但說穿了，她只是不斷在找些什麼而已。」

「找什麼？」

「找愛吧，誰曉得。看在你請我一瓶啤酒的份上，我跟你說一個祕密。」駱子貞聳聳肩，又忽然笑了出來，說：「其實，楊韻之身邊那些多如過江之鯽的對象，我從來都沒把他們當人看待過。」

「啊？這話什麼意思？」李于晴納悶。

「很簡單呀，今天她帶這一個，明天她又約另一個，換來換去，別說長相跟名字我湊不起來，甚至連那些人到底有沒有重複過，我也不太記得。但不管怎麼樣，他們都是楊韻之的附屬品，就跟她的包包、外套或鞋子一樣，都是因為楊韻之這個主角而存在的，今天她可以帶這個包出來逛街，明天也可以穿那雙鞋出去喝茶，變來變去，你說你能記得住嗎？」駱子貞說：「所以我後來就一概不管她帶誰，總之都一律把他們當成沒有生命的裝飾品，這樣就對了。」

聽著聽著，李于晴就笑了出來，而說著說著，駱子貞也笑了出來。

最後那罐啤酒，駱子貞根本沒有喝完，她把罐子交給李于晴，自己則站起身來，舒活了一下筋骨。離開那個讓人不舒服的環境，又跟李于晴聊過天後，這時心情已經好了很多，但也在這時候，肚子開始餓了起來，本來打算在回家的途中，再去找個東西吃，不料才剛想著，小腹裡竟傳來好大的咕嚕聲。

「不介意的話，吃個關東煮好不好？」李于晴笑著說。

比起在楊韻之打工的咖啡店裡，今天為了開幕而準備的各種精緻餐點，駱子貞只覺得便利商店裡的關東煮要來得美味多了。李于晴雖是陪吃的，但他號稱「只夠塞牙縫」的份量，相較駱子貞所挑選的，卻足足多出幾倍。

「我從來都不知道，原來我的口水這麼好吃。」幾乎每一樣都拿了一根或一份，碗裡塞得滿滿的，但李于晴沒有自己大開大闔地吃了起來，卻就每一種食材都解釋解釋，然後推薦駱子貞先嚐上一口，如果她覺得好吃，那就整根都奉送，倘若她不滿意，剩下的部分就由李于晴負責解決。看著這條大鯉魚把她自己咬過一口的黑輪，整枝塞進嘴裡，駱子貞忍不住說：「吃我剩下的，你不覺得不舒服嗎？」

「所謂分享的樂趣，就是不管誰先吃、誰後吃，都一樣覺得好吃。」嘴裡含著食物，聲音有些含糊，李于晴說他平常的生活費大多花在樂器的雜支上，有時青黃不接了，就只好吃點便利商店的關東煮來果腹，因此他對這些食物可熟悉得很，而吃久了也就吃慣了。

「真有那麼好吃嗎？」駱子貞忍不住狐疑，她並不挑食，但也沒特別喜歡這種很容易就在店員的疏忽下，不小心被煮到過於軟爛的食物。

「重點不是好不好吃，而是跟誰吃。」李于晴終於把嘴裡的東西嚥下，跟著立刻又拿起一串魚丸，先在上頭淋上滿滿的關東煮醬，問她：「要不要試試看，妳先？」

雖然平常也偶有吃消夜的習慣，但能撐成這樣，真的也不簡單。駱子貞回到家時，摸摸自己好脹的肚子，只覺得非常辛苦。她很喜歡像今天晚上這樣，跟大鯉魚一起吃點東西的感覺，沒有包袱，也沒有束縛，特別是當兩個人都不再對今晚發生於那家精品咖啡店裡的一切，發表過多的看法或意見之後。

很自在，也很輕鬆，她只是認真體驗著各種關東煮食材的口味，也跟大鯉魚閒扯些學校裡的事情，一直到夜深了，這才讓他送回來。到了家門口，李于晴笑著道別，最後提醒了幾句話，他說：「記得呀，要學著原諒，原諒可能不夠好吃的關東煮，再給自己一次機會，這家的不好吃，也許下一家的會很美味，妳要耐著性子去找。」

「謝了。」把備用的安全帽還給他，駱子貞笑著點頭。

或許他說的是對的，該被原諒的，其實是自己才對。都過了那麼久了，還沒放下的，也許是自己；而因為一家便利店所賣的關東煮不好吃，就從此失去了對這種食物的興趣或信心，也未免可惜了點，食物是這樣，愛情也是這樣。

這些她都懂，不過儘管覺得那些話頗有點道理，但能不能做得到，駱子貞根本沒有把握。夜深人靜，一整層公寓裡，只有玄關邊的立燈從不間歇的，照耀著門邊區區一隅之地，駱子貞脫下高跟鞋，將包包往沙發上一擱，點亮照明。客廳地板上還有成堆的拼圖碎片，這幾天乏人問津。

關東煮吃多了，嘴裡乾得很，她給自己先倒了一杯水，慢慢喝著。雖然知道門口鞋櫃上還少了幾雙鞋，但她依然繞著室內走一圈，確認那幾個女人是否還在外面狂歡，最後才回到自己房間，從櫃子下面拿出那個小紙盒來。這裡面藏著的，全都是與關信華的回憶。她將紙盒拿到廚房，原本想要打開來，一一檢視之後再丟，但猶豫了一下，最後放棄，乾脆整盒都扔進了大垃圾桶裡。然後才關上燈，獨自坐在靠近窗台邊的椅子上，望著外面的夜幕。這一城的五光十色，隔得遠了，只剩隱約的喧囂，但光影交織，彷彿還能讓人感受得到它蒸騰的活力，竟是絲毫沒有要漸歇的跡象。

那些東西，就算留著也沒用了，清理掉後，起碼櫃子還能騰出點空間來利用。不想要的東西，就沒有收藏的價值，所以扔了也無所謂。但回憶扔得掉嗎？心裡的疙瘩也扔得掉嗎？如果說要放就能放，那該有多容易？而她一旦將心裡的憎恨拋棄後，又將剩下什麼？自己不就是靠著這份從悲苦中轉化而來的堅強，才能一路走到現在的嗎？如果說關信華的那件事，讓駱子貞的個性從此有了些變化，那除了讓她再也不敢輕易相信愛情之外，大概就是讓她從原本的堅強自主，變得更加強悍。唯有建立起屬於自己的堡壘，她才能獲得真正的安全感，如果把這些武裝都卸下了，那她是不是又變回一個平庸，而且毫無競爭力，只能隨波逐流、任人宰割的駱子貞了？

不知道自己是怎麼睡著的，再睜開眼睛時，半杯水還在桌上，她只覺得冷。外頭天空陰霾一片，看樣子又會下雨。牆上時鐘指著早上八點二十分，她嚇了一跳，急忙跑去叫人，但更讓她吃驚的是，那三個女人居然徹夜未歸。

一時有點不知所措，她先到浴室洗把臉，讓自己恢復精神，也舒緩一下緊張的情緒，拿出手機，接連撥打幾次，楊韻之跟程采始終沒接，最後姜圓圓的電話通了，她還睡猶未醒，說一群人去夜唱，大家都喝多了，回到咖啡店後，居然統統都睡在店裡的沙發上，而最後一句話也沒講完，從電話這邊，駱子貞又聽到姜圓圓的鼾聲。

都不回來了？都真的玩瘋了？那書還念不念？考試還考不考？駱子貞簡直不敢

相信，她匆匆忙忙跑進楊韻之的房間，看到書桌上擱著學生證跟幾本書，都是今天文學院英文會考需要用到的東西。心念一動，駱子貞已經有了主張，她將那些瑣碎都掃進自己的包包裡，倉促又跑出門時，想起剛剛打電話之際，手機裡好像有一封未讀訊息，在電梯裡，她打開來看。

「妳把該放的放下，就會看到新的風景，就像我後來發現，這世界有妳。」李于晴這麼寫著。

原諒別人，也原諒自己，新的旅程才會開始。

13

真感到慶幸，雖然駱子貞對文學院的教室位置不太熟，好不容易才找到考場，但裡面是幾個科系與班級全然不同的學生被打散後所分配的梅花座，因此周遭的每個人都不認識彼此，誰看誰都一樣陌生，不用怕冒名頂替會被認出來。

她確認沒人注意到自己後，按照貼在黑板上的座位表，悄悄落座，也接過了監考老師發給的考卷。考試期間，老師幾次巡堂，順便查驗大家的學生證，竟然也沒有發現楊韻之的照片跟坐在位置上應考的本人不太相符，一個半小時過去後，她順利寫完卷紙，低著頭趕緊離開考場，直到踏出校門口，心臟都還撲撲跳個不停。

為了撫平這種因為瞞天過海去冒名考試的緊張感，她跑到常去的平價咖啡店裡，給自己點了一杯熱騰騰的義式濃縮，藉由高濃度的咖啡因，稍微平息緊張感，但也就在第一口咖啡入喉時，手機再度響起，楊韻之近乎崩潰地嚷叫著，她說驚醒後趕回家裡，不但已經趕不及考試，而且還發現自己的學生證跟課本都不見了。

「親愛的，冷靜點，妳不見的又何止是一張證件跟幾本書呢？」好整以暇，啜著第二口咖啡，駱子貞用充滿現代女性成熟氣息的口吻說：「我在老地方，妳快點來。」

「叫我去那裡幹嘛？我快瘋了！不對，我已經瘋了，媽呀，我這一科要被當了啦！」

「閉嘴，妳不會被當的，快點來找我就對了。」駱子貞低聲說。

「到底去咖啡店要幹嘛呀？」

「來幫我付錢呀，妳這個笨蛋。」壓低音量，駱子貞咬牙切齒：「為了趕著去幫妳考試，我急得連錢包都沒帶，妳難道不用來救我嗎？快！」

這本來應該是一個愈少人知道愈好的祕密，尤其不能讓一點風吹草動就大驚小怪的李于晴知曉，然而祕密藏不過兩天，風聲就走漏了出去。

兩天前，楊韻之走進咖啡店幫忙付錢時，還一臉乖巧的認錯樣子，兩天後，她又開始談笑風生，像什麼事也沒發生過一般，挽著一個大家都沒見過的男人，走進了餐廳裡。這是一場酬功大會，由她親自負責主辦，而程采跟姜圓圓則是陪客，至於坐在首位上，正享受高規格禮遇的，當然是冒了極大風險，去頂替應考的駱子貞。

「要請客，妳不會買了東西回家請我吃嗎？幹嘛約在外面，還找了這麼多人來！妳是巴不得讓全天下人都知道這件事吧？要不要去附近找找里長辦公室，借個廣播器來昭告天下算了？」橫了一眼，駱子貞說：「上次程采的事，我被停學三天，一百個小時的勞動服務都還沒開始呢，這回是不是真要看老娘被記過、被退學，妳們才會開心？」

幾個女人唯唯諾諾，誰也不敢頂嘴，就唯獨李于晴又開話了：「怎麼，原來妳也知道這種事鬧大了，會被退學的嗎？」他臭著臉，用一副不認同的口吻，說：「為什麼妳明明就很聰明，卻老是幹出一些沒大腦的事情呀！」

「閉嘴，我沒叫你講話。」駱子貞瞪完楊韻之，立刻再瞪李于晴一眼，「這次又關你什麼事了，你憑什麼又出現在這裡？」不等李于晴開口，她手一揮：「閉嘴，我只是隨口問問，沒有叫你回答。」說著，她抓起桌上響個不停的手機，急忙又走到外面去講電話。

「她每天都跟吃了炸藥一樣，妳們受得了？」李于晴無可奈何，問問座上幾位女孩。

「那不就是她最大的特色？」楊韻之一派理所當然的樣子。

「還好吧，不過就是標準的刀子嘴、豆腐心嘛。」姜圓圓也聳肩。

「炸藥？有嗎？在哪裡？」程采手上拿著一片她始終找不到落手處的拼圖，帶來帶去，還在餐廳裡研究個沒完，人家問她話，她也一頭霧水。

駱子貞很快地講完電話，她正為了明年初的就業博覽會煞費苦心地張羅，儘管時間還早，但畢竟活動規模太大，有忙不完的籌備工作。今天這場聚餐，其實也不只是給楊韻之她們一個道歉機會而已，更重要的是，她要分派一些連繫工作。學聯會人手有限，平常還有些不服她趾高氣昂在分發工作的反對派，做起事來綁手綁腳，如果可以得到楊韻之等人的協助，事情應該可以順利些。收起手機，正想推門進餐廳，她忽然心念一動，卻又打了電話，叫裡面的李于晴出來聊幾句。

「有什麼話不能在裡面講，非得把我叫出來？」李于晴忽然露出詭異的微笑，

「難道是因為前幾天真的被我感動了，所以想找機會，跟我獨處獨處嗎？這裡是大馬路邊，還不夠隱密喔！」

「只怕一旦到了四下無人的地方獨處，我就會控制不了自己想殺死你的衝動，所以為了你好，你平常還是離我遠一點吧。」駱子貞不想廢話，她劈頭就問：「那個熱音社的莊培誠，你跟他很熟是不是？」

「妳該不會看上他了吧？」李于晴大吃一驚。

「少跟我胡說八道，」指指裡面，駱子貞說：「那兩個空著的位置是你跟我坐的，再過去是楊韻之跟她今天的裝飾品，然後是程采，程采最近才鬧得灰頭土臉，旁邊最好先空著，但是你看姜圓圓，她旁邊也沒人。」

「所以呢？」

「幫個忙吧，把莊培誠的電話號碼給我。」說著，她伸出手來。

要了電話又如何，其實駱子貞自己也還沒想到，但這是一件她偶爾會放在心上思索的問題，只是該怎麼辦，一時沒有主張罷了。李于晴把電話號碼抄給了她，想了想，卻叮嚀著另一件事：「學聯會那邊最近怪怪的，妳應該聽到風聲了吧？」

「什麼風聲？」故作不知，駱子貞問。

「妳雖然只是副會長，但一認真做起事來，天底下就再沒人知道誰是會長了，這種事，就算會長自己不介意，妳覺得他旁邊的人能嚥得下去嗎？」

「講重點，我肚子餓。」

「意思就是說，上次活動辦完，全體幹部被妳批評得體無完膚，已經一堆人心裡有氣了，這次妳負責就業博覽會的企畫，照樣不給大家好臉色看，有些怨言就不脛而走，說妳專斷獨行，架空會長，把學聯會當成了私人企業。」沒等駱子貞問，李于晴直接說：「不用問我消息哪裡來的，我們吉他社一天到晚在支援學校活動，社團裡面有些人也參加了學聯會，要聽到任何風聲都很簡單。」

「所以呢？」

「沒什麼所以，我只是擔心妳惹上不必要的麻煩。」

「如果一邊想把工作做好，我一邊還得去求爺爺告奶奶的，到處巴結每一個人，那乾脆什麼都別做了。」駱子貞哼了一聲，「誰想對我表達不滿，就得先證明他比我強，否則一切都只是廢話而已。」說完，她拍拍眼前這男生的肩膀，叫了聲「讓讓」，又是一臉笑吟吟的，走進去繼續當她的天后，只留下店門口一個無奈苦笑的李于晴。

我們什麼關係都不是，但我們始終站在彼此那一邊。

跟程采那種擺滿公仔或各類蒐集品，彷彿跳蚤市場般凌亂的房間大不相同，駱子貞的房間小而單調，不但牆上空空如也，連床頭櫃上也沒有任何裝飾，一切走的都是簡約至極的風格，若不是靠著那些偶爾習慣隨手亂丟的一些單據在點綴，楊韻之覺得這房間簡直跟建商的樣品屋沒有差別。一兩年來，已經進來過不計其數，但就跟這回一樣，楊韻之沒發現任何能吸引她注意力的東西。

「無事不登三寶殿，是不是又幹了什麼事，要我幫忙擦屁股？」半躺在床上，頭靠著牆，手上捧了一本財經雜誌，駱子貞一邊閱讀，一邊拿紅筆在上頭註記，她只看了敲門後進來的楊韻之一眼。

「別說得好像我一天到晚在闖禍似的。」陪著笑，楊韻之也坐到床邊來，又就之前發生在咖啡館的事再說了一次抱歉。

「得了吧。」駱子貞一聳肩，她是那種脾氣來去都快的人，指指堆疊在床緣那邊，還有好幾本財經專書，說：「有事快點說，我很忙。」

「就是……」楊韻之囁嚅了一下，有點不好意思地開口，「聖誕節的時候，你們學聯會不是會辦活動嗎，下午有園遊會，晚上是聖誕晚會，對不對？那兩天剛好也是我們全國大中盃的比賽，比賽地點又剛好在我們學校，所以我想跟妳打打商量……」

「要公關票是吧？」駱子貞聽到這裡，已經明白大半。

「還有園遊券。」楊韻之嘿嘿一笑。

「這兩場活動確實都有公關的預算額度，不過我不清楚他們贈送的對象或範圍，妳知道，這個活動不是我主持。」駱子貞把雜誌放下，凝眉想了想，說：「不過如果中文系學會有興趣的話，我想我可以去幫忙疏通疏通。」

「我就知道妳一定有辦法。」說著，她湊過嘴來就要往駱子貞的臉頰上親，結果被駱子貞抓起雜誌一擋，剛好親在雜誌內頁一張照片上。

「唷，顏真旭你可真有福氣，居然承受了中文系系花的一個吻。」楊韻之撫媚地笑著，她把雜誌撥開時，看到上面是一篇專訪，受訪對象是國內知名電子產業大老闆顏真旭。

「妳想親他本人的話，也許哪天我可以安排安排，」駱子貞冷冷地瞄她一眼，說：「不過會不會因此被告，我可不敢保證。」

「妳認識他？」

「全台灣大概有過半數的人都認識他，這有什麼好稀罕的？」駱子貞稀鬆平常地回答，說最近正在做一份報告，要分析國內這些產業跨足海外領域的模式，所以非得趕著找資料不可。

「同樣是有錢人，不過這種不是我的菜，還是免了。」楊韻之搖搖頭，想到什麼似的，又問駱子貞星期六下午是否有空。

「如果又是妳打工那家店的活動，最好就不要再約我了。」

「是更厲害的事。」楊韻之神祕兮兮地說。

「園遊會跟聖誕晚會的活動不是倩如在負責的嗎？這種事妳應該跟她談吧？」會長皺起眉頭。他坐在學聯會的辦公室裡，正被自己的一堆期中作業所淹沒。這位管理全校最大學生自治組織的會長，成績向來也不是頂好，但靠著做人圓融、寬和大度，這幾年結下不少善緣，因此在學聯會本屆會長的競爭中脫穎而出，然而光靠著為人，還是不足以勝選的，他致勝的兩大助力，就是駱子貞跟徐倩如。但問題是這兩大助力之間，彼此經常出現對峙的矛盾現象，原本的兩把利器，居然成為他擔任會長之後，最常需要費心調解的衝突來源，還真有點始料未及。

「我當然會找她談，但這件事攸關整體活動的支出，所以按理說，更應該先徵得你的同意，你答應了，我自然會再找她，合作的細節是……」

「不用那麼麻煩，我現在就可以告訴妳，我反對。」駱子貞還沒說完，背後響起一個清脆的嗓音，走進來的正是徐倩如。她一副拒人於千里之外的態勢，搖頭說：「對於我們學聯會舉辦的活動，中文系學會向來不是很熱中配合，這些人喜歡孤芳自賞，那就讓他們自己玩自己的，我們又何必特別去支援？

「再說了，現在給中文系好處，那下次呢？下次當別的系學會也來要求時，我們是不是也要比照辦理？學聯會是學生自治單位，我們的責任在於如何幫本校學生謀福利，但不是在做慈善事業，每個系如果都來撈點好處，那我們豈不是三兩下就全被掏空了？

「至於大中盃嘛，大中盃每年都辦在不同學校呀，今年過了之後，明年誰還會記得來過這裡？我們花大筆錢贊助他們，那意義何在？他們會有幾個人感激在心？大中盃是跨校的體育活動耶，而我們辦的是本校的娛樂性活動，性質也不相當，何必混在一起？所以我反對把有限的公關資源，浪費在這些地方。」

「這見解未免太膚淺了吧？」駱子貞冷笑一聲，「園遊會跟聖誕晚會，全都是針對校內學生而舉辦的活動，優劣與成敗都是關起門來，只有自己人評價的內容，就算辦得再好，也只有我們學校的學生知道，但是藉由對外開放，讓參加大中盃的外校學生一起來，就可以增加學校的知名度，更是一次可以展現我們學校實力的機會，如果錯過了，那不是可惜之至？

「而且這怎麼會是圖利中文系呢？任何一個系學會，只要在活動日期上，跟我們學聯會有重疊到，那麼學聯會就應該盡量給予支持，彼此配合，讓活動更豐富才對，像這樣堅持門戶之見，不是迂腐得很？」

「我寧可迂腐，也不想打腫臉充胖子。」徐倩如毫不妥協地搖頭：「我們沒那麼多錢，就算有，也不能這樣花。」

「整體預算部分是可以管控的。」駱子貞同樣強勢，「需不需要把財務長找進來一起談，我們好好檢視一下那兩場活動中，到底有多少不必要的支出，把那些支出匯聚起來，別說足夠支付給參加人中盃的外校學生，當作他們的公關費用了。這些錢哪，哼，只怕再多辦一場跨年晚會都沒問題。」這話一說，讓徐倩如頓時語塞，她在籌辦這兩場活動中，確實因為幾項預算估計錯誤而浪費了不少錢，這件事她自以為瞞得極好，但沒想到精於成本管控的駱子貞還是從每個月的帳款明細中看出端倪了。

「子貞，妳為什麼就不能把每個人的工作區分開來呢？這件事……讓原本負責處理的倩如去辦就好，妳只需要做好明年的就業博覽會，不是就好了嗎？」聽著她們的爭執，會長終於忍不住開口。

「就算不歸我負責，但如果稍微調整一下這件事的執行方式，就能獲得更好的收穫，我為什麼要三緘其口？」駱子貞一句話搶白，讓會長也無言。

「要談省錢是吧？」倩如冷笑了一聲，說：「那好，妳要插手我的業務，那我就順便也管管妳的事吧。就業博覽會的系列活動，妳編排了兩萬四千元的演講支出，我個人認為這筆錢似乎也沒有支出的必要，即使有，應該也用不著這麼多。怎麼樣，妳要不要也砍一砍？」

「我預計邀請的都是企業經營管理的知名人士，兩萬四千元已經是最底限了。」駱子貞幾乎動怒。

「妳砍這筆預算，我就釋出聖誕晚會的門票跟園遊券，讓妳拿去大中盃做人情，怎麼樣，要不要？」徐倩如趾高氣昂地問。

中午匆匆出門時，駱子貞只覺得這國家的氣象預報真是愈來愈不可信任了，不是說多雲時晴嗎，怎麼好端端地卻下起雨來？一絲一絲地飄，讓人撐傘也不是，不撐傘也不是。她快步過馬路，攔了一部計程車，匆忙要趕往信義區的誠品書店，但偏偏路上車又多，在高架橋上塞了好久，抵達時，都已經超過約定的下午兩點。

「怎麼這麼慢？」楊韻之一臉焦急。

「塞車呀。」駱子貞拍拍肩膀上沾到的一點雨水。

書店外大排長龍，花了點時間，她才找到正在排隊的楊韻之。剛剛在店門口也看到了，這是一場新書發表活動，主角是一個近年來在兩性議題的書寫上頗有想法，銷售量屢創佳績的新銳作家。剛擠進隊伍裡，楊韻之先塞了一本書跟一個號碼牌給她。

「幹嘛？」駱子貞一愣，她搖頭說：「我可不想當個無知的追星族。」

「偶爾妳也應該體驗一下站在台下的感覺，不能老是戴著天后的光環過日子吧？」

正說著，已經聽到書店裡的活動主持人透過麥克風說話，邀請排隊的讀者依序入內。

駱子貞被夾雜在人群中，不由自主地移動腳步，她可不想排隊去要什麼簽名，從包包裡掏出一疊門票跟園遊券，連著那本新書跟號碼牌，全都交給楊韻之。

「真的弄到啦？」楊韻之又驚又喜。

「那得看是誰出馬。」駱子貞驕傲地說。她把東西一遞，正想脫離隊伍，這附近多的是可以坐下來喝點飲料、打發時間的地方，但隨著場內的音樂聲響起，她已經看到主角上台。那個名叫孟翔羽的作家，看起來年紀並不大，有點過長的頭髮，再配上下頷的鬍碴，頹廢中還頗有嬉皮的風格，言談間落落大方，於滿場讀者的期待中正侃侃而談，而在楊韻之如數家珍的介紹下，駱子貞才知道，原來這位名作家，還是他們中文系前幾年畢業的學長。

「真是可惜哪，妳生不逢時，要是再早個幾年入學，他應該也會是妳手到擒來的囊中物吧？」駱子貞本想調侃幾句，不料楊韻之點點頭，非常認真又充滿自信地說：「亡羊補牢，時猶未晚，這盤菜一直都在桌上，差別只是挾起來的早晚問題而已。」

「祝妳拉肚子。」駱子貞看了她一眼，搖搖頭，嘆了口氣。

「就算會拉肚子，那也是在吃飽以後，而妳呢？妳還在餓肚子呢。」楊韻之笑著拍拍她肩膀，說：「記得，魚要趁熱吃呀，小心冷了可就腥了。」

愛情有時如同食材，有人吃一次就怕，有人卻永遠吃不飽。

星光與星光之間，彼此輝映；初陽與夕月之間，永恆擦肩，
而歲月錯開交會的一瞬後，只剩惆悵與思念，
像極了我們背轉身來那一刻。

戀人們的心思不需要太多語言，
一城浮光，只要你陪我凝望著，就好。

「有沒有聽說，歐美兩大地區的財經走勢，都朝著高度寬鬆貨幣政策要繼續推行下去的消息？為了打擊不景氣而維持這樣的作為，除了可以帶動美股上漲之外，也會對全世界的整體經濟，提供更多的刺激性。在妳看來，妳認不認為這會是一個大舉投資的好時機？」一個看似簡單的問題，但其中包含的層面極其廣泛，讓駱子貞乍聽之際，先稍微凝了一下眉頭，但旋即明白，這是一道隨堂測驗題。

「怎麼樣，妳認為呢？」

「我認為這樣的刺激措施固然是一件好事，但觀察美股自從金融海嘯的谷底反彈至今，這好幾年來的表現，雖然看似復甦許多，然而如果要繼續維持，需要的恐怕不只是寬鬆貨幣政策而已。整個經濟基本面的改善，甚至是企業獲利的帶動，才是使市場環境繼續活絡的根本之道。

「況且，高度寬鬆貨幣政策，不是一個可以長遠實施的辦法，它必須要有所節制才行。至於這要持續到什麼時候，該在怎樣的時機趨緩，那又是另一個需要觀察與思考的問題，畢竟它所可能帶來的通膨問題，也不容小覷。」駱子貞很認真地回想自己最近在財經雜誌上閱讀到的內容，在腦海中加以整理一番後，很仔細地回答。

「有人這麼說，之前那一場對烏克蘭發起的戰爭，無論名目為何，戰爭本身將如何影響俄羅斯的經濟體，對於這個觀點，妳又怎麼看？」

「我認為這是一場賭注，」這問題駱子貞回答得很快，因為她昨天交出去的一份作業當中，才分析過此議題，「發起戰爭的政治人物，在這場戰爭中所獲得的好處，以及他的國家，因為這場戰爭所可能受到的，來自西方的經濟圍剿，到底哪個比較划算，會是一個值得思考的問題。」

「所以呢？妳有結論嗎？」

「恐怕這世界上誰都不能預見這場拉鋸的結果，不過我認為俄羅斯的經濟體制，不可能再承受一次上個世紀八〇年代，像冷戰時期那樣的孤立。」駱子貞果決地回答。

然後他就笑了，舉起茶几上的小杯子，敬了駱子貞一盞茶，又問：「妳是隨時都做好準備的那種人嗎？」

「我只是不想讓自己活在無知的世界裡。」駱子貞微笑。

「但我以為妳們這年紀的小女孩，關心的應該是化妝品、保養品，或者是衣服、髮型，還有鞋子之類的問題，再不然也應該以男朋友為生活重心才對。」

「人會老，但是智慧會成熟。」她還是自信滿滿地微笑。

其實已經被逼到非得背水一戰的絕境了，只是無論如何，她都想表現出一副無所謂的樣子，但內心裡承受的卻是莫大壓力。畢竟，駱子貞現在所面對的這個人，可不是學聯會裡那些泛泛之輩。

之前在會長面前，跟徐倩如針鋒相對了一番後，把心一橫，誇下一個海口，然後換到一疊聖誕晚會的入場票，也拿到園遊會的公關券，雖然解決了楊韻之的燃眉問題，但駱子貞卻給自己攬上一個更大的麻煩。

從簽書會會場離開後，她躊躇了一下，從皮包裡抽出那張名片，然後撥打了電話。在鈴聲一響又一響不斷反覆的過程中，她還沒想好自己應該如何開口，甚至希望對方乾脆別接電話比較好，然而很快的，低沉而渾厚的嗓音傳來，語氣中聽不出他的心情好壞，只是平淡而客氣地招呼，說了一句：「我是顏真旭。」

駱子貞並不敢期望對方會答應低酬勞的演說，這世界上有一些人，就像周星馳電影裡出現過的台詞那樣，每一秒鐘都是幾十萬上下，甚至更多。所以她委婉地說，希望能舉行一場校園演講活動，做為明年初就業博覽會的暖身，想要洽談洽談，但又因為卡著些緣故，希望能跟顏先生商量一下這個不情之請。沒想到這位大老闆聽完之後，啞然失笑，他問駱子貞人在哪裡，駱子貞說人在樓下，於是他說：「我相信妳的難言之隱不是電話裡能講清楚的，上來吧，我剛開完會，距離下個行程還有十五分鐘的時間，應該足夠妳交代原委。」

但駱子貞其實準備了不只十五分鐘的說詞，希望能說動這位身價不低的大老闆，然而上樓之後，大半的時間裡，她卻都在回答一些與演講毫無關係的國際財經走向，而最後僅存的幾分鐘，顏真旭雖然不談那些硬邦邦的東西了，但又跟她聊了不少自己對時下年輕人們的想法，從頭到尾也沒問駱子貞，到底她的難言之隱是什麼。

直到會談結束，一位穿著筆挺套裝的女助理敲門進來，示意該出發前往下一個行程時，他這才站起身，對駱子貞說：「妳有什麼安排，就發個簡訊告訴我一聲，至於其他細節問題，則跟我助理說一下就好，她叫小周。」

「可是……」駱子貞急忙起身。

「我相信以妳的智慧，不會有解決不了的問題，既然這樣，那我就相信妳。」顏真旭回頭，淡淡地笑著說。

「真沒想到，天后駱子貞也有自己端著餐盤，孤零零沒人陪吃飯的時候，而且吃的還是一份五十元的平民餐。」已經過了下午一點半，學校的自助餐廳裡沒多少人，連日光燈都關了一半，駱子貞剛夾好菜，正要準備結帳，李于晴不知何時從旁邊冒了出來。

「這有什麼好稀奇的嗎？我從來也不是那種吃飯非得有人陪的人。」駱子貞白了對方一眼。她這陣子偶爾會走到便利商店，獨自吃幾根關東煮，還會品味一下之前聽李于晴說那些話時的感覺，不過那是她私人的事，不需要對外解釋，況且眼前這個輕浮毛躁的傢伙，跟他之前那個成熟而坦率的樣子，也根本判若兩人。

「話不是這麼說，有伴一起吃飯，東西才會好吃，消化也才會好。」根本沒把她的話放在耳裡，更沒猜想到駱子貞腦袋裡已經轉過好大一圈。李于晴自顧自地掏出口袋裡好幾張全都皺在一起的鈔票，想撿出一張百元鈔來付帳。

「算了吧。」維持她向來拒人於千里之外的風格，駱子貞動作更快，她已經從皮夾裡抽出一張嶄新的百元鈔，遞給收錢的阿姨，還說了句：「連他的一起付。」

選了靠窗的座位，剛好可以望見校園裡的一片樹林，這時間的餐廳靜謐，雖然菜色也少了點，但起碼不會人擠人。為了答謝這餐飯，李于晴很識相地買了飲料，送到餐桌上來。

「這麼巧，你也現在才來吃飯？」駱子貞問他。

「天底下沒有一件事情是純粹的巧合，要嘛是命運在安排，再不就是人為去操弄。」李于晴叼著筷子問：「妳猜，我們今天的相遇是哪一種原因？」

「不想講的話，你就端著餐盤到旁邊去吃，別浪費我的時間好嗎？」

他差點沒笑出來，果然駱子貞對這種無聊的玩笑話沒興趣。把筷子放下，他說今天本來沒吃午餐的打算，然而幾通電話不斷打來，催逼他過來，最後被逼得只好丟下手中的吉他，非得過來餐廳一趟不可。

「誰？」

「還能有誰？」

駱子貞於是明白，這幾天，她為了那場演講而忙得不可開交，又要預訂場地，又要安排工作人員，都把身邊的姊妹們給冷落了。今天一早，本來想約大家中午吃飯，結果楊韻之說她午間得去系辦開會，程采則搖頭，她今天打算繼續蹺課在家玩拼圖，至於姜圓圓，他們班上剛好聚餐，大中午的就要吃麻辣鍋。

「曾幾何時，我的朋友都變成你的朋友了？」

「如果妳願意，也歡迎隨時接收我所有的朋友。」李于晴很大方，還直言不諱地說：「而且妳一定知道，我接收妳那些朋友，從來都是別有居心。怎麼樣，現在要來玩重疊朋友圈的遊戲嗎？」

「不用了，謝謝。」一口拒絕，駱子貞寧可繼續吃飯。

其實，忙得焦頭爛額的駱子貞，原先還有個計畫的，她相中了東區一家知名的甜點小舖，本來已經打算要預約場地，來做為自己下星期生日聚會的地點，所以想趁今天跟姊妹們敲定時間，沒想到大家各忙各的，竟是誰也沒空理她。

「如果妳有什麼事需要跟別人商量，不妨考慮一下我？」察覺了駱子貞眉宇間閃過的那一絲落寞，李于晴立刻自告奮勇。

「我想要知道市面上幾款衛生棉的使用心得比較，請問你幫得上忙嗎？」

李于晴噗地笑了出來，嘴裡的飲料差點濺到桌上，他趕緊拿紙巾擦了擦，笑著說：「如果我在吉他社的所有女社員當中，幫妳做這個問卷，也許真的能得到答案喔？」

「拜託你省省吧。」駱子貞都懶得囉嗦了。草草吃完飯，端著空餐盤就要離座，李于晴忽然又叫住她：「那天的簡訊，後來妳看到了嗎？」

「不實的廣告簡訊沒有留著的必要。」雖然心裡一突，但駱子貞這回神色藏得很好，沒被李于晴在一瞬間察覺，她板起臉來，掉頭就走。

再堅強的人，也有不敢面對的事情。

16

也許大家都沒空也是好事一件，期中考剛過，又有一堆活動在排程中，這時候憑空要挪出時間來慶生，確實會給大家造成諸多不便。她輾轉想了想，幾經考慮之後，決定還是將寫著那張甜點小舖訂位電話的紙條給丟了。

眼看生日在即，她想起前兩年，四個人當中，只要有誰到了這個日子，大家總免不了要在房子裡張燈結綵，大肆慶祝一番，然而今年卻不同，先是楊韻之上次過生日時，自己約了男友出去玩，所以姊妹們只聊備一格地送送小禮物；接著是姜圓圓，但這個可就簡單了，每年她生日，大家不需要另外準備主題，反正帶她去挑個自助式的餐廳，由她吃到飽就可以；至於最近的程采過生日，那天一群女人雖然都聚在家裡，可是壽星本人根本沒有慶生的興致，她趴在地板上，只顧著玩自己的拼圖，枉費駱子貞帶領大家把屋子布置得繽紛亮麗，但程采連看都沒看上幾眼，她根本不想管那些東西。

按照這種情形來看，今年駱子貞自己的生日，一群人只怕也湊不成團，雖然不到生日會被忘記的地步，但大家頂多只能弄個小蛋糕，或者幾張小卡片，能有這樣的規模，駱子貞就覺得應該偷笑了。

「我今天有點忙耶，妳也知道，大中盃要開打了，幾個場地協調都還有問題……」中午時，她打了手機，人在文學院的楊韻之聽起來非常焦躁，電話都還沒講完，她就忙著又對旁邊的人交代事情，等到說完，再要回頭時，駱子貞已經嘆口氣，早把電話掛了。

想著想著，她又撥了另一個號碼，然而程采的手機沒開，之後再打給姜圓圓，姜圓圓居然說晚上要跳舞。

「跳舞？」駱子貞納悶。

「我沒跟妳說嗎？我去報名了有氧舞蹈社，今天第一次試跳耶，妳要不要一起來？」

翻了個白眼，她掛上電話，走到欄杆邊，望著偌大的校園，心裡不由得空虛了起來。是不是要怪自己平常太驕傲，所以認識的人雖多，但除了那幾個姊妹，真正可以談上幾句話的朋友卻少？要找李于晴嗎？駱子貞有些為難，那傢伙腦袋向來不太正常，永遠讓人搞不清楚他哪時候是正經的，又哪時候是搞笑的，這種人其實也是天之驕子吧，他爺爺居然還是本校校長，難怪可以一天到晚混社團，從來也不需要擔憂課業問題。

她把手機放在掌心裡，左思右想，不知道還能撥給誰。今天這一整天，全世界像約好了似的，全都遺忘她的存在，地球以一個沒有駱子貞的狀態如常運轉，而唯一一個傳訊息給她，說句生日快樂的，居然只有關信華而已，這讓駱子貞感到萬分挫折，因為她的生日明明是明天才對。

「妳把該放的放下，就會看到新的風景，就像我後來發現，這世界有妳。」又看了一次，她搞不懂自己為何要騙李于晴，但就是一種不願認輸的感覺，好像自己如果承認了什麼，就會從此抬不起頭來一樣。可是自己為何要跟他賭這種氣呢？儘管向來都這麼瘋瘋癲癲的模樣，但她知道李于晴不是那種會連感情都當兒戲的人，可是也正因為如此，她才不得不更小心謹慎去面對他的告白，甚至加以拒絕，因為對方很認真，駱子貞自己卻無法同等以對，在經歷過關信華的那一段後，此時她已經找到自己在大學生活裡的重心，雖然這個生日可能會有點孤單，但她所建構的世界，確實正以自己為中心在不眠不休地前進著，如果這世界上真有什麼是她打死不想再碰的，大概就只有愛情而已；既然不想跟愛情的議題扯上邊，那當然李于晴就不用找了，省得耳根子不清靜。駱子貞這樣想著。

因為幾個活動的進度都抓得很好，以至於到了下半天，她居然開始無所事事，一個人在外面到處鬼混，先逛了逛書店，又在東區的路邊攤買了兩件衣服，最後還跑到華山文創園區去看展覽，等到傍晚時分，才拖著疲憊的兩條腿，要慢慢晃回家。

這世界很亂，要學著享受這種與紛擾俗世無所關礙的樂趣，因為這將會是自己大學一畢業，投入職場後就再不可得的悠閒心情，駱子貞這麼告訴自己，能被世界所遺忘，有時候反而是種美好與喜悅才對。但一邊想，卻也一邊搖頭，自己怎麼會有這種鴕鳥心態？她想讓自己對生日可能沒人有空一起慶祝的這件事好過一點，然而這種自我催眠的說法，卻反而讓她陷入另一種懊惱中。一邊想著，剛走到捷運站，電話忽然響起，程采居然哭哭啼啼，劈頭就說：「這個世界如果沒有我，會不會大家都比較開心？」

「什麼？怎麼回事？」駱子貞一愣。

「我死掉比較好，大家會比較開心，對不對？」程采嗚咽地說。

那瞬間，駱子貞嚇了一大跳，她不知道這個消失了一整天的女人到底發起什麼神經，最近不是好端端地只忙著玩拼圖嗎，怎麼莫名其妙又出狀況了？怕她做出傻事，駱子貞急忙跑出捷運出入口，伸手要攔計程車，跟著就問程采人在哪裡。

那是一個不算太遠的地方，敦化南路附近而已，程采說的雖然不明不白，但只要有個大概的方位，要找人總是比較簡單些，她一坐進計程車，立刻掩著話筒，對司機說了一句話：「最快的速度，敦化南路跟仁愛路口。」

是不是之前那個男人婆又回來找她了？或者她愛鑽牛角尖的毛病又犯了？駱子貞眉頭皺得很緊，她不覺得這會是個騙局，因為如果一群人約好了要惡整壽星，那也應該安排在生日當天才對，總不會每個人都跟無腦的關信華一樣，還記錯人家的生日日期。

「妳不要哭，不會有事的，天塌下來，我不都替妳撐著嗎？放輕鬆，告訴我，妳現在人在哪裡，有什麼事，咱們碰面再說，好嗎？妳電話不要掛，先告訴我位置，我馬上過去找妳。」一邊安慰著電話彼端的程采，她一邊拍拍前座的椅背，要司機盡量加速。

大約二十分鐘車程，她很快就趕到，只是偌大一個圓環邊，那傢伙又說得不明不白，車窗外只有下班時段不斷往來的人群，卻沒看到還在電話中哽咽的程采。付錢下車後，她也不在乎那些裝在紙袋裡的新衣服跟新書會弄皺弄壞了，急忙沿著仁愛路跑過去，但看了半天，又哪裡有程采的影子？

「妳到底在哪裡呀？」對著電話，駱子貞急著大喊，但對方毫無回應，她再仔細一看，卻發現程采不知何時早已掛了電話。一臉惶急，連原本整理得很好的頭髮也披散在臉上，她顧不得奔跑的汗水黏著一束束短髮就沾在臉頰邊，急著左右張望，只想看看有沒有程采的身影。

「有些人花了一輩子時間，希望能跟他們朝思暮想的人更親近一些，卻永遠只能如星光與星光般，彼此照耀，而從無交會的一天；有些人又何其幸運，在交相輝映的同時，還能擁有彼此的心，所以，我們都應該學會珍惜。」像在朗誦什麼散文似的，一個平緩而好聽的聲音就在柱子旁邊響起，駱子貞本來微彎著腰在喘息，忍不住抬頭回望，看見的是一個很眼熟的身影。

「生日快樂。」微笑時有挺好看的酒渦，而帶著促狹的眼神，跟他下巴微微的鬍碴，讓駱子貞一愣，這不就是不久前才在簽書會上看到的孟翔羽？

「你剛剛說什麼？」她還沒回過神來。

「生日快樂。」另一個聲音竄了出來，是剛剛還嗚咽不止的程采，但這時候她卻滿臉堆笑，旁邊還站著姜圓圓。

「要騙倒精明能幹的駱子貞，果然不是一件挺容易的事情，」跟著講話的，是躲在孟翔羽背後，捧著大蛋糕，上面還插著蠟燭，也綴滿水果裝飾的楊韻之，她笑著說：「很驚喜吧？」

「搞了半天，你們是在耍我？很有趣、很好玩是吧？說，這主意是誰想的？」原本擔憂焦慮的表情，瞬間變得冷峻，駱子貞咬牙切齒，讓這幾個洋溢開心喜悅的傢伙，彷彿一眨眼掉進了酷寒的深淵，那當下忽然全都笑不出來，也答不上話，只能僵硬地站在原地，駱子貞冷眼一掃，掃到誰，誰就打個冷顫，連素昧平生的孟翔羽都不寒而慄了起來。

「嘿，生日快樂！」最後，駱子貞那滿臉的殺氣，被突如其來在背後的一掌給拍斷，她嚇了一跳，猛然回頭，李于晴還喜孜孜地問：「怎麼樣，我安排的大驚喜，有沒有讓妳很感動？」

能被在乎的人所在乎，是幸福。

「說真的，我本來只是開開玩笑，沒有叫妳真的下手。」駱子貞忍不住小聲對楊韻之說：「我由衷地希望，希望他還未婚，更希望妳不會有朝一日，因為他而被法院傳喚出庭，罪名是妨礙家庭。」

「放心，他底子很乾淨。」假作飲酒的動作，杯子遮住了嘴，楊韻之驕傲一笑中回答。

桌邊，受邀而來的孟翔羽，跟被揍得滿頭包的李于晴正在聊天。兩個男人相差沒幾歲，專長雖然南轅北轍，但彈吉他的那個，平常頗有閱讀的習慣，而寫小說的那個，偶爾也會參加音樂活動，彼此居然有不少話題可談。

「他底子很乾淨，但是妳的前科紀錄卻很輝煌。」

「愛情看似撲朔迷離，但是透過理性與科學，妳還是可以分析出一點東西來，而這當中最微妙的，就是我們經常在動物星球頻道上看到的一個名詞，叫作費洛蒙，科學家已經證實了這種物質的存在。」楊韻之說：「妳是最講求理性的人，這一點科學知識，妳應該有。」

「理性與科學可以分析出當前世界的各種變化，也能證實費洛蒙的存在，卻不能預測這種物質何時產生或消失。」駱子貞搖頭，「所以一切還是白搭。」

「可是我覺得他很不一樣，」楊韻之手中盛了小半杯的紅酒正搖晃，她眼裡望著那個男人，嘴裡說：「這個男人，有一種我摸不透的感覺。」

「那又怎樣？那只表示他在『楊韻之的愛情培養皿』當中，存活週期可能比別的男人稍微長一點點而已，等妳哪天真把他從上到下、從裡到外都摸過了，他……」駱子貞還沒說完，胸臆間忽然又是一陣翻湧，多喝了幾杯紅酒後，後勁一上來，身體幾乎支撐不住，剛剛已經去廁所吐過兩次的她，丟下手中已經被換成溫熱水的杯子，急忙又往廁所裡衝。

「妳的這些朋友都很有趣，沒把他們寫成小說也未免太可惜了。」孟翔羽走過來，坐在楊韻之身邊。兩個男人原本聊得很投機，手上的紅酒也一杯杯地喝著，但李于晴在高談闊論中，原來一直也注意著那邊兩個女生，不斷投過來品頭論足的眼光，一發現駱子貞又吐了，急忙跟著去廁所照看，孟翔羽則笑著走過來，他好奇地指指廁所，問楊韻之：「他們是情侶嗎？」

「看樣子還不是。」楊韻之想起剛剛進餐廳前，駱子貞脫下高跟鞋來，追著李于晴毫不客氣海扁的樣子，搖頭說：「希望在那隻大鯉魚斷氣前，有機會得到咱們駱大小姐的垂青。」

「他會有機會的。」

「你這麼知道？」

「小李很用心，妳發現了嗎，今天的蛋糕是他訂的，餐廳也是他訂的，蛋糕是駱子貞最喜歡的黑森林跟藍莓雙重搭配，餐廳的主菜是也是這位女主角所獨鍾的口味，他只要繼續保持下去，哪有不成功的道理？」孟翔羽說。

「小李？你跟他都熟到這地步，他還連這些都告訴你啦？」楊韻之睜大雙眼，不可思議地問，停了一下，她又說：「不過話說回來，要弄懂一個女人愛吃什麼，這很簡單，但要弄懂一個女人在想什麼卻很難，而弄懂了之後，能不能做得到，那可又是另外一回事，愛情真正困難的地方應該在這裡，你這個寫了很多兩性議題的職業作家應該知道吧？」

「哪有這麼玄？妳想太多了。」孟翔羽笑了出來，說：「當一個人想要進入另一個人的心裡，而被動的這一方願意敞開心房，讓對方走進來時，愛情就已經成立了。而所有的曲折與迂迴，就只是心房開不開、怎樣才開，以及妳要怎麼去打動對方而已。」

「說得倒簡單，萬一，當你好不容易走進一個人的心房裡，卻發現那裡根本不是你想待的地方，那怎麼辦？」

「妳可以毫不猶豫，掉頭就走，」孟翔羽轉過頭來，看看楊韻之，說：「但妳也可以不急著離開，留下來，多看幾眼，也許妳會發現，或許會有些讓妳忽然不想走了的理由。」

楊韻之一時還沒搞懂，孟翔羽舉起酒杯，敬了她一下，說：「妳看見的現實世界是一種無限大，但妳也許從沒留意過，屬於心裡的虛無世界，它其實也是無限大的。」

幾句話讓楊韻之默然，她似乎聽懂了一些什麼，只是一時無法好好釐清。姜圓圓手裡捧著一本透過些許數字，就能剖析人類性格特質的命理書，正興沖沖地找人當實驗，程采被算完之後，現在輪到孟翔羽，而他毫無明星作家的架子，坦然說出自己的生辰八字，跟著加入討論。楊韻之背靠著鋪上繡金描紅軟墊，非常舒適的椅背，環顧這家大概要花費李于晴整個星期的生活費，才負擔得起一桌消費的高級餐廳。外面是低溫的冷氣團正籠罩，但室內則保持著溫暖的空調效果，燈光燦爛，紅酒香氛在她鼻腔裡還迴盪不去，她伸手沾了一抹大家吃剩的蛋糕，放到嘴唇上咂了咂。

桌子的對面那邊，駱子貞已經完全癱軟，整個人只能「掛」在椅子上，她垂下了頭，短髮的劉海也失去擺盪力氣。輕輕閉上眼，半躺在那兒休息；李于晴不敢放任，就怕心愛的女孩會一個不小心，便從椅子上跌落下來。他搬過另一張矮凳，陪在駱子貞身邊，一手拿著濕紙巾，一手端著水杯，隨時準備服侍。從他臉上半點埋怨都沒有的認真表情看來，楊韻之只覺得，其實駱子貞非常幸福，但可惜的是，她本人還不知道自己正幸福著。這個精明幹練的女人，同樣也只看中眼前世界的無限大，而疏忽了另一個層面。

孟翔羽說，除了現實之外，人心也是一種不同形式的無限大，而那個世界，楊韻之跟駱子貞一樣，都從來也沒嘗試著要去留意過。視線從李于晴那邊，轉向了孟翔羽，楊韻之心想，如果逝者已矣，那眼前的你，你的世界又是怎樣的一種無限大呢？她想起的是那場簽書會過後不久，自己在網路上輕易地找到了孟翔羽的臉書專頁，按了加入之後，她寫過幾次自己的想法，都是關於閱讀孟翔羽一些作品的心得，在虛擬世界中，她跟這位作者經常對話，也成功吸引了對方的注意，談到自己也在他的母校念中文系，兩個人頓時又拉近了不少距離，後來楊韻之索性將自己創作的文字斗膽拿出來，請教學長意見，沒想到孟翔羽很感興趣，於是才有了幾次的見面討論。

「有沒有考慮過，把這些作品拿到出版社投稿？我覺得妳的一些觀點都還挺有趣的，很適合時下的年輕人市場。」

「可是我到現在只寫了這一點小故事，萬一之後寫不出來，豈不就成了一書作者？」楊韻之有些尷尬。

「妳還活著，妳的故事當然就還在繼續，怎麼可能會沒有下一篇作品？」那時，孟翔羽給她一個充滿信心的笑容，說：「妳活得夠認真，精彩的故事自然就源源不絕。」

站在夢想與幸福的大門前，原來不是誰都有勇氣推開。

「我還在納悶，別人來做校園服務，要嘛掃馬路、挖水溝，再不就是掃廁所、清馬桶，等級稍微高一點的，可能就整理一下各系的辦公室，結果我卻被派來圖書館，還想說哪裡來的天賜恩典，結果原來又是你去疏通了。」一踏進圖書館那空蕩蕩的閱覽室，駱子貞左手提著掃把，右手抓著一條濕抹布，望著正在裡面讀報紙的李于晴說：「你跟生輔組長該不會也是什麼親戚關係吧？」

「首先呢，『疏通』兩個字，一般我們會用在馬桶堵塞的問題上，這年頭很少人這麼老派，還把這兩個字拿來套用在人際關係上了。」李于晴搖搖手指，放下雜誌，站起身來，說：「至於生輔組長，他當然不是我親戚，不過他跟我爺爺很要好，這倒是真的。」

「所以你就又動用什麼不正當的私人關係了，是嗎？」駱子貞先放下掃把，她心裡盤算了一下，應該從桌子擦起，然後是一整排的書報架，最後才掃地跟拖地，這樣比較合乎順序。

「不正當的私人關係？」李于晴噗哧一笑，搖頭說這聽起來只有更猥褻的感覺，「我沒有動用什麼關係啦，只是做了條件交換而已。生輔組的張組長，他有個念國中的兒子，一天到晚吵著要學音樂，而我答應了免費給他兒子上幾堂課，好交換妳不用拋頭露面去路邊掃地而已。」

「還真是謝了，不過這麼小一間閱覽室是能掃多久，這次不用出去丟臉獻醜，下次還不是照樣得在路邊挖水溝？」苦笑著，駱子貞就要開始工作。趁著今天下午沒課，可以趕緊開始，否則一百個小時的勞動服務，她大概補到畢業都做不完。

「那倒不用擔心，因為我跟張組長的約定當中，另外還包含一條：只要能在半個月內，讓他兒子從一竅不通，到學會基本四和弦，可以彈幾首歌來過過癮，他會願意放妳一馬，今天搞定閱覽室後，妳就從此恢復自由之身。」李于晴拍胸擔保。

「一般人要學會基本四和弦，大概得花多久時間？」駱子貞納悶，她不知道一個國中生究竟能否在半個月內學好那個什麼玩意兒，一邊開始擦桌子，她一邊問。

「要學基本四和弦呀？一般人的話嘛，以妳的資質來說，大概兩個小時之內；稍微笨一點的，頂多半天，至於一個忙於課業的國中生，我猜最多也不過一個星期。總之呢，這筆買賣，我們誰都不吃虧。」李于晴聳肩說：「啊，還有一件事，桌子我剛剛已經擦過了。」

沒有花費太多時間，早在駱子貞到來前，不但桌子跟櫃子都已經擦好，連地板也早已掃過一遍，李于晴說這裡鬼影比人影多，根本沒有拖地的必要，反正也沒人會來檢查。看來看去，到最後駱子貞能做的，只剩下把桌椅擺好、雜誌歸回原位之類的瑣事。

「閱覽室可以吃吃喝喝的嗎？」等那些雜物都處理完畢後，李于晴從自己的背包裡拿出飲料跟零食，讓駱子貞又傻眼一回。

「一般的使用者當然是不行的，但是清潔人員例外。」他指著門口還懸掛著的那塊牌子，說：「現在是清潔中，暫不開放喔。」

打開窗子，位在四樓的高度，可以看見偌大的校園，有涼風陣陣吹著。李于晴索性連椅子都挪過來，兩個人正好憑窗而坐。

「你總不可能一輩子都靠這些裙帶關係在過活吧，有沒有想過，畢業後要幹嘛？」駱子貞想起過兩天將要舉辦的一場活動，那與學生就業有關，忍不住問李于晴。

「要說沒有想法，那當然是騙人的，每個玩音樂的，誰不想以後靠這個混飯吃？但要說什麼具體的打算，這個又很尷尬，像我這種彈吉他的樂手，一卡車開過去都載不完，想搶一口飯吃，那是難上加難。」他嘆口氣說：「我如果有妳一半的專業能力就好了，明天哪支股票要暴衝都能算得出來，光靠這種本事就吃到撐死了。」

「沒有人會知道什麼股票要漲或跌，就算知道也不能買賣，那叫作內線交易，是犯法的。」駱子貞白他一眼。

「犯法？別開玩笑了，妳捫心自問，看看這個學期，從開始到現在，妳違反過多少校規！」李于晴也不管駱子貞臉上有多紅，逕自哈哈大笑了起來，等他都笑夠了，這才說：「反正大概就是這個意思，對於未來的工作，我其實真的沒有任何盤算。」

「會不會太豁達了點？」駱子貞說：「雖然這句話由我來說，並不顯得很適合，但我還是想提醒你，如果你對自己的人生沒有任何盤算，那不管你想追的女生是誰，只怕都沒有人敢答應你。」

「知道為什麼我沒有盤算嗎？」李于晴點點頭，望著眼前的風景，卻說：「我不做預先的盤算，是因為我想先知道，那個我喜歡的女生將如何盤算她自己的未來，然後，我會跟著她、陪著她，至於我個人，反正我天生福大命大，到哪裡都餓不死。」說著，他一攤手，擺出無所謂的樣子。

「這麼大方，不管人家要怎麼樣，你都隨便她嗎？」駱子貞啞然失笑。

「不是隨便她，是隨便妳。」李于晴說。

隨便妳。一個男人能對女人做出的最大承諾。

19

對著鏡子再整理一次儀容，時間已經接近，駱子貞走出廁所，又環顧會場一周，確認講台的麥克風沒有問題，也確定要用來播放簡報的電腦已經就緒，跟著她看看牆上的幾張海報都沒有貼歪，內容也沒有錯字；再回頭，滿場近千位聽眾皆已落座，有些人正低聲交頭接耳，有些人臉上則洋溢著雀躍表情。最後她走到後台邊，學院院長已經在那兒等著，連他都顯得有些緊張，畢竟平常蒞臨學校演講的主講人鮮少有如此大的派頭，他拉拉領帶，還問駱子貞：「有沒有歪掉？有沒有歪掉？」

早上九點四十五分，已經張羅好一切的駱子貞走了好一段路，快步來到校門口，先跟校警知會過，然後畢恭畢敬地等候著。過不多時，一輛氣派的黑色長軸轎車開到，副駕駛座的車窗放下一半，駱子貞看到顏先生的助理小周，之前在公司見過一次。

在她的招呼下，駱子貞也上了車，與顏真旭並坐在一起。車子沿著校園中的道路緩緩開上來，經過扶疏的花木，也經過一棟又一棟建築。車內安靜了片刻，顏真旭忍不住問她：「我以為妳會很熱情地招呼，介紹我認識貴校裡的一草一木，還有這些舊建築的。」

「就我所知，顏先生您數年前曾經蒞臨本校，針對貴集團在亞洲業務方面的發展，做過一次相當精彩的演講，我相信當時負責接待的學生，應該就已經把故事都講過一輪了才是。」

「就事前功課準備的程度來說，妳似乎比我更適合出去演講。」顏真旭露出滿意的微笑，而對於這樣的褒辭，駱子貞也淺笑以對，她自信於自己對今天這場活動的一切安排，當然更不會給自己有任何出錯的機會。在車子緩慢行進中，她從包包裡掏出一個小餐盒，遞給顏真旭。

「妳連這個都知道？」打開餐盒，是兩塊炸得金黃酥脆的可樂餅，顏真旭驚訝不已。

「聽說您當年到本校演講，曾對學生餐廳的這項美食讚不絕口，希望多年之後，它的口味沒有變差。」駱子貞微笑。

「有人說，夢想是那些已經成功的人，才會掛在嘴上唱出來的高調，但我三十年多前，跟你們一樣，坐在台下聽別人演講時，我已經有自己的夢想，儘管還遙不可及，但我就是要做夢，也喜歡做夢；有人說，在一個高度貧富不均，但社會制度已經漸趨完備的現代世界，年輕人即使懷抱夢想，也未必有出頭的機會，但我說，今天站在這裡，跟你們大談人生之道的顏真旭，也許明天就會宣告破產，企業可能隨時崩潰瓦解，你們呼吸的，其實是一個瞬息萬變的世界裡的空氣，問題只是你們嗅到了那股氛圍沒有。」

他說話字句鏗鏘有力，站在講台上，渾身散發出一種成功企業家的魅力。話鋒一轉，他忽然又微笑，說：「我知道你們會懷疑，懷疑自己是不是真如我所說，但我相信，優秀傑出的年輕人才，真正欠缺的，未必是高度的社會經歷，而只是你們是否有充足的勇氣與完整的準備，好在一個適當的機會裡表現自己而已。前幾天，財經新聞公布了一項消息，歐美地區將繼續推行高度寬鬆貨幣政策，請問，在座同學中，有多少人知道什麼是高度寬鬆貨幣政策？」

他這麼說著時，站在台下的駱子貞忽然心中一突，那不正是顏真旭問過她的問題？

「我的幾位分析師同時對我提出警告，這樣利多的消息，背後同樣暗藏著必須小心評估的多種危機，讓市場受到刺激，促使經濟成長，這固然是一件好事，但刺激過了頭，伴隨而來的就是不可收拾的通貨膨脹。

「我的分析師大多具備博士以上經歷，同時也都是長期觀察世界經濟體制的專家，他們的意見絕對有值得參考的價值。但你們認為，這些意見是否只有那些財經專家或分析師才提得出來？答案是否定的，因為相同的見解，我在貴校一位大三學生的口中，也聽到了。」他一說完，現場聽眾中已經傳出此起彼落的騷動譁然，顏真旭等這些聲音漸小，才笑著，又說：「各位不必驚訝，高度貨幣寬鬆政策的操作方式，最簡單的其中一個做法，就是大量印鈔票，放到市場上去流通，使消費行為增加，促進經濟的交流，如此簡單而已；大量印鈔倘若沒有限度，當然會引發通貨膨脹，不用具備高度的財經知識訓練，這是每個稍微讀過一點中國近代歷史的中學生，都應該知道的事情。

「各位同學，如果你是一個經常吸收知識、隨時觀察環境，對瞬息萬變的世界局勢，永遠處於主動，會試著去了解與掌握的人，那麼你就會發現，你出人頭地的機會，其實也就在距離你不遠的地方，等你攤開掌心去獲得……」

偌大的禮堂，滿坑滿谷的聽眾，這是一場不分系別或年級，都可以自由報名來參加的演講，駱子貞對今天的活動安排十分滿意，而透過這場演講，也正好可以為明年初的就業博覽會暖身。

一個半小時的演講，顏真旭暢談許多自己的創業經歷，也分享許多心境轉折，及逆中求勝的態度，同時更對現場學生們做了勉勵，會後開放現場提問，他大方接受各式各樣的問題，現場十分熱絡。直到活動結束，他已經講得口乾舌燥，但仍顯得精神奕奕。

「非常謝謝您，願意在活動經費如此拮据的情況下，撥冗與我們的學生做這場演講。」送到學院大門口，顏真旭的座車就停在那兒，臨走前，駱子貞再一次恭敬地鞠躬致謝。

「這其實也是一種投資。」他放下車窗，親切地微笑說：「我投資的第一點，是貴校商業類科系的所有明日之星，而第二點，則是妳這樣的人才。」

「謝謝。」駱子貞這回才是真正發自內心地笑了。

能恣意飛翔的人是幸運的；能無後顧之憂地飛翔，則是幸福的。

# 20

她回想起現場群眾們在聽完演講後，爆出熱烈鼓掌時，站在台下另一邊，學聯會會長那種有些驚訝、有些癡傻，以及徐倩如妒恨交加的表情，忍不住就笑了出來，但更開心的，則是顏真旭離去前所說的最後一句話。

「笑得這麼開心，妳一定非常得意了是吧？」李于晴從手上擱滿飲料的托盤中，遞了一杯卡布奇諾給駱子貞，說：「辦了一次很成功的演講，這次妳又要大大露臉了。」

「錯了，你要知道，駱子貞不是靠著一次又一次成功的活動，才能爭取到露臉的機會，她是隨時都保持在最佳狀態，隨時都可以露臉見人的才對。」接過咖啡，她一臉認真地說。

「也罷，這還真多虧了我。」李于晴自顧自地點頭坐下，還自言自語地說：「這一切都是那位在背後默默支持妳的男人的功勞。」

「得了吧你。」心情好，也就不想計較那些口舌上的小虧小損，她啜著咖啡，左右張望了一下，楊韻之還沒到，說好大家一起吃下午茶，順便討論過幾天中文系舉辦大中盃，需要學聯會支援的事情。

只是等了許久，眼看著都快下午三點半，連程采跟姜圓圓都抵達了，就是提出要開會的那位當事人遲遲不見蹤影。直到駱子貞已經徹底消耗完她的好心情，準備打電話罵人時，這才看見披頭散髮、一臉愁容的楊韻之踏進店裡。

「都幾點了妳才來！幹嘛一臉失婚婦女的倒楣樣，妳失戀啦？」駱子貞心直口快的一句話，讓楊韻之原本就欠缺的好臉色，瞬間更垮了下來。

「鬼扯什麼呀，別鬧了。」嘆口氣，找個位置坐下，她從包包裡取出筆記本，但依舊一臉意興闌珊的模樣，翻了幾頁，卻根本心不在焉，找來找去還找不到記錄事情的那一頁。

「如果妳三魂七魄還沒歸位的話，我看要不今天還是先別談了，妳要不要先去一趟行天宮，找個師父收收驚？」駱子貞又說。

楊韻之滿臉厭煩的模樣，她索性把筆記本一闔，整個人往椅子上一靠，卻說了跟今天議題毫無關連性的一句話：「我覺得孟翔羽這人很麻煩，完全搞不懂他在想什麼。」

「看吧，早說了，這才是問題的重點。」駱子貞一副早已明察秋毫的樣子，語帶嘲諷地說：「怎麼，終於輪到妳了，難得妳也有失戀的一天，是吧？」

「妳到底在說什麼呀！」聽到這句話，原本壓抑的情緒再也藏不住了，楊韻之忽然動起怒來，她把筆記本往桌上一拍，焦躁地說：「妳可不可以不要那麼自以為是，可不可以聽別人把話說完？我都還沒講耶，妳到底……」

「我自以為是？妳問問看這裡每一個人，再想想妳剛剛的那句話，不用說是我們這些人了，連桌上的杯子盤子跟起司蛋糕都會以為妳失戀了，我哪裡說錯了？妳……」向來伶牙俐齒的駱子貞沒等楊韻之抱怨完，她後發也能制人，只可惜也沒機會把話講完，李于晴見狀不妙，已經伸出雙手，分出左右，一掌封住一個女人的嘴，急著打圓場：「好了好了，夠了夠了，一個沒有好心情，一個沒有好口德，拜託妳們別吵了，好嗎？」

「怎麼，我哪裡不對嗎？本來今天約的是幾點、要討論什麼事？我們一群人在這裡等了老半天，難道連問問這個遲到的人究竟發生什麼事都不可以嗎？」駱子貞矛頭一轉，反而對準了李于晴，又說：「現在是怎樣，連你都覺得問題出在我，是不是？我只是想趕快把狀況搞清楚，然後討論好今天該討論的事，不然你以為我吃飽撐著，很想找人吵架嗎？」

在座的所有人都知道，駱子貞一旦發起脾氣來，總是這麼沒完沒了，程采跟姜圓圓低頭沒敢搭腔，楊韻之也心煩意亂不想說話，就剩下可憐兮兮的李于晴，他莫名其妙成了箭靶，正找不到理由開脫，駱子貞瞪著他，本來還要繼續發飆，然而擱在桌上的手機卻響起，硬生生打斷她的氣焰。

刺耳的鈴聲不斷干擾，那當下讓她要繼續生氣也不是、起來接聽也不是，一把抓起電話，正想直接按下結束鍵，她連聽都不想聽的，然而來電顯示的，卻是一個她怎麼也拒絕不了的對象。

「顏先生?您好，您好。」那轉折有些勉強，她非得在一瞬間壓抑下所有的情緒，努力擠出客套的笑聲，只是所有人聽來都覺得極不自然。站起身來，駱子貞一邊講電話，一邊就往店門外走，離座時，她語氣中顯得有些驚訝，而後面這邊，李于晴更是一頭霧水，他只聽到駱子貞彷彿說了「今天晚上」、「吃飯」，以及「喝點東西」這幾個字眼。

「顏先生是誰？」才一瞬間，已經忘了剛剛的不快，楊韻之眼睛一亮，率先充滿好奇地問。

「顏真旭？不會吧？」前兩天也去聽過演講的李于晴詫異不已，他驚訝的表情比瞠目結舌的程采跟姜圓圓都有過之而無不及。

「親愛的，這件事我們晚上回家再討論，應該來得及吧？不然妳把要做的寫下來，給我一份清單，我這邊會盡量支援妳就是了。」駱子貞簡直跟失憶了沒兩樣，像是完全忘了剛剛還在吵架似的，她講完電話後，一走回來就匆匆忙忙地交代，五分鐘前的她還怒氣勃發，幾乎就要活人生吃，現在卻對楊韻之喊著「親愛的」，當場讓所有人都傻眼。駱子貞一邊說著，拎起披在椅子上的外套跟包包，轉身又要往外頭走。

「妳要去哪裡呀？」李于晴急忙問。

「去為我的未來打拚呀。」說完，駱子貞頭也沒回，急著踏出店門口，上了一部計程車，只留下滿臉錯愕的一群人，以及充滿複雜心情的李于晴。

有些寒冷只在踏上巔峰時才能感受，事業如是，愛情如是。

「老實說，我本來以為妳會拒絕的。」

「我也以為，以顏先生這樣的身分，應該有為數不少的人，想成為能跟您一起小酌或吃飯的朋友，這也是老實說。」

「妳真的這樣認為？那為什麼實際情形卻恰恰相反？」

「我想應該是身分的緣故吧，這個身分使您擁有這樣的吸引力，但同樣也因為這個身分，而使您與人群之間有一道無形的隔閡。」

「妳可以使用平輩互相稱呼的代名詞就好，」顏真旭淡淡一笑，「我可不希望連在這樣的時候，跟妳之間也保有那道無形隔閡。」

「那你真的應該多出門走走，你就會發現，隔閡其實是很容易消除的，只要你願意的話。」駱子貞也笑。

這是一家很別致的餐廳，駱子貞之前也曾在電視上看過報導，心中無限嚮往，然而上網查詢過費用後，又讓她不得不打退堂鼓，雖然不是天價，但一頓飯就要吃掉上千元，這她還是揮霍不起。

店裡的一切裝潢都非常具有日式禪風特色，竹籬曲觴，流水淅瀝，沒有菜單的料理，只按照春夏秋冬四季命名。顏真旭顯然是常客了，他一進店裡，就被服務人員認出，而安排到較為隱密、不會受他人目光影響的包廂。駱子貞連這兒究竟賣些什麼都不知道，但隨著上菜開始，一道道小巧而精緻的菜餚，讓她不斷大開眼界。

「千萬不要以為我是為了炫富，才約妳來這裡吃飯。」像是在解釋什麼，顏真旭說：「事實上，我也擁有這家餐廳的幾成股分，算得上是老闆之一；而最重要的，是這裡的菜色，一來很有我妻子的風格，二來是食材都很養生。」

「你喜歡這種日式的菜餚嗎？」

「我太太是日本人，妳應該知道吧？」見駱子貞點頭，顏真旭接著說：「我第一次到她家拜訪，吃到的就是這種口味。後來結了婚，再忙，我都會堅持回家吃飯，或者讓她準備便當，一直到她病了，倒下了，再也沒辦法給我做菜為止。」喝了一小杯熱清酒，他咂咂嘴唇，說：「她過世之後，我就很久沒再嚐到這種口味的菜色了，直到有一次，是我助理推薦這家餐廳，當時它因為經營不善，眼看著就快倒了。」

「於是你為了保留這個口味，就出資改善經營？」

「這個故事妳覺得怎麼樣？」顏真旭眼裡閃過狡獪的光芒。

「如果這是虛構的，那我會說劇情架構太老套，缺乏新意，不過很適合台灣人的普遍性口味；但這要是真實的，那我會讚美它在平凡中所具有的意義與價值。」

「那妳認為真假的可能性，哪個比較高？」顏真旭似乎很想得到駱子貞的答案，然而眼前的女孩只是抿著嘴微笑，卻拒絕表態，讓他忍不住點點頭，讚了一句：「妳很適合當生意人。」

「謝謝。」駱子貞笑答。

從開始用餐，直到離開那家店，顏真旭始終沒揭曉答案，但駱子貞也不在意，一個故事需要的有時未必是真假的分析，反而只是一種感覺的意會。走出餐廳後，原本載送他們來吃飯的座車已經離去，司機都下班了。顏真旭帶她搭計程車，前往同樣也在東區，一家很有英式風格的小酒吧，不太吵，倒是各種古怪的裝飾品擺得到處都是。店內播放鄉村音樂，燈光些微昏暗，客人們三三兩兩各自聊天，酒保也不怎麼招呼理會。選個僻靜的角落坐下，顏真旭點了威士忌，駱子貞則喝白酒。

在高濃度酒精的催化下，有別於適才在餐廳的拘謹，顏真旭顯得意興遄飛，他聊了自己在創業過程中，曾經歷過的幾次重要轉折或打擊，那些都是演講中不曾提到的，包括他妻子的過世、他被自己親信的股東所出賣，以及高級幹部收受回扣，連累他揹上幾個罪名，而出庭應訊的故事。

一來是這些故事很吸引人，二來是前陣子過生日時才大醉一回，駱子貞有點怕喝酒，反倒聽得很認真，也不時提出疑問，一邊聆聽，一邊觀察著眼前這個五十歲上下的男人，忽然覺得他很孤單，也很可憐，怎麼一個跨國集團的大老闆，真的連訴說這些話題的體己人都沒有，卻只能對自己這樣一個並沒有很熟，甚至還非常陌生，連朋友也未必算得上的人聊著呢？她想著想著，忽然露出淺淺的微笑，或許這樣也好，少了令人感到疏離的人際關係中，那份不需要的框架，跳脫彼此的身分地位後，人才能跟別人真心往來吧？

「說了那麼多我的事，該妳了。」不知不覺，已經喝完兩杯威士忌的顏真旭，伸出手，跟酒保改要了一瓶啤酒，也幫駱子貞再要了第二杯白酒。

「我？要聊我什麼？」駱子貞失笑：「我只是一個很平凡的大學生。」

「是妳自己說的，平凡中總會藏著些價值與意義，不是嗎？」顏真旭想了想，說：「聊愛情好了，我相信這話題妳肯定有興趣，也會有東西可以談。」

「噢，我在學校裡，什麼表現都過得去，唯獨就是愛情學分始終沒修好。要聽我講自己的愛情故事，那你肯定會很失望。簡單來說，我的上一段愛情乏善可陳，而那之後又空窗了好幾年，到現在都沒有男朋友。」駱子貞搖頭。

「為什麼？」顏真旭有些詫異地搖頭，直說這樣一個能力強、外貌佳的女孩子，不應該沒有男朋友才對。

「按照一個交情跟我還算不錯的男生的說法，我是因為還沒原諒在上一段愛情裡的我自己，所以才走不出陰影，也就沒辦法開始下一段。」

「原諒自己？這聽來是個很玄的說法。」

「可能因為我這個朋友的腦子也不太正常。」腦海裡想起李于晴的樣子，駱子貞自己也笑了起來。

而她更沒想到，只是聊聊天，轉眼就過了一整夜，到了晚上十一點多，兩個人腳步踉蹌地走出酒吧，伸手攔了計程車。本來駱子貞執意不要他送，但顏真旭卻堅決反對，他說這年頭治安太差，萬一出了什麼意外，對誰可都不好。

距離有點遠，但車速很快，大約才二十分鐘左右，已經接近駱子貞的住處。在車上，顏真旭跟她道歉，說佔據了一整晚時間，非常不好意思。

「如果這幾個小時裡，會造成誰的任何損失，我相信那個人肯定不會是我。」駱子貞謙遜微笑。

車子開進巷口，車燈照耀，大樓外停著一輛機車，機車手把上似乎還掛著一袋什麼東西，而機車旁則佇立了一個男生。個子很高，修短的頭髮顯得朝氣十足，但美中不足的地方，是他臉色看來有點焦慮，否則那本來該是一張俊俏的臉龐。

「我猜，那是等妳的人。」顏真旭儘管微有酒意，但觀察力依舊敏銳，他說：「自從計程車開過來後，他一直盯著我們，沒有移開過視線。」

「是我朋友。」駱子貞點頭。

「是妳今晚提到的那個男性友人嗎？」顏真旭笑說：「如果是，那他應該是個妳最好別錯過的男生，可以考慮當男朋友候選人喔。」

「為什麼？」

「如果換作我是妳，我跟顏真旭出去吃飯，理所當然也知道不可能吃得太飽，因為那會有點失態；而時間這麼晚了才回來，肚子肯定又餓了，他還幫妳準備了消夜，這還不貼心嗎？」顏真旭居然稱讚起來，他指指掛在機車把手上的東西，笑著對駱子貞說：「快下車吧，別讓他再等了。」

「謝謝你。」駱子貞誠摯地道謝。

「這句話應該是我來說。」顏真旭也禮貌地點頭，在駱子貞下車後的一瞬間，他已經又變回原本的那個號令千百人的集團總裁，揮揮手，用不帶任何一絲情感的聲音，要司機掉頭轉向，他還要回公司繼續處理未完的公事。

有些平凡中的意義與價值，只留給用心感受的人。

雲與山互相依偎，海與天彼此層疊；而我與你卻在此刻擦肩，
那些被愛所關照的日子裡，我們活得理所當然，
卻忘了光影如幻夢終有碎醒之際。

於是，你的溫度格外讓人惦念，而我摔裂了夢後，
醒在一個漆黑的曠野中，只能等待你爲我帶來，下一次天明。

## 22

籃球場上的比賽正激烈，自家學校的隊伍，佔著地利之便，打起來特別得心應手，但對方也不是省油的燈，雖然中文系的男生向來多少予人優柔斯文的印象，但真正到了一分之差都能決定勝敗的球場上，依舊免不了是一番拚死搏鬥。楊韻之本來把時間算得極好，哪知道到了下半場，對方一輪猛攻，硬是將比賽拖入延長，又多打了好一會兒。當本校的中文系籃終於守住這一勝時，她也已經又超過了約定的時間。

把加油棒交給別人，從球場邊匆促離開，一路小跑步到園遊會場。這是沿著學校宿舍搭起的場地，約莫有百十來個攤位。早料定了這年頭沒有幾個大學生願意親自張羅做生意的心態，學聯會將所有攤販全都外包，讓外面廠商進駐設攤，之後再依據所收的票券拆帳。如此一來，學生們不但省下麻煩，更能提高消費買氣。果不其然，趁著一天好天氣，園遊會人潮滿滿。楊韻之跑到了會場外頭，大老遠就看到駱子貞正在對姜圓圓嘮叨。

「妳被太陽曬傻了是不是，拿五百元的園遊券去買四根熱狗，居然可以找回八百多塊，這帳是怎麼算的？還不快拿回去還給人家！」駱子貞剛數落完這一個，回頭看見楊韻之，把手上的一杯仙草茶遞給她，開口就說：「先別跟我講話，妳也不瞧瞧自己一副快要斷氣的樣子，先喝一口，喘喘氣吧妳。」

熙來攘往的人群，讓整個校園洋溢著歡樂氣息，再加上一整天的大太陽，絲毫沒有冬天的寒冷感覺。今天有的是緊湊的行程，早上大中盃的比賽拉開序幕後，下午便是園遊會，而入夜後的校園將會更加繽紛璀璨，禮堂已經完成了舞台燈光音響的設置，聖誕晚會還在等著這些渾身熱血的年輕人。

一大群人走走逛逛，到處瀏覽。許多攤位的食物都不是駱子貞跟楊韻之所喜愛的，但姜圓圓可不想錯過每一項小吃。一群人每走幾步，就得先停下來等上一等，讓她滿足口腹之欲。此時，趁著姜圓圓在棉花糖的攤子前排隊，而楊韻之跟程采正興高采烈玩著射飛鏢的遊戲，李于晴忽然沒頭沒腦地冒出個跟今天歡樂氣氛完全不相干的怪問題，他問：「妳那天晚上說，顏真旭找妳去他公司上班，還說就算妳大學沒念完也無所謂，是真的嗎？」

「是呀，怎麼樣嗎？」駱子貞眼睛看著沒一鏢能射中氣球的兩個傻姊妹，一邊回答。

「沒有呀，問問而已。」說著，李于晴也撇過頭去，看向了另一邊。

「嘿，你幹嘛老是欲言又止的，喉嚨長繭是不是，話都不會說了你。」如此一來，反倒激起駱子貞的不解，她拍了拍李于晴的肩膀，說：「想說什麼就說呀，別這樣憋著，煩死人了。」

「也沒什麼啦，我只是覺得，不管怎麼樣，都念到大三了，妳還是把文憑拿到比較好吧？」

「廢話，這種事還需要你提醒嗎？」原來是為了這件事，駱子貞白了一眼。

她可不知道，自從那天自己應顏真旭的邀約，匆匆忙忙離席之後，楊韻之她們這些存心看戲的好事之徒，就開始故意嚇唬這條大鯉魚，說什麼既沒現金又沒房產，除了空有一張臉跟會彈吉他之外，只剩會講話的一張嘴，這下要拿什麼去跟別人競爭；而撇開這些說風涼話的傢伙不談，李于晴自己也憂心忡忡，就怕駱子貞真的一去不回頭，那個顏真旭根本不需要使什麼小人手段，人家財大勢大，只要勾勾手指，還怕駱子貞不動心？那他呢？他有的只剩一張標籤而已，還不是駱子貞以前貼給他的「閒人」，現在這張標籤上，寫的可是「完蛋」兩個字。所以他憂悶了好幾天，一直想找機會探探駱子貞的口風，但偏又苦無良機，一直等到今天。

走了小半圈，人擠人的，實在逛不出太大樂趣，駱子貞手上那杯仙草茶的冰塊都融光了，她卻沒喝上幾口，站得累了，正想找個地方閒坐，反正今天兩場大活動都不是由她主要操刀負責，她也樂得讓徐倩如那夥人忙得不可開交而坐視不管，才要打打電話，把已經走散的其他人找回來，李于晴忽然從旁邊鑽過來，要遞一杯飲料給她。

「我這杯都還沒喝完。」

「妳那杯仙草茶都退冰了，又甜又膩，一定很難喝，不如換這個吧。」他搖搖手上的杯子，發出冰塊碰撞的聲響，說：「是妳愛喝的紅茶，半糖而已。」

從塑膠套裡取出吸管，插進密封的杯口，冰涼紅茶入喉時，有一股甜味漾開，駱子貞知道那其實不只是來自茶中的甜，就算這兒摩肩擦踵，萬頭鑽動，但李于晴的視線焦點永遠不會移開，只會注意到她這邊來。輕輕瞥眼，李于晴自己倒是流得滿身汗，斗大汗珠都還掛在鼻頭上。

「這該死的楊韻之又不見了，咱們去找她吧。」不敢讓自己想太多，就怕忍不住又玩味起顏真旭那天晚上講過的話。駱子貞站起身來，從皮包裡掏出一包濕紙巾，遞給李于晴，她說：「擦擦汗吧。」簡單一句話與一個小動作，不曉得為什麼，說起來竟有種心虛的感覺。

園遊會場很大，楊韻之本來是跟大家走在一起的，但一瞥眼卻彷彿見到有個熟悉的身影，她忍不住心中好奇，側身在人群中擠過去，想確定自己有沒有看錯，結果就在霜淇淋的攤位前，在一整串的排隊人龍邊，看見了孟翔羽。

他還是跟以往一樣，只是過長的頭髮今天扎起一小撮馬尾，雙手插在口袋裡，悠閒地欣賞這一幕幕歡樂活絡的場景。為什麼他會來呢？怎麼要來也不通知一聲，甚至都到這兒了還不打電話？她邁一步上前，本來想去招呼的，然而卻看見一個打扮得青春洋溢的女孩，手上有支小心翼翼捧回來的霜淇淋，笑靨燦爛地走到孟翔羽面前。他臉上帶著笑容，張開嘴吃了一口，然後那女生跟著吃了第二口。

那瞬間，楊韻之整個人都傻了，她不曉得自己該怎麼想才好，那女生是他的什麼人？這答案已經從好親密的動作中昭然若揭，根本不需要再去問。她微張著嘴，呵出一口寒氣，一時間還難以接受，只覺得心口跟腦袋都像被人狠狠重擊過，有種頭暈目眩的感覺。不自覺地轉身，她想趕快離開這裡，想趕快忘記眼前的景象。但也就在轉身那當下，楊韻之忽然又想，如果自己做的是另一個決定，那又該如何？

「居然回來參加母校的園遊會也不跟我說一聲，我好歹是在校學生，又是中文系學會的幹部，可以給你當當導遊的呀。」她在接連呼了好幾口氣後，勇敢地走上前，來到孟翔羽面前，她想知道，這個男人是不是會像那些劈了腿而被揭穿的傢伙一樣，瞬間顯露出無能而畏懼的心虛態。

「妳今天怎麼可能還有時間理我，大中盃應該就夠妳忙的了吧？沒關係呀，我可以自己逛逛，也可以找其他朋友的嘛。」哪知道孟翔羽絲毫沒有楊韻之所預期的反應，他像根本不在意任何事般，居然伸出手來，指指那個手執霜淇淋的女生，說：「跟妳介紹一下，這是我一位好朋友，她……」

有些人不敢愛，有些人不懂愛，但，沒有人不需要愛。

她知道孟翔羽這個人有些與眾不同的地方，在他的文字世界裡，男女之情纏綿悱惻，讓人沉浸其中難以自拔，然而於現實裡，卻也同樣令人費解。沒有兄弟手足，父母也老早就過世了，他是標準的隔代教養下成長的小孩，在他的世界裡，親情、愛情、友情似乎都沒有明確的界線。楊韻之想起自己第一次去孟翔羽的住處，在那個凌亂的屋子裡，他們親吻、擁抱，只差沒有做愛，若不是被姜圓圓一通消夜買好，到處找人回家吃的電話給打斷的話，她幾乎就要吞了孟翔羽。而那之後，就在她覺得這就是一種愛情的象徵，而跟孟翔羽手牽著手，一起逛著街時，遇見了大概也同樣是出版圈的幾個朋友，那時，孟翔羽的介紹就跟今天一樣，很大方的，他說這是我一位很要好的朋友。

這世界果然很有趣，在同一個時間、同一座城市裡，原來可以聚集如此多心境完全迥異的人。她拎著裝滿啤酒的塑膠袋，沉甸甸地提過街，與楊韻之擦肩而過的大多都是成雙成對的情侶，他們有的手挽著手，面帶喜悅；有的則大方地在街邊擁吻，分享最幸福的一刻，而也有些跟自己一樣獨自行走的路人。有些人臉上寫著孤單，有些人大概還寫著「加班」，或者就像等在街頭，苦候乘客上門的計程車司機，是百無聊賴的樣子。而她蹉跎腳步，漫無目的般地往前走，最後則一路回到家。站在陽台上，拉開第一罐啤酒的拉環，她要先敬自己，跟著，還想敬敬這個讓戀愛經驗無數的自己，初嚐失戀滋味的孟翔羽。

時間是晚上八點半，她被不斷灌下的啤酒撐得飽脹，同時也拿起手機，開始猶豫要不要打給駱子貞她們。

平安夜所舉辦的聖誕晚會，被無數的彩色燈泡點綴得浪漫繽紛，這所天主教主辦的大學，在同一時刻也在校園角落的小教堂舉行彌撒，然而參加的學生卻寥寥無幾，大部分的人都擠進了另一邊的舞會會場。

「妳有膽子去跟一個身價幾百億的大老闆吃飯喝酒，難道不敢下來跳舞嗎？快點！」姜圓圓又拖又拉，就是要駱子貞下場一起擺動身軀，卻被她毫不留情扯開，駱子貞差點沒張開嘴去咬人，還瞪了姜圓圓一眼，說：「這種把自己擺到幾百人的眼光前面，去跟猴子一樣亂扭亂跳的勇氣，我可沒有！」

說也奇怪，姜圓圓興高采烈下去熱舞，沒多少人理會她也就算了，但衣著一點都不出眾、外貌跟舞技也不過平平的程采，她在人群中獨舞的姿態，卻不自覺地發散出一股成熟女人的嫵媚。要不了多時，就有幾個男生靠向她，想博得她的青睞，然而程采不為所動，她就是跳著自己的舞，完全沒把別人放在眼裡。

「真的不跳舞嗎？」李于晴問。

「如果你很想下場玩玩，姜圓圓還缺個舞伴。」駱子貞一說，李于晴立刻用力搖頭。

不曉得徐倩如從哪裡邀請來的ＤＪ，大概花了不少錢吧，一整晚，將全場的音樂起伏控制得非常完美，好像完全能掌握到舞池中這些人的體能消耗，激昂輕快的音樂，總能適時地慢慢引導遷換，轉成緩慢抒情的慢舞曲調。不過無論音樂怎麼變，駱子貞從頭到尾沒有跳過一支舞，連累得李于晴也只好坐在一旁的小桌邊相陪。

她望著這座大禮堂裡的人群，心裡有些牽掛不下，楊韻之下午就不見人影，也沒交代去向，晚餐時她傳過簡訊，得到的回覆是身體不太舒服，所以要先回家休息。怎麼會忽然不舒服呢？駱子貞心中推敲，以楊韻之的花蝴蝶個性，別說身體微恙了，就算腿都斷了，她也不會錯過這種可以展現迷倒眾生天大魅力的好機會才對。

「對了，那個顏真旭……」不知怎地，李于晴忽然又提起這個名字，讓駱子貞一愣。「妳跟他，應該只是普通朋友吧？」

「我的天哪，有完沒完這是？」又翻個白眼，駱子貞還沒搞懂楊韻之的狀況，眼前儼然又是一個大麻煩，她說：「你到底想從我嘴裡聽到什麼？」

「就只是問問呀。」李于晴有些難為情，神態居然有些扭捏，又說：「一般人怎麼可能跟那樣的企業大老闆交上朋友，這根本不合邏輯呀，妳說是不是？就算再怎麼想要攀龍附鳳，根本也連門路都沒有，除非是他願意主動來接近妳，而我是有點擔心啦，畢竟……」

「畢竟什麼！他當我爸都可以了，你曉得嗎？而你了解這又意味著什麼嗎？也許在你的想像裡，一個五十幾歲的男人，跟一個二十出頭的女孩，可能織出一張光怪陸離的、充滿各種低級噁心畫面的網子，但如果把人物代換成顏真旭跟我，那很抱歉，不太符合你的期待，我們可以是忘年之交，可以是惺惺相惜，我欽佩他的為人，他看重我的能力，就這樣而已。」

「可是……」

「沒有可是。」斬釘截鐵，駱子貞打斷他的話，幾乎就要伸出手去用力擰擰這傢伙的臉，她說：「你這顆鯉魚腦袋裡要幻想什麼畫面，那都是你的自由，我管不著。但是幻想畫面裡的人物，不可以是我的臉，而且，你要是敢再隨便質疑我的人格，老娘就跟你拚了，懂不懂？」

「懂。」顫巍巍的，絲毫沒有一個男人的威嚴氣勢，李于晴只能乖乖點頭。

有些心煩意亂，在舞會現場老是聽著這些猛烈撼動心跳的舞曲，聽多了也疲倦，她站起身來，揮揮手，連話都不用多說，李于晴就乖乖地隨她走出會場。平常一入夜就十分僻靜的校園，今晚卻活力四射，她鑽過人群，正想找個安靜點的地方坐下，沒想到迎面而來，卻又遇見自己最不想遇見的那個人。

「嘿，就知道妳今晚一定會來。」關信華跟幾個人大老遠地就張開手來，很熱情要打招呼，「我約了幾個朋友來跳舞，妳要不要一起來？」

「你知不知道，除了蟑螂之外，你是這世界上，唯一一種讓我看了就覺得噁心的生物，我甚至以自己跟你一樣用兩條腿走路而感到羞恥。」說話毫不容情，駱子貞很凶地叫他讓開。

本來笑容滿面的關信華，被這幾句羞辱的話一激，整張臉頓時通紅，他身邊那些人也無不錯愕。駱子貞見他不讓道，也懶得再囉嗦，從他身邊就要繞開，關信華下意識又想伸手拉人，但駱子貞回頭一瞪，嚇得他急忙縮手。

「妳到底在耍什麼脾氣呀，我真的搞不懂耶，都分手那麼久了，不是嗎？我們是不是真的連朋友都當不成了？還是妳覺得我欠了妳什麼？」關信華用為難的語氣說：「老實講，我真的不覺得自己還有欠妳什麼，好歹相識一場，妳能不能給點好臉色看呀？」

「也許你欠的始終都是一個道歉，就一個道歉而已。」跟在駱子貞背後，一直默不作聲的李于晴忽然開口了，沒有剛剛在舞會會場裡的唯唯諾諾，他向前走了幾步，站在駱子貞跟關信華之間。

「你誰呀？」關信華一臉不悅地問。

「所謂的朋友，並不是你說是或不是，它就能算數的；而虧欠則剛好相反，也不是你認為欠或不欠就算了，它儘管不明顯，卻一直存在。」李于晴嘆了一口氣，淡淡地說：「你覺得沒有虧欠，只是因為你不知道自己曾經傷害別人有多深。」

晚上還沒過十二點，平安夜還沒結束。去年的平安夜，一大夥人開開心心，聚在家裡吃火鍋，個性嚴謹的駱子貞，平常只能接受大家把朋友約上頂樓去胡鬧，卻不准她們帶人回家，而那一次，她難得願意開放門禁，讓大家各找一個朋友回來共享大餐，然而像是說好了一般，楊韻之、程采跟姜圓圓都沒再找人，就四個好姊妹湊一起，儘管手忙腳亂，儘管牛肉根本都沒熟，儘管一整晚吃下來，最後大家還輪流跑廁所拉肚子，但那種歡笑與喜悅，彷彿都還迴盪在眼前。

楊韻之嘆口氣，熄掉手中的香菸，回頭，一片漆黑的客廳，只剩玄關的立燈微亮。她有些懊惱，長夜漫漫，低估了自己的酒量，早知道應該多買點啤酒也好。現在晚風冷了，她也沒力氣再下樓了。滿懷惆悵的心情，再看看手機，大約半個小時前，她傳了一封簡訊給駱子貞，不說自己的心情，只是簡短地問她，聖誕晚會好玩嗎？而駱子貞沒回。

大概都玩瘋了吧，這世界可能沒人發現自己正孤零零在這裡自怨自艾了。楊韻之又嘆氣，正想從客廳陽台走回自己房間，卻忽然聽到門鎖轉動聲，跟著是一片光明，帶著溫暖色調的黃色日光燈下，駱子貞一臉擔憂的樣子走進屋裡，眼神四處張望，就看見了臉上不知何時，已經掛著眼淚的楊韻之。

「妳怎麼回來了？」楊韻之其實腳步已經略顯歪斜，一個酒嗝，濃濃酒味竄出，她勉強擠出微笑，「李于晴捨得讓妳回家呀？」

「比起他，妳應該會更需要我。」說著，駱子貞張開手，抱著哭出聲音的楊韻之，輕聲安慰她：「好了，沒事了，不管什麼事，都沒事了，有我在呢。」說著，又輕捏她屁股一下，說：「下次要抽菸，滾回妳房間抽去，不准在客廳陽台點菸，聽到了沒有？」

真正的關心，是不說，我們卻知道彼此的需要。

## 24

她哄著楊韻之上床睡覺，幫她蓋好棉被，也幫她關上燈，然後才躡手躡腳地退出臥房，站在不久前楊韻之才發呆許久的陽台上，跟著也出神起來。

「妳要照顧別人到什麼時候，要怎樣才會把精神跟注意力放在自己身上？妳什麼時候才要揭下那張面具，好好面對自己的情感？」這是大約一個小時前，在接到楊韻之的簡訊後，她倉促要離開學校時，李于晴問她的幾句話。

「我什麼時候要幹什麼事，這我自己很清楚，也不需要對任何人報備。還有，下次，這種事請你不用替我開口說話，可以嗎？就算我曾經告訴過你，關於我自己跟那個傢伙的過去，那也不表示你就有理由或立場，在那種場合裡，跳出來替我說話。」駱子貞用一種連自己也不曉得為何的冷漠語氣，在李于晴沉默時，她又說：「楊韻之今天一定有什麼事，否則不會這麼怪。」駱子貞已經丟下自己所有因為關信華而來的複雜心緒，她拿著手機，在李于晴面前一晃，「天塌下來，我都能頂得過去，但是楊韻之不能有什麼三長兩短。」一說完，她更不遲疑地轉身就走。

匆忙趕回到家，雖然暫時解決了別人的問題，但她自己的呢？站在陽台上才不過十分鐘，她已經受不了外頭的寒風，心裡一邊佩服楊韻之居然可以在那兒待一整晚，一邊又在縮回客廳沙發上，還蓋上小毯子後，再次想起李于晴問她的那些問題。

能有這樣的一群朋友在，駱子貞覺得很幸運也很幸福，她其實不介意花點時間，來處理這些好友們各自不同的小問題，但這並不表示，她就會因此而不夠關心自己。事實上，駱子貞心裡很清楚，今晚自己其實是感謝李于晴的，透過他的嘴，一些從來沒機會跟關信華開口的言語，才能被說了出來。自從跟那個姓關的分手之後，她對愛情感到卻步，就怕又一次嚐到失去與失敗的滋味，在現實生活中，大多數的事情都能掌握在自己手裡，唯獨愛情不行。

所以說，與其要原諒別人，倒不如說她得先釋放自己，但問題是，這該怎麼做呢？駱子貞其實一點辦法也沒有，也正因為那種無力感太強烈，所以她必須偽裝，也必須武裝，她不想在任何人面前表現出一丁點的慌張或無助，甚至，當任何人只要一不小心，可能觸碰到這張面具時，她都會凶悍地反咬一口，今晚，李于晴就是那個倒楣鬼。

駱子貞長長地嘆了一口氣，她知道自己為什麼要生氣，知道自己生氣其實是不對的，但她想不出任何比這更好的辦法，來面對隨時可能戳破她那張面具的李于晴。

十二月底的那一週，是屬於大多數年輕人狂歡熱鬧的時節，結束期中考後，從聖誕節到跨年之間，根本沒人有心思放在課業上，這是他們應該盡情玩樂的一段時間，只有極少部分人會例外。

聖誕晚會之後，整個人不管對什麼事情都興致缺缺，若非姜圓圓一再邀約，駱子貞根本懶得出門，她本屬於不愛湊熱鬧的那種人。跨年夜到處擁擠，她對煙火又沒興趣，如果有得選，她寧可窩在家裡，跟姊妹們一起喝酒慶祝，或者到頂樓上去放放煙火就好；同樣的，楊韻之也沒出去閒逛的好心情，看來孟翔羽的事給了她不少挫折，一連好幾天幾乎足不出戶，她把自己關在房間裡，也不曉得在裡頭幹嘛，連一向自閉的程采都比她常出現在大家面前，只是即使經常映入大家眼簾，程采也總是背對的姿態，她長期佔據客廳地板的那堆拼圖終於慢慢地將要完成，眼看著散落的碎片愈來愈少，而連綿錦繡般的山林浮雲圖樣也逐漸呈現。

「我們已經一年到頭都在這附近晃來晃去了，難得有幾天連假，妳卻還要帶我們來這種地方，不嫌煩嗎？」駱子貞沒好氣地說，她們被姜圓圓連拖帶拉，一夥人在一年的最後一天，又踏進校園裡，在人來人往、擁擠不堪的小劇場外面，看見巨幅的海報，上面寫著今晚的活動名稱及演出團體。

「別說進場的動線沒規畫好，一群人全擠成魚罐頭了，光是看這海報就不及格，瞧那字體跟顏色是怎樣？辦喪事嗎？居然用白底黑字，還標楷體？」駱子貞鄙夷地說：「我要是主辦人，今晚第一個節目就是我在台上切腹跟全校學生謝罪。」

「老實講，文案也不怎麼樣，中間還寫錯字。」站在旁邊，意興闌珊地跟著抬頭看海報，楊韻之只讀了兩行文案就搖頭嘆氣，大家共同的結論是：原來會玩音樂的，大部分都不太懂文字或設計。

駱子貞湊在人群中，有些不自在，但音樂表演的現場大概也就只能是這樣了，除非像顏真旭那種有錢的富豪，才有可能在擾攘的紛亂中，獨自闢出一間包廂來欣賞演出，但話又說回來，小劇場人滿為患，哪有包廂可言？

第一個開場的樂團就成功吸引全場注意力，這個由熱音社、吉他社共同策辦的跨年音樂演出，能上台的，都是兩個社團的菁英主力，開場團聽說已經得到了一張唱片合約，大概再過不久就會正式成為唱片公司力捧的對象，他們的創作樂曲，是在網路上早已讓大家耳熟能詳的旋律。不過這種嘈雜的音樂，駱子貞卻聽得心不在焉，她手上拿著節目單，注意的是後面次序中，稍後才會上台的吉他重奏團體。

「很帥吧？快點看，快點看！那個肌肉真是迷死人了……」姜圓圓一扯，把駱子貞的視線扯了回來。漫長的吉他獨奏時，站在舞台正中央，以一種近乎扭曲的姿勢站著，吉他手忘我地演奏，他閉起雙眼，手指在琴格上快速顫動，激昂高亢的樂聲伴隨著強烈閃爍的燈光，讓全場觀眾幾乎為之瘋狂，彈奏吉他時，他連上衣的鈕釦都扯開來，露出健壯結實的胸肌與腹肌，更讓姜圓圓口水差點流出來。

「我不知道妳還有生吃的癖好……」瞄了一眼，駱子貞發現姜圓圓的靈魂早已不在身上，都被那個吉他手給吸引走了。而她再更仔細一瞧，那個吉他手留著兩側誇張的鬢角，不正是那個貓王嗎？駱子貞搖頭嘆氣，看樣子姜圓圓這一臉思春的熱潮，可能絲毫不會受到寒冬的影響。

幾個樂團表演過，她站得腳都痠了，好不容易等到節目再替換，李于晴揹著吉他上台時，現場有不少女觀眾鼓掌尖叫，一副就想衝上台去把他給撕裂了的激動樣，讓駱子貞皺眉苦笑。

「如果這時候的你，覺得寂寞，覺得孤單，覺得自己像是迷失了，那是因為你還沒找到一個屬於自己的角落。在那裡，會有懂你的人，會有陪伴你的人，會有你的依靠，你的港口，也有你的夢想，」好整以暇地坐下，將麥克風架調整好位置，李于晴清澈的嗓音說著話，他環顧著現場的觀眾，說：「也會有我。」說完，第一個清脆的叮噹聲響起，他撥動了弦。

「噁心，這是哪裡抄來的鬼話？」駱子貞搖頭嫌棄時，舞台上紅、黃、藍等顏色的燈光不像方才的快速閃爍，這時反而配合著節拍，一映一映，讓迴盪全場的音樂更顯得溫暖，也更能浸透人心。

李于晴唱的是一首他自己寫作的曲子，雖然駱子貞從沒聽過，卻覺得很熟悉，那種熟悉感不是因為旋律或歌詞，而是因為正在彈奏著、演唱著的人。就像他始終如一的陪伴那樣，看似不起眼，但總有一股讓人心裡那些紛雜與紊亂，都能夠安定下來的感覺。

不斷變換顏色的燈光，照耀進駱子貞的眼裡，她站在人群中，卻又感覺自己已經不在人群中，那些歌詞像是為她寫的，那些旋律也像是為她而演奏的，她有一度差點就要掉下眼淚，但很快地又收攝起情緒，因為她察覺到，跟自己一樣癡迷於表演，而忘情吶喊尖叫或鼓掌的，其實大有人在，而她不願跟別人一起分享相同的東西或感覺，比起這些人為加工過的溫暖或深情，她想起的是那個只屬於她的畫面，不在這麼擁擠嘈雜的音樂表演現場，也沒有任何一個不相干的人，更無須過多做作的情話，她喜歡李于晴對她說的那句「隨便妳」。

「惜哉，他這人就是時好時壞，要是可以永遠保持在這樣的音樂才子狀態，那應該就堪稱完美了。」楊韻之忍不住嘆息，說：「李于晴就應該要當李于晴，可惜他經常一個不小心，把自己變成了大鯉魚。」

「永遠保持這樣？」駱子貞瞪大眼睛，指著台上的李于晴，對楊韻之說：「他永遠都這樣的話，那才真的讓人受不了吧？」

「妳不覺得現在這樣的李于晴，比平常迷人一百萬倍嗎？」

駱子貞用力搖頭，說：「我一想到他隨時可能變成一隻沒腦袋的大鯉魚，再對照他現在的矯情，只會忍不住想打他一百萬拳。」

有些人會把對的感情，只在對的時候，留給對的人。

25

也許是因為太多的活動所累積下的疲倦，抵抗力也隨之下降，身體所有的毛病全都在這時候一次發作，跨年夜熱熱鬧鬧的，在看完表演、倒數計時之後，四個人先去便利商店採買了一番，跟著各自都關了手機，一起窩在宿舍裡舉杯慶祝，鬧到快天亮才睡；然而隔天一醒來，駱子貞就覺得渾身不自在，先是喉嚨沙啞、筋骨痠疼，然後上吐下瀉，在楊韻之手忙腳亂的安排下，把人送進醫院急診，醫生診斷結果是重感冒，溫度計一量，居然發燒到三十九度半。

「閉嘴，不要吵。」躺在醫院的急診室裡，手上都還掛著點滴，楊韻之一力主張，說要立刻通知駱子貞的父母，也要打給李于晴，她跟姜圓圓、程采正在七嘴八舌地討論，駱子貞已經舉手打斷她們，「打給我爸媽，會急死他們兩個老人家；打給李于晴，則是會把我逼瘋，拜託妳們行行好，讓我睡一覺好嗎？」

她有氣無力的，先打發姜圓圓跟程采去買點可以補充電解質的運動飲料，又使喚楊韻之去跑腿辦理那些什麼批價之類的手續，自己則在光線明晃的觀察區裡躺著。左右幾床都有病人，看來急診果然不分年節假日，誰要倒楣都是天注定的。

不通知父母，她是真的怕家人擔心；不通知大鯉魚，她也真的是想給自己省點麻煩。昨天晚上，看完了學校裡的音樂演出後，她們四個女人在家狂歡，一直鬧到凌晨，本來大家都關了手機，為的就是不想遭受任何打擾，然而當歡聚過後，回到自己房間，她一手拿著換洗衣物，準備進浴室洗澡，另一手則按開了電話，卻發現上頭有十幾通未接來電，除了一通來自關信華之外，其他全是李于晴打來的。

「應該是約好的吧？妳們每個人的電話都關機了，我猜，今晚是屬於妳們的淑女跨年之夜吧？今晚演出很順利，而美中不足的是，往往表演之後，總能跟妳一起吃消夜，今晚卻落空了。」這是第一封訊息的內容，駱子貞順著畫面，手指繼續滑動，李于晴的第二封訊息寫著：「我很喜歡在台上表演，這是我唯一拿手的，而我從來不介意台下有多少觀眾，因為我只喜歡看到妳來看我。儘管今天沒能一起吃消夜，但我已經很滿足，因為，除了唯一拿手，這可能也是我僅有的、少數的，能為妳做的事。」

「噁心。」此時駱子貞躺在病床上，仰頭再一次瀏覽訊息，忍不住又啐了一口。

「能不能有那麼一天，燈光、音響都齊備了，而讓我只為了妳一個人演唱呢？我寫了一首又一首的曲子，願意一遍又一遍反覆為妳彈唱，那妳願意一次又一次，聽我這樣唱歌嗎？」

「當然不願意。」一邊看訊息，一邊重複昨天晚上心裡的回答，駱子貞若不是顧忌鄰床病友可能投過來納悶的眼光，她還真想把話說出口，她想對那個發訊息的呆子說：「這年頭，拿『疏通』二字來形容人際關係是一種老派的用法；同樣的，彈彈吉他唱唱歌就想把妹，這也沒有新潮到哪裡去，根本就是一種開流行倒車的做法！」

「妳一定覺得很納悶，演出結束後，三更半夜，天都快亮的這時候，我不乖乖在家睡覺，也不跟別人一起出去胡鬧狂歡，卻吃飽撐著一直傳簡訊，一定很奇怪吧？那是因為我今晚本來已經把所有時間都挪出來了，為妳唱完了歌，我本來還想為妳準備一頓豐盛的消夜。」李于晴的最後一封訊息寫著：「本以為沒人開著電話也無所謂，哪知妳家的對講機也壞了。警衛不讓我自己跑進去，所以，消夜寄放在警衛室，希望在被他們吃掉之前，妳們已經起床下樓，又或者妳睡前及時看到這些訊息，趕快把食物拎回去。我先回家了，晚安。」

看完訊息，她長嘆了一口氣。

今天凌晨時分，讀完這些文字後，心情也同樣喟然。那時已經大半夜，她沒有回電給李于晴，更覺得身體疲倦已極，有些懶得下樓去領取消夜，反正天寒地凍，食物就算一個晚上不保溫也不怕酸敗，大可隔天再下樓去拿就好，但哪裡曉得，自己翌日竟是被姜圓圓跟程采給抬出家門口的，要不是還有點力氣可以阻止，楊韻之已經準備打電話叫救護車。

這一病就病了好幾天，在床上休養太久，她只覺得自己關節幾乎都快生鏽，但在那三個女人的嚴密監控下，又哪裡有可以下床走動的機會？

「我們遵照妳的意願，沒有去學校散布駱大小姐病篤的消息，這就已經是給妳最大的通融了，現在，請妳回床上躺好。」被發現一隻腳偷偷落地，駱子貞有些尷尬，楊韻之毫不客氣地把手一揮，叫她安分點。

「親愛的，」駱子貞無奈躺下，但依舊忍不住說：「雖然我知道妳是中文系的才女，但是，『病篤』這兩個字，應該是形容快死的人才對吧？」

「少囉嗦，我待會要去上課，會換程采接手來負責看管，妳最好別輕舉妄動。」楊韻之連頭都不回，雙手還忙著敲打筆電鍵盤，正在寫東西，而她嘴裡叼著的，正是前幾天的跨年夜裡，李于晴大老遠送來，卻只能寄放警衛室的食物。一大袋來自永和豆漿的東西都酸掉了，楊韻之正在啃最後那幾塊倖存的燒餅。

以這三個女人來說，楊韻之應該算是最難搞的，情傷漸癒，她近來收斂許多，也不常聽到要跟誰去約會，大概是愛情遊戲也玩膩了吧，所以經常乖乖在家。本來這或許是一件好事，但現在可成了妨礙駱子貞下床的最大困擾。

好不容易等到早上十點，楊韻之吃光燒餅、關上電腦，拿了包包出門。她正想起身活動，接著回家的程采卻皺起眉頭，瞪著她，「妳不乖，我就打電話。」

「妳要打給誰？楊韻之去上課了，她可不會接。」駱子貞有恃無恐。

「我要打給妳爸媽，打給你們系主任，打給院長，也可以打給校長，」她想了一下，又說：「我還可以打給李于晴。」

打給李于晴？這可能是除了楊韻之以外，最大也最可怕的威脅，她急忙又縮回床上，嘴裡正說自己其實只是肚子餓了，想下床吃點東西，結果房門外傳來砰砰砰的踏步聲，姜圓圓已經端了一碗熱騰騰的瘦肉粥進來。

「拜託妳們讓我自由十分鐘好嗎？」駱子貞在床上大叫。

「妳的十分鐘自由，可能會害我被韻之打斷腿。」程采臉帶擔憂地說。

「妳的十分鐘自由，可能會害我被迫減肥十公斤。」姜圓圓也滿是無奈。

就在那個僵持不下的瞬間，駱子貞的手機與宿舍門鈴同時響起，這邊是臉上還尚欠血色的病患接通電話，來電顯示是沒紀錄的號碼，一出聲有個陌生女人在講話，駱子貞還來不及聽清楚對方說什麼，姜圓圓跑去開門後，李于晴已經氣急敗壞衝了進來，音樂才子的假面具下，沒腦袋的大鯉魚本色完全顯露，大嗓門絲毫沒有跨年夜表演場上的溫柔語調，他也不管駱子貞病中是否有穿好能見客的衣服，直接闖了進來，手上還提著一盒燕窩、一盒人參雞精，以及一袋水果，嘴裡大嚷著：「怎麼樣，怎麼樣，人沒事吧？醫生呢，看過醫生了嗎？醫生怎麼說？要不要緊？為什麼病了那麼多天，楊韻之現在才通知我？我看看，我看看，人在哪裡？在哪裡？」

房間裡，只見駱子貞摀住手機，皺起眉頭，瞪著這個居然罔顧男人止步禁令，大膽至極地闖入家門的傢伙，用冷靜而平穩的語氣，對這個魯莽的笨蛋說：「閉嘴。」

生活需要的原不是泡沫般的浪漫光影，而是真心。

## 26

那是一通讓程采跟姜圓圓都非得退開，也是一通讓駱子貞不得不下床的電話，不過擔心影響病情，李于晴堅持不讓她自己出門，也不騎機車，忍著大傷荷包的無奈，只好攔下計程車，陪著一起赴約。

「就算是鋼鐵人，偶爾也會有沒電的時候，更何況血肉之軀的正常人？一點小病小痛有什麼好大驚小怪的，非得這麼勞師動眾。」臉上化了淡淡的妝，讓氣色看起來好一些，坐在計程車上，她白了李于晴一眼。面對這樣的抱怨，李于晴只是笑容以對，反正是爭不贏的，不如閉上嘴巴，只要讓駱子貞維持在最不受天氣低溫影響的狀況下，讓自己陪著出門，其實就已經算是他贏了。儘管天氣已經回溫不少，車內空調也很舒適，但李于晴還從口袋裡拿出兩個正熱著的暖暖包，塞給駱子貞，又提醒一次，叫她放在肚子邊上，就怕她再受涼。

「這個提議是唐突了點，老實講，連我自己都覺得納悶，但妳也知道，我們老闆一向有那種不太按照牌理出牌的個性。」說著，她還側眼瞄了門口一下，像是怕被聽到似的，然後才又說：「不過也不是真的那麼莫名其妙啦，事情總是有原委的。整個公司依照不同的體系與地區分布，除非遇到尾牙那種大場合，否則一般活動通常都各自舉辦，既不會也不可能把所有員工都齊聚一堂，妳可以想像一下，那會是一種多可怕的災難式場景。」

駱子貞點點頭，眼前的女子穿著素雅而得體的黑色套裝，留著烏黑亮麗的及肩長髮，看來就很精明能幹，在公司裡，通常大家都叫她周姊，那不是因為年紀的緣故。依據外貌來推測，駱子貞認為她大概也才三十來歲而已，會如此稱呼，是因為她是顏真旭的助理，一人之下，萬人之上，顏真旭可以稱她一聲小周，但別人可沒這膽子。

駱子貞規規矩矩地坐在會議室一長排座位的最末座，聽著周姊說話，陪她到來的李于晴則只能在門外小沙發上候著。

「台北總公司這邊，基本部門就好幾個，當然我們也有公關部，但很不巧的，現在有兩個同事請產假，有一位已經確定年後離職，所以只剩下四個資深的人員。儘管新的年度當中，所有活動都已經排出日程，哪時候該做什麼事，大家都有心理準備，一切的詳細規畫，可以依時間來逐步進行，但這也意味著，在人手開始出現短缺的狀況下，如果來不及有新人遞補，那麼我們有些比較大型的活動，將會非常吃緊，甚至可能應付不過來。」周姊有條不紊地說。

「沒考慮過公關公司嗎？」

「當然有，不過一來我們習慣自己的活動都由自己人來辦，二來是我們一整年度的活動很多，也不可能每一場都外包給公關公司處理。」頓了一下，周姊稍微壓低一點聲音，說：「三來呢，是因為公關部門對於這些每年總得跑一次的例行活動，都已經玩到快沒點子了，而對咱們這位顏總裁來說，他最不能忍受的，也就是千篇一律的舊把戲。」

「那……」駱子貞還沒問出口，周姊點點頭，說：「那就是我會打電話給妳的原因。」

「小周，妳們聊到哪兒了？接下來要不要換我來說說？」正談著，小會議室的門口開處，顏真旭西裝筆挺地走了進來。容光煥發的他，看起來真的不像五十幾歲，就快步入老年的樣子。他似乎精神很好，心情也不錯，一進會議室，拉把椅子坐下，還笑著說：「看到年輕人，就讓人覺得朝氣十足。」

「剛談到台北總公司這邊，公關部最近出現人力短缺的問題。」周姊簡短交代。

「怎麼樣，有沒有興趣，來支援我們一場活動？」顏真旭點點頭，開門見山就說：「給那些在公關界都老油條、快要成精的前輩們，看看什麼叫作年輕人的活力。」

「我一直以為自己的專長應該是財經分析呢。」駱子貞啞然失笑。

「一個人不會只擁有一項才能或長處，究竟哪個方面才是妳真正擅長的，這需要很多場合與機會來測驗，才會得到答案。在人才還沒真正確定定位之前，我喜歡讓他們四處擺放，看看哪裡才是最適合發揮的環境。」顏真旭說：「妳在學聯會的幾場活動都辦得不錯不是？」

「你知道？」駱子貞睜大眼。

「如果有機會邀請妳來參與，在新的人手到位前，先幫小周他們解決燃眉之急的話，第一個需要妳幫忙的，將會是今年三月初的慶生會活動。妳知道我們台北總公司，一場職員慶生會的成本是多少錢嗎？」看駱子貞搖頭，顏真旭比出食指與中指，說：「兩百萬。」也不給這女孩咋舌的機會，他又說：「但我不可能把兩百萬的款項交給一個來歷背景都一無所知的人，對吧？」

「所以妳就決定要接了？這擺明是個燙手山芋呀！」李于晴大吃一驚，他攤開手掌，隨便就列舉出好幾個不應該貿然應承這活動的理由，包括駱子貞的病體未痊、大三的課業壓力過重、以新人之姿恐怕難以協調公司裡面那些真正的公關部人員，乃至於學聯會種種重要工作在即，分心恐有不妥，以及在深具財經專業的特長下，不應該節外生枝，跑去辦什麼別人家的公關活動等等。

「聽起來我都覺得似是而非，也不是非常能說服別人，你沒有比較好的理由了嗎？」離開顏真旭的公司後，沒有按照李于晴的計畫，立刻驅車返家養病，駱子貞難得逮到一個可以出門的機會，她很堅持要在外面走走。

「當然有，但我認為最棒的理由，肯定是妳最不會接受的理由，所以乾脆不說也罷。」李于晴還真的點頭。

「那我大概知道了。」駱子貞也點頭，然後又搖頭，說：「你真的可以不用說了，謝謝。」

這附近都是商辦區，街上根本別無可逛，但駱子貞也不是想購物，只是病床上躺了幾天，非常渴望走路的感覺而已。沿著人行道晃過去，大約十來分鐘，慢慢熱活了筋骨後，她本來還打算把外套脫下，繼續往前走的，然而李于晴堅決反對，既不准她脫去禦寒衣物，更不准她的手離開兩個暖暖包，當然也不肯讓她繼續往下走。

「接辦一場別人家的活動，這個你有意見，多走幾步路，也要你來管！」駱子貞不耐煩起來，瞪著大眼睛問：「請問一下，你現在到底憑的是什麼身分，站在什麼立場？老娘今年已經二十出頭，不是未成年的小鬼，就算真的未滿十八歲好了，我的監護人那一欄，填的也不是你的名字吧？我……」抱怨還沒完，一陣涼風吹過去，駱子貞只覺得鼻孔發癢，跟著就打了個大噴嚏。

李于晴任由眼前這女人不斷嘮叨著，他沒有答腔、沒有鬥嘴，也沒有跟著發起脾氣，他只是忍不住笑了出來，從褲子的後口袋裡掏出一包面紙，取出一張，輕輕地把駱子貞臉上的鼻涕給擦了。

能被關心的人都是幸福的，因為有愛。

27

一整個年假，本來她已經計畫好，要多陪陪家人的，畢竟連續好幾年都在台北生活，鮮少回南部老家探望，以往也只有農曆新年，她才會跟家人有多點時間聚會。今年她原先有打算，那場學聯會主辦的就業博覽會，在前期的準備工作都完成後，這次過年要盡量放鬆休閒，能陪父母到處走走也好，然而現在卻被一堆企畫書壓得喘不過氣，拖到大年夜的下午才趕著上車，而年初三的清早，又讓父親載到車站，準備先搭火車到高雄，再轉高鐵趕回台北。

一來一去間，她的行囊裡沒有太多衣物，倒是裝滿了顏真旭他公司的相關資料，以及之前幾次活動的錄影畫面。本以為一場台北總公司的慶生會，了不起也才幾十個人會參加，沒想到那規模遠超乎她的想像，光是三月壽星就有二十幾個，而總人數統計下來，若是要到餐廳舉辦活動，起碼得開上二十桌才坐得下。

「瞧妳一個學生，怎麼有辦法忙成這樣？課業壓力有那麼大嗎？」早晨的車站外，已經車水馬龍，年假期間，多的是來南部觀光旅遊的人潮。父親剛把車子停下，駱貞匆匆忙忙就要開門，她已經快趕不上火車。

「忙的從來也不是功課呀，現在做的都是未來的準備嘛，再給我一點時間，就快忙完了。」駱子貞肩上扛著帆布袋，裡面的文件資料還多過於衣物。她揮了揮手，跟父親道別後，匆忙往車站裡面跑。

這是非常難得的獨處時間，無論是以往在台北，或者年節假期回南部，要嘛是朋友，再不就是家人，身旁總充滿許多人來來去去，駱子貞少有能跟自己獨處的時候。坐在火車上，望著外頭的風景，她只覺得有些陌生。離家多年，回來的次數太少，不但景物悄悄地有了變化，連爸媽頭上的白髮也多了。一想到父母年紀漸大，她忍不住有種心疼的感覺，如果大學畢業後沒有繼續念書的計畫，而南部又沒有太好的工作機會，是不是可以把父母接到北部來？她以手支頤，已經開始考慮起未來。

過年前，身體漸漸痊可後，她又開始忙碌了起來。還記得她終於能擺脫楊韻之等人的監控，自由下床行走後，前來探訪的李于晴問她，如果這次的活動辦得好，畢業後是不是打算要到顏真旭的公司上班。

「人家沒說要聘請我呀。」駱子貞是這麼回答的：「一個巴掌拍不響，我要應徵，也得對方願意錄取才行。」

「在那種大公司上班，一定會很累。」李于晴搖頭，說：「要換作是我，我就寧可選個小環境、做點小事情，管好自己的份內事就好。」

「你不知道我向來都是以天下興亡為己任的嗎？」在屋子裡，駱子貞腳踏拖鞋，手上還拿著杯子，啐了一口：「所以我們道不同就不相為謀，你還是獨善其身去吧，不要擋著我兼愛天下的路。」

「這條路只通向廚房。」

「但是老娘口渴了。」

於是李于晴接過她手上的杯子，為她斟了半杯溫水，還打開冰箱，拿出一瓶檸檬原汁，輕輕倒入一小瓶蓋，搖勻了才又遞回來給駱子貞。

「喝完之後快去休息吧。」李于晴嘆口氣說：「妳儘管關照天下蒼生去吧，反正由我負責關照妳。」

能不能一肩扛起關照天下的重責大任，駱子貞並不知道，但能被一個人這樣關照著，那確實是一件很幸福的事。坐在火車上，回想起李于晴當時的表情，她心裡有點微甜的感覺。

「妳這麼早就回來啦？」本以為宿舍裡會空無一人，新年假期中，台北也沒多少開張營業的店家，駱子貞無奈地在便利商店買了微波加熱的食物，然而剛到家，一開門，居然看到程采趴在地板上，拼圖已經幾乎全數完成，就剩下百來片而已，看樣子她根本也無心回家過年，大概滿腦子都念念不忘這樁豐功偉業。

「她還比我早。」背對著駱子貞，程采一手拿著拼圖在比畫，另一手指出去，正好看見披頭散髮，睡眼惺忪從房間走出來的楊韻之，但楊韻之也搖頭，說還有一個更早的，手再一指，姜圓圓戴著口罩跟手套，握著一支馬桶刷子，她已經洗好了廁所跟廚房，現在正要朝著客廳邁進。

「我大年初二早上就回來了。」姜圓圓自豪地說：「韻之床底下有一堆用過的化妝棉、程采的房間有一堆沒洗的衣服跟襪子，還有妳房間亂七八糟的那些垃圾，我全部都收拾乾淨了。」

「把妳的人皮面具撕下來吧，妳到底是誰！妳把我們的姜圓圓吃掉了嗎？」駱子貞知道她秉性愛乾淨，但怎麼也不相信這人有如此勤勞。

「別以為她真是回來打掃的，哪，妳瞧。」楊韻之還穿著睡衣，往沙發上一坐，跟著叫駱子貞瞧瞧茶几上的東西。那是好幾疊的貼紙，說也奇怪，上面寫著「聖廷使者」四個充滿基督教意味的字，搭配的卻盡是些死人骨頭或刀槍劍戟之類的圖案。

「上帝使了什麼手段，讓妳成為祂的信眾，祂要幫妳實現減肥成功的心願嗎？」駱子貞問。

「那是樂團的名稱啦，這丫頭七早八早就跑回台北，到處去幫人家發傳單、送貼紙，當了免錢的打雜小妹。」楊韻之一臉無奈地說。

駱子貞一轉頭，看見姜圓圓摘下口罩後的一臉垂涎樣，腦海裡所想起的，則是跨年夜那天晚上，貓王袒胸露背，在台上激情演出的畫面。

關照世界是偉人的事，而一個有愛的人，則關照自己所愛的人就好。

28

看來沒寒假可過，或者沒把過年的意義給放在眼裡的，除了自己跟家裡那幾個女人之外，還大有人在。駱子貞走進本來僻靜的校園，一穿過樹林子，繞過小徑，來到整排老舊的校舍外，在那兒就聽到隨處傳來喧鬧的嘈雜，中間夾雜著各種不成調的樂器演奏聲。

這裡的牆垣都重新髹漆過，只是畢竟建築老了，再怎麼漆也掩不住歲月的痕跡。爬上樓梯，來到吉他社的社窩外，一眼就看到李于晴在那兒邊玩吉他，邊吃泡麵，還邊跟學弟聊天。勾勾手指，她把人給叫出來。

「妳這麼早就回來啦？該不會已經著手在幫顏真旭的公司做企畫了吧？我說真的，妳要嘛多陪陪家人，再不然也應該好好休養，身體都沒事了嗎？就算身體康復了，但課業怎麼辦？都快大四了，還要分心去做那些事，妳的畢業學分夠嗎？」李于晴連珠炮似地關切著。

「就算再給你多一倍的時間，八年，八年很夠了吧？只怕你累積下來的學分，都不會比我這三年累積的還要多，這種擔心你不如留給自己吧。」幾句搶白，讓李于晴默然。沉迷在社團裡，他確實跟很多人一樣，就算有個當校長的爺爺，只怕也照樣會面臨延畢的下場。說著，駱子貞把手上一盒從老家帶來的特產交給他，那是很有名的香蕉酥。「拿進去請你那些蝦兵蟹將、豬朋狗友們吃吧。」她說。然而李于晴欣喜若狂，用力搖頭，說今天寧可撐死在門口，這些香蕉酥的碎渣也不會便宜了裡面那些人。

「隨便你。」駱子貞哭笑不得，又問：「還記得上次我問過你，你跟那個貓王熟不熟，對吧？」

「貓王？」李于晴愣了一下，隨即明白，指的就是熱音社的莊培誠，跟著他又一次用誇張的語氣問：「妳真的看上他啦？」

「再胡言亂語，你就有機會吃到香蕉酥的塑膠包裝袋，信不信？」大過年的，駱子貞差點就要發火，她重重哼了一聲，壓抑著不耐煩，又說：「我有事要拜託他，你去幫我安排一下，就這樣。」說完，她連再見都懶得說，轉身只想快點逃離這個噪音跟汗臭味瀰漫的地方，而李于晴則跟以往一樣，幾乎是不自覺的，忘了自己的泡麵還沒吃完，跟著一起走了出去。下了樓梯後，他還是沒搞懂，忍不住又問駱子貞，到底找莊培誠要做什麼。

「關照天下呀。」想起前些日子的對話，駱子貞回頭，有嫣然一笑，讓李于晴更加摸不著邊際。

說是要關照天下，為別人謀福利，但具體上該怎麼做、能怎麼做，這些她在心裡不斷盤算，然而想來想去卻沒什麼好主意，畢竟這種事自己也是大姑娘上花轎，頭一次去央求人家，而央求的內容還如此不倫不類，她自己想想都有些汗顏。

「我記得妳，妳是那個……」說是那個，但偏又說不上來是哪個，期期艾艾了一下，莊培誠說：「李于晴喜歡，但是又追不到的女生。」

對於這種標籤，駱子貞只能無奈不得，心裡不由得啐了幾句髒話，到底李于晴是怎麼辦事的，叫他先來打聲招呼，結果打的卻是這種招呼嗎？

約在熱音社外面，幾棵老樹簇擁成圓蓋綠蔭，底下擺著桌椅，這兒簡直是熱音社專用的吸菸區。莊培誠點了一根香菸，吞雲吐霧起來，問駱子貞的來意，而他在聽完後，臉上露出荒謬的表情，一根菸都忘了要繼續抽，看著眼前這位表情誠懇、一臉堅定的女孩，他狐疑地說：「妳應該知道，玩搖滾樂的人，通常不太會做慈善事業。」

駱子貞沒有應口，因為她知道接下來才是重點所在，果然莊培誠滿是輕忽的態度，一根舌頭在嘴裡打轉了幾下，問：「這樣做，對我有什麼好處？」

「沒做之前，你可能會覺得這是一樁無聊的慈善邀約，但是去做了之後，你也許可以發現一個不同的世界。」

「不同的世界？」莊培誠忍不住笑了出來，說：「跟一個胖妹去約會，我還能看到什麼他媽的不同的世界？」

「你聽著，這件事，我沒有半點開玩笑的意思，所以也請你尊重自己的人格，並留意你的態度。」駱子貞繃著臉，嚴肅地說：「你可以拒絕我，但是不可以侮辱別人，尤其是她。」

「好，對不起，我道歉。」說是道歉，但莊培誠臉上看來沒有什麼愧疚之意，他把已經熄掉的菸蒂扔進垃圾桶，旋即又點燃第二根，說：「我可以犧牲色相一次，我說犧牲色相，這樣應該不算太過分吧？但我的犧牲必須有所回報，站在以大局為重的立場，妳也不用給我個人什麼好處，我知道妳是學聯會的副會長，全校所有的學生活動，有一大半都是妳說了算，怎麼樣，妳幫我們樂團安排一下，多弄些登場表演的機會，我就答應妳這件事，如何？」

沒把這件事告訴任何人，即使是李于晴，她也不想講。離開前特別交代莊培誠，如果有任何人問起，都說洽談的內容只是音樂表演的事宜就好。愈少人知道愈好，應該要這樣才對，駱子貞心想。

撇開姜圓圓的幸福這件事外，駱子貞還有更棘手的問題等著解決。三月的那場慶生晚會很快就會到來，有些籌備工作已經刻不容緩，倘若幾百人齊聚一堂，卻只是吃飯喝酒，唱首生日快樂歌，再加上一個夠大家分享的大蛋糕，那未免太平凡也太乏味，根本顯露不出她駱子貞的手段來。

參酌了不少以前學聯會辦活動的企畫內容，再看完顏真旭他們公司那些活動錄影後，她已經有了初步構想，整理出部分的架構內容，先傳給周姊看過，同時也跑了幾次公司，跟那些在顏真旭眼裡真的是創意有限的公關人員們討論過，最後她撥打電話，預訂了有大片草坪可以當作活動場地的民宿，同時請他們張羅餐點與飲料，也預約好交通車，並且找了專門布置各類活動場地的會場規畫公司，這些都聯繫好後，剩下的就是活動要如何別出心裁而已，而她憑藉自己的三寸不爛之舌，以及精打細算的專業本領，將預算控制在合理範圍內，所有必要支出都扣除後，還有一大筆錢可以運用到活動內容裡。

「精緻、細心，而且周到。」周姊給了三個形容詞當評價，她打量了駱子貞幾眼後，忍不住笑出來，說：「再這樣下去，我覺得妳很快就要搶我飯碗了，就算不是把我給擠掉，我們公關部的經理應該也會心裡很毛。」

「別開玩笑了，周姊。」駱子貞有些不好意思地笑笑。

從總公司離開，微陰的天氣，讓駱子貞在自己工作的忙碌之餘，格外又添了一些擔憂，深怕會影響姜圓圓出遊的品質。

昨天晚上，她正在自己的房間裡，檢視整個企畫案的細項，手指一邊不斷快速按動計算機，統計所有開支帳目，隔壁房間忽然傳來驚天動地一聲大叫，嚇得她急忙衝出房門，走廊上跟她同樣險些被嚇破膽的，還有楊韻之跟程采。

那聲淒厲的嘶喊來自姜圓圓的房間，但奇怪的是在叫聲之後，忽然又失去了動靜。三個人不約而同跑了出來，平常在排球隊鍛鍊，力氣最大的程采抬起腳來，用力一踹，哪知道房門根本沒鎖，劇烈撞擊又彈回來的那扇門，正好敲中程采的鼻子，當場撞得她鼻血直流，那瞬間彷彿天下大亂似的，楊韻之先衝進去察看姜圓圓的死活，駱子貞則跑進浴室拿衛生紙，忙著幫程采止血。門口這邊弄了半天，駱子貞跟程采忽然感到哪裡不對勁，她們朝著房間裡看去，只見楊韻之也一頭霧水，望著坐在床邊，兩眼已經失神，靈魂出竅一般，但臉上還喜孜孜模樣，掌心裡捧著手機的姜圓圓。

帶著幸福的笑容，是最美麗的笑容。

看樣子計畫是啟動了，駱子貞心裡想著。接下來的一整晚，她們每個人都丟下手邊的工作，連程采也忘了拼圖完成在即，一夥人窩在駱子貞的房間裡挑選衣服，本來楊韻之要貢獻自己的裝備，不過可惜的是姜圓圓可沒有足以出去炫耀的好身材。

「妳穿那個幹什麼？角色扮演嗎？妳是要去約會，不是去表演灌香腸，給我脫掉！」連一件內搭的小可愛都要借，但姜圓圓一套上去，上半身的肉就被擠成好幾圈，簡直慘不忍睹，駱子貞一邊責罵，一邊還心疼那件新買的小可愛就這樣被撐鬆了。

「這個呢，這個呢？這個可以配嗎？」不管搭配什麼衣服，姜圓圓都想把自己最喜歡的大蝴蝶結髮夾給組合上去。

「聖誕節已經過去很久了。」駱子貞冷冷地說。

「不然白色跟黑色好了，優雅大方？」姜圓圓抓起一套衣服再問。

「清明節還沒到，不要穿得跟上墳一樣好嗎？」駱子貞依舊否決。

「蓬蓬裙，充滿浪漫的貴族氣息？」姜圓圓又拿一件酒紅色、綴了不少蕾絲的短裙來比。

「奇怪，我穿就很正常，但是妳這一比，卻讓我直覺聯想到元宵節的湯圓？」駱子貞還是搖頭。

最後幾乎翻遍了衣櫃，駱子貞終於找到一件較為寬鬆的米色針織上衣，但說是寬鬆，那是對駱子貞而言，姜圓圓一套上，充其量只能算合身。至於下半身，一家四口人當中，她根本穿不下別人的褲子，最後只好回自己房間穿上一件黑色休閒褲，而鞋子則由同樣大腳丫的程采所提供，是一雙耐走又好看的軟皮鞋。

一切衣著都搞定後，最後是化妝的部分。隔天一早，駱子貞出門要去找周姊洽談公事前，已經看到餐桌邊打亮了燈，楊韻之半蹲著，非常細心地在姜圓圓臉上塗塗抹抹，而程采則在旁邊充當助手。

「陰影加深一點，臉看起來就瘦一點。」駱子貞比比自己的鼻梁邊，提醒提醒，而楊韻之點點頭。

「怎麼辦，我其實很緊張。」趁著楊韻之在準備其他化妝品，姜圓圓忽然顫抖了兩下，她說自己前一天晚上試裝後，根本就睡不著，滿腦子都是興奮跟惶恐。說著，她拿出手機，上面有莊培誠傳來的簡訊，就一句話而已，問她要不要一起出去走走。

連開口邀約都不肯，居然只用一封簡訊？這未免太沒有誠意了吧？駱子貞想起莊培誠的那副嘴臉，心裡忍不住有氣，但此時可不能表現出來，她拍拍姜圓圓的肩膀，說：「放心，他一定比妳更緊張。」

「為什麼？」

「因為妳只是在愛與不愛間徘徊，他可是在生死關頭中來去。」駱子貞牙尖嘴利地說，逗得楊韻之跟程采都笑了，但其實她是很認真的，半點沒有玩笑意味，當初就講好，這是一場交易，如果莊培誠搞砸了，別說自己的樂團會少一個歌迷，以駱子貞為首率領的大半個學聯會都不會放過他，當然更不可能再給他們任何上台機會。

雖然起了點風，天邊也堆積了不少雲層，但至少沒有下雨，天氣應該不至於有太大阻礙。這種大冷天，莊培誠不曉得騎著機車會載姜圓圓去哪裡玩，但無論如何，只要能跟自己喜歡的人一同出遊，哪怕只是去淡水閒走一圈，姜圓圓總還是會歡天喜地才對。

早上辦完事後，駱子貞不急著回家，看看時間還早，她獨自踏進書店，一面翻著當期的財經雜誌，一邊卻想起好久以前，姜圓圓曾經無奈說過的話，她不像程采或楊韻之那樣，坐在家裡就會有人上門來約，也不像駱子貞，儼然就把兒女私情丟一邊去；她要的，從來就只是一次也好的約會，想嚐嚐那種跟自己喜歡的人在一起的感覺。

駱子貞又想起，應該是大一下學期的時候，那時姜圓圓喜歡一個國貿系籃球隊的男生，三天兩頭跑去看人家練球或比賽，結果她從那個男生單身，一路看到人家交女朋友，手牽手一起逛校園，她自己卻連半句話也沒跟對方開口過，只能抱憾以終；後來，大一結束時，四個人已經住在一起，又有那麼一次，駱子貞突發奇想，約姊妹們一起寫寫信，要寫給未來的自己，那時她忍不住調侃姜圓圓，問她是不是想問未來的自己，到底有沒有順利交到男朋友、初吻有沒有人願意接收，姜圓圓居然還一臉愁苦地哭了出來。

愛情哪，一種無法運用任何數學公式或市場觀察而可計算出的東西，沒了它，日子似乎少了點趣味，一旦有了它，趣味往往又跟悲苦交雜，楊韻之上次不是還夸夸其談，在講什麼科學家研究費洛蒙的事嗎？結果自己還不是被跟姓孟的鬧翻了？可見得這種事情，根本與理性或邏輯沾不上邊，誰要碰上了都沒好下場。

駱子貞嘆口氣，最後發現自己一點看雜誌的心情都沒了。她想起李于晴，想起他跳下淡水河去幫自己撿圍巾的那天、想起他為自己策畫一次生日驚喜的那天，也想起自己大病一場，卻還勉強搭上計程車趕去顏真旭的公司時，那張陪在身邊，始終憂心忡忡，卻堅持陪伴到底的面孔，還有好多好多，經意與不經意的場合裡總會出現的，那些都是他。

自己不是那麼鐵石心腸，都一兩年了，李于晴的陰魂不散，到底為的是什麼，駱子貞當然心裡清楚，只是她總覺得，愛情是一個攸關契機的課題，少了那個契機，就少了一份感動與感覺；而如果缺了感動與感覺，她就怎麼也無法從過去的陰霾中脫身，再次去接受另一個人所帶來的愛情。所以拖到現在，儘管對李于晴有無數的感激，也知道他是最好的選擇，甚至彼此的生活早已糾纏在一起而密不可分，但她只能習慣李于晴的存在，卻無法把這樣的情感畫分成愛情，大學生涯已經過去一半多了，他們才總算走到這一步，未來會不會有所改變，駱子貞並不敢預料。她知道愛情是求不來的，不管別人怎麼敲邊鼓，或者李于晴怎麼一頭熱，如果她自己始終等不到那個契機，那一切就還是空談，而在契機出現前，誰會不會先改變心意，轉而去愛上別人，那又是另外一回事了。

一個人在街上逛了又逛，也算稍稍享受一下難得的悠閒，從寒假前持續到農曆年後，幾乎沒有喘息的時間，她已經忙了好久。本來想趁今天下午放鬆一下，然而為了這個永無止盡的問題，她想了又想，最後還是搞得自己腦袋發燙。

直到天色漸暗，已經接近六點左右的下班時間，她搭著公車，慢慢晃回家，心中盤算著姜圓圓應該已經結束這一天的約會，也在回程途中。莊培誠那種人，滿腦子只想著自己能獲得的好處，按理說不會有加碼陪吃晚餐的好心才對。忍了一天，她好幾次想拿出手機，問問姜圓圓的約會進度，有牽手了嗎？那個貓王的複製人對妳好嗎？相處之後，妳確定他是那個真正適合妳的人嗎？駱子貞很想問，但終究還是忍了下來，反而是電話拿在手上滑呀滑，剛過中午就被她滑到沒電了。

公車到站時，天色已經完全暗了，駱子貞悠哉漫步，走回大樓外面，然而就與上回她跟顏真旭出去喝酒的夜晚一樣，大樓管理室外面停著一輛機車，李于晴等在那裡，而差別是這回他機車把手上沒有準備任何食物。

「妳跑到哪裡去了，電話為什麼不開機？」一臉不悅，李于晴似乎有些急躁，也不等駱子貞回答，拿出一頂安全帽，要她戴著上車。

「手機沒電了嘛，幹嘛？」拿著安全帽，駱子貞問。

「莊培誠撞車了。」李于晴說著，已經發動機車引擎。

「什麼？」大吃一驚，駱子貞問的是：「圓圓呢，她沒事吧？」

「在醫院，」李于晴叫她立刻坐好。機車往前竄出時，駱子貞聽到的最後一句話是：「下午就撞車了，打了妳一天電話也打不通。」

原來，我們可以選擇前進的方向，卻無法決定命運的安排。

30

在病房外面，楊韻之轉述了醫生的說法，除了大面積的外傷，最大的傷害在於撞車時，姜圓圓沒扣好的安全帽脫落，頭部因而撞傷，可能引發輕微的腦震盪，這也是離開急診室後，讓傷患必須再住院觀察的主要原因。走進去，看著姜圓圓身上好幾處包紮，頭上也纏了繃帶，駱子貞皺起眉頭。

「要通知她家人嗎？」程采忽然問，她說跟楊韻之討論過，但覺得應該問問駱子貞的意見再說。

「如果沒有大礙，就還是別通知了。」駱子貞想了想，說：「圓圓她爸有憂鬱症，媽媽的身體也不是很好，還是別讓他們擔心吧？」

「可是醫藥費怎麼辦？」程采又問。

「我會幫她處理。」駱子貞皺眉說。

為什麼會變成這樣呢？好端端的一次出門，姜圓圓都期待成那樣，沒想到居然是這種結果。看著正安睡的那一張圓嘟嘟的臉蛋，駱子貞心中嘆息，同時卻也想到另一個人，只是她還沒開口，沒關起的病房門外就傳來一個語調輕鬆平常，甚至還帶著些許笑意的聲音，莊培誠跟幾個來探望他的朋友一起走了進來，劈頭就問：「小胖妹呢？小胖妹醒了沒有？」

「閉上你的嘴，不准你這樣叫她。」心頭火起，駱子貞快步踏出病房。在走廊上，音量雖然不大，但口氣嚴厲至極，她伸出手來，直接推了莊培誠好幾把，問他：「你到底在搞什麼，好好的一個人讓你載出去，你把她弄成這樣子？而且現在還這種態度，你到底有沒有認真在對她？有沒有尊重過她？弄成這樣，你還好意思一副事不關己的樣子？」

莊培誠被推得靠上了牆，他沒有乖乖接受責備，卻反掌撥開了駱子貞的手，不客氣地說：「關我屁事呀，她自己要在機車上搖來搖去，又那麼重，我重心根本抓不住，怎麼可能不摔車？」

「不關你的事？騎車的人是你耶，不要把自己的問題推到別人身上！」駱子貞聲音稍微大了起來。

「本來就是這樣！」莊培誠的聲音更大，他不甘在自己的朋友面前受辱，惱羞成怒地說：「當初妳來拜託我，叫我約那個胖子出去玩，我可是很勉強才答應妳的，但也只是說好載她出去而已，她自己跟顆球一樣，晃晃晃地跌下車去，這種事憑什麼算在我頭上？她如果想在我的機車上自殺，難不成還要我陪著一起死嗎？再說，我修車難道不用錢？我自己也有受傷耶！誰要賠我醫藥費呀？我答應妳的那時候，妳可沒跟我說這個死胖子……」他還要繼續講，但駱子貞飛快地出手，猛力甩了他一個響亮的巴掌。

「給我滾，不要再出現在我面前。」駱子貞狠狠地說。

「媽的，妳什麼東西！」莊培誠臉上挨那熱辣辣的一記還痛著，他立刻舉起手來，也想還擊，然而沒等他出拳，駱子貞背後搶過來一個身影，李于晴跟著也在莊培誠的臉上重重地揍了一拳。

「妳居然連這種事都幹得出來，會不會太過分了點？這樣做……妳這樣真的能讓姜圓圓開心嗎？」李于晴簡直不敢置信，趕走莊培誠他們後，醫院裡暫時恢復了平靜，楊韻之等人都默不作聲，誰也不敢開口說話。李于晴殷切地看著駱子貞，想從她的表情裡讀出一點真正的想法，「拜託妳說說話，請妳告訴我，告訴我們，這到底是怎麼一回事好嗎？妳怎麼會天真得以為，去拜託莊培誠這種事，就可以讓姜圓圓得到她夢想中的愛情？」

「不然我還能怎麼做？不然我還能怎麼做？」自己也心煩意亂，駱子貞像在喃喃自語般，連說了兩次同樣的話。

「妳什麼都不必做！而且就算妳什麼都不做，也好過妳做了那麼荒唐的舉動之後，連累別人受到這樣的下場！妳自己可以不懂愛情，但不可以用這種方式去操作別人的愛情啊！」李于晴真的生氣了，他很不爽莊培誠那種不負責任的態度，但更不能接受駱子貞的想法。

「你不能因為現在撞了車，就認為這樣的做法全都是不對的吧？」駱子貞堅決地搖頭，看看楊韻之，看看程采，再看看李于晴，她說：「不這麼做，圓圓要等到何年何月才有機會跟她喜歡的人一起出去玩？摔車是意外，誰也不想它發生，但至少這是一次她跟心上人告白的機會，也是她實現心願的機會呀！」

「妳去把她叫醒，妳現在進去把她叫醒，」李于晴激動地指著病房，大聲說：「去呀，妳去問問她，跟她說今天這一切全都是妳的安排，莊培誠只是在一個卑劣的祕密協議下，才答應幹這種事，才願意載她出去玩一天！妳敢這樣去告訴姜圓圓嗎？妳好意思跟她說，這一切都是在幫她爭取一個狗屁機會？」

面對嚴厲的指控，駱子貞只能無言，而她回頭再看楊韻之跟程采，卻看到她們臉上也帶著不認同與責備的眼光。

「不管怎麼樣，我都只是為了讓圓圓開心而已。」氣餒了下來，但駱子貞還是挺起胸膛，傲然地說。

「不對，妳做的，都只是為了滿足妳自以為可以指揮全世界的這種個性而已。」李于晴斬釘截鐵地說著，他搖搖頭。

「你憑什麼這樣說我？說穿了，你也不過是只會惺惺作態的假道學而已，你到底憑什麼這樣指責我？我這樣做不對？好，那你去做呀，你們去做呀，你們要怎樣做，才能逼著莊培誠那個畜生去跟姜圓圓約會，你倒是說說看呀！」她有些歇斯底里地嚷著，吸引來護理站那邊的側目。

「隨便妳，反正妳永遠也學不會認錯，愛怎樣就怎樣，這樣好不好？以後什麼都隨便妳！可以了吧？」大吼一聲，李于晴轉過身去，再沒回頭看上一眼。

同樣是一句「隨便妳」，這三個字沒有絲毫甜蜜的感覺，卻重重地敲在駱子貞的心口上，讓她疼痛不已，幾乎喘不過氣來。望著李于晴離去的背影，她只覺得疲憊不堪，沒想到自己苦心安排了一切，不但全部的演出都荒腔走板，甚至也得不到別人的認同，而且那個本來應該無條件支持她的李于晴，居然還是最大聲跟她吵起來的人。

長嘆口氣，已經沒心思再跟楊韻之或程采解釋什麼了，她低著頭，走進病房，卻看到姜圓圓不知何時早已醒來，四目交投，她也怔怔地正望向自己這邊。

「醒啦？不用擔心，一點小傷而已，醫生說妳休息兩天就可以回家了。回家以後，我給妳準備一大碗豬腳麵線壓驚，還是妳想吃什麼都可以？」幾乎用盡全力才壓下心裡所有的激動情緒，駱子貞讓自己的聲音盡量保持在平穩與平常的狀態，走到病床邊，坐在小椅子上，雙手握著姜圓圓冰冷的雙掌。

「我不想吃。」姜圓圓有氣無力地說。

「那只是妳現在不想吃，等妳身體好一點，食欲跟胃口都恢復之後，妳就什麼都想吃了。」

駱子貞像在哄小孩一樣地說著，「還想不想睡？想睡的話，妳就再休息一下，我跟韻之她們會輪流在這裡陪妳。」

聽她說著話，姜圓圓忽然流下眼淚，讓駱子貞一愣。

「子貞，我是不是一旦沒有妳們，就變成一個什麼也不會的廢物了？」姜圓圓哽咽著說：「妳們回去吧，我沒事的，我不會讓自己變成一個連約會都要別人幫我的廢物，我可以自己一個人，我不會害怕的……」說著，她從駱子貞覆蓋著的雙掌中，抽出自己的手，別過了頭，流下眼淚。

受過傷的人，才有機會成長。只是，有的傷會留下疤痕，在心裡。

孤舟繞過層巒疊翠後，遇著沉默的渡口；廊簷染上薰香裊裊後，化作祝福的語言，
而我踩碎了滿地的昨夜長夢，才在醒來時，
發現有你。

等晨曦又醒，等雨停，看見彩虹了，
你說，你還會在這裡。

知道自己最好先別出現在姜圓圓面前，以免影響她的心情，駱子貞沒再進病房，卻在外頭走廊的塑膠椅子上坐著。她忘了自己肚子本來有點餓，也忘了時間已經不早，而沒有洗澡，只是坐在那裡，雙眼看著走廊上的一切動靜，但那些動靜卻又完全沒有印在她的心上，只偶有幾次，巡房的護士走了進去，大概是換藥或查看點滴，以及做些紀錄之類，她們出來時，駱子貞總會問上幾句，但得到的答案都一樣，護士們都說姜圓圓目前狀況很穩定，需要的只是休息。

比起身體狀況，或許圓圓最需要休息的，應該是受了傷的心吧？駱子貞嘆口氣，她沒想到事情會搞成這樣，真是徹徹底底的弄巧成拙，而一時間也不知道自己還能怎麼辦才好。

一整晚什麼都沒吃，也完全沒有睡意，入夜後的醫院病房區很安靜，尤其歷經了傍晚他們一群人的大吵大鬧後，此時的靜默更顯得深沉無邊。覺得冷，但她沒設法給自己取暖，下意識的，把這樣的飢寒交迫當成是一種對自己的懲罰。一直縮在椅子上到天亮，走廊彼端的電梯門開啟，程采看到她時，臉上滿是詫異。

「妳都沒有睡嗎？」程采問。

「反正睡不著，沒關係。」她淡淡地說。

「妳也沒吃飯吧？這給妳好不好？」程采點點頭，提起自己手上一袋早餐，但駱子貞也婉拒了。

「好好看著圓圓，有事隨時通知我。」只是簡短的交代，她累得幾乎睜不開眼，偏偏又毫無睡意，雙手環抱在胸前，瑟縮著身子，轉過身，就算完成了交班看護的工作。昨天晚上，李于晴離開後，她讓楊韻之跟程采先回家休息，自己留下來守夜，陪伴姜圓圓。

「子貞。」才剛蹣跚地走出幾步，程采忽然從背後叫住她。

「怎麼了？」駱子貞回過頭，聲音疲倦無力。

「妳以後別再這樣子了。」只是淡然地說，程采滿眼都是慨然。而駱子貞點點頭，轉身，慢慢地繼續往前走。

一個人的存在，有時很難被注意到；但一個人的不存在，卻總能讓原本的世界出現些許不同的微妙變化，姜圓圓也許就是最好的例子。平常，家裡有她就跟沒有差不多，似乎也不見什麼重要性，然而她才住院一天，這屋子就亂了，廚房的水槽裡有楊韻之跟程采使用過的鍋碗沒洗，客廳小桌子上有隨便擱著的雜誌，連剛剛進門時，都可以看到鞋櫃旁擱了好幾雙亂七八糟的鞋子。

駱子貞沒心情去管那些，她將包包往沙發上一丟，整個人癱軟地坐下，本來想洗個澡再睡覺，可是不知怎地，一回到家，屁股剛碰到沙發，她忽然全身無力，強烈的疲倦感侵襲而來，為了跟這種困倦對抗，她用力睜開眼睛，急忙又站起身。還是做做家事吧？她揉揉眼睛，望著這一屋子凌亂，起碼在姜圓圓過兩天出院後，別讓她帶著滿身傷，還在那邊洗碗、擦桌子吧？不管怎麼說，畢竟她是因為自己魯莽的舉動才受了傷，能幫忙分擔點家事，對駱子貞而言，這是她目前唯一能為姜圓圓做的。

靠著這樣的想法，她繼續忍受著熬夜疲憊的煎熬，雖然動作很不俐落，但還是努力把家裡給整理過一遍，到處又刷又洗，也一直整理跟收拾，直到接近中午時，這才全數完成，而她也早已頭暈目眩，差點在替換廚房垃圾袋時跌倒。

「妳不是去上課嗎？」當一切都忙完，她脫下塑膠手套，撥撥凌亂的頭髮，剛提著一大袋垃圾下樓，到大樓管理室後面的子母車裡丟棄，卻在回程時，在社區中庭遇見楊韻之，而更讓駱子貞詫異的，是陪在楊韻之身邊的孟翔羽。

「早上蹺課呀，剛剛翔羽陪我去了一趟出版社，我終於拿到第一本書的出版合約了！」楊韻之似乎忘了昨天發生的事，也忘了姜圓圓還躺在醫院裡，她臉上洋溢著喜悅。但駱子貞沒跟著一起開心，因為一瞥眼，她看見了楊韻之還跟孟翔羽手牽著手。只是點點頭，帶著冷淡的眼神看著眼前這兩個人。

「妳幹嘛臭著臉？圓圓怎麼了嗎？」察覺有些不對，楊韻之讓孟翔羽先離開，自己則留下來，跟駱子貞在中庭講話。

「圓圓沒事。」駱子貞不想多講，她快步往前走，就要往樓上回去。

「那妳幹嘛這樣？」楊韻之追了上來，一起走到電梯口。

「楊韻之妳犯賤了是不是，妳剛剛跟誰在一起？」駱子貞很想壓抑，但那口氣卻又不斷往心口衝，電梯門已經打開，可是她卻沒踏進去，看著門又關上，她罵楊韻之：「天底下男人那麼多，妳一天玩一個，玩到死妳都玩不完，為什麼還要找他？孟翔羽這樣的人，他跟莊培誠那種畜牲有什麼差別？妳別忘了自己是怎麼被甩，也別忘了他是怎樣當著妳的面，帶著別的女人逛大街的，什麼人不好沾惹，偏偏還吃這種回頭草，妳有那麼缺男人嗎？」

「駱子貞妳在說什麼呀！」楊韻之又急又氣，大聲地說：「我今天能拿到合約，都是靠著孟翔羽幫忙介紹，他推薦我去投稿，出版社才願意錄用的！」

「他推薦妳，那妳要給他什麼代價？是不是還需要陪他上床？」駱子貞狠狠地說：「不要把我當成瞎子，你們剛剛都還十指交扣，手握著手！別跟我說妳也跟他走起同一套路線，說那個叫作好朋友！」

楊韻之只覺得天旋地轉，她氣得渾身發抖，直瞪著駱子貞，過了半晌才說：「我真的不敢相信，妳會講出這樣的話來。」

「不然妳要我怎麼說？」駱子貞反問。

「撇開他推薦我出書的這件事不談，我承認自己還是很喜歡他，因為我在他身上看到了一些東西，那是在別的男人身上，我從來不曾感受到的，就算他從頭到尾都沒愛過我，但我就是想要接近他，想了解他更多。」楊韻之認真地說。

「好偉大的愛不是？」駱子貞語帶譏諷地說。

「愛？妳懂什麼叫作愛嗎？在我看來，妳完全沒資格跟我談論什麼叫愛！」楊韻之恨恨地說：「妳只是一個受過一次小傷之後，就龜縮在自己的世界裡，只敢在自己那個可悲又可憐的小天地裡，自以為是地把自己當成女王、當成天后的孬種，妳連怎樣去愛一個人都不會，也連怎樣去接受一個人的愛都不敢！妳能做的，就是用荒謬的方式，硬要把圓圓跟莊培誠湊在一起，結果搞出一場車禍的這種愚蠢把戲而已，這就是妳所謂的愛嗎？

「現在妳不但沒有檢討自己，還要隨便批評我跟孟翔羽之間的關係？妳夠資格嗎？我今天是跟他勾著手，但那又怎麼樣，難道我要跟誰手牽手，還需要徵求妳同意？妳要先審核過，用妳的這套標準來檢驗，認為這是愛情了，然後我才可以跟對方在一起嗎？不要把妳那一套似是而非的邏輯套用到我頭上來，拜託妳，求求妳，從妳高貴、高傲、自以為可以操弄一切的幻覺裡醒醒吧，好嗎？我都還忍著，沒責怪妳搞出來的這一齣爛戲，弄得圓圓還躺在醫院裡，妳也就行行好，不要管到我頭上來，可以嗎？妳真的不夠資格在我面前談論愛或不愛的問題的。」說完，也不管駱子貞恍惚失神的表情，她用力轉身，朝著社區外離去。

我們都只是以為自己懂了愛，如此而已。

## 32

這世界是怎麼了，都約好了要一起顛覆是嗎？駱子貞很想這麼問，卻不曉得要問誰。楊韻之前陣子不斷在筆電上敲敲打打，應該就是在寫小說，即使這是透過孟翔羽的牽線，才能得到出版社的青睞，但總是一件值得高興的事才對，可是自己為什麼卻忘了恭喜她，反而只關注她跟孟翔羽之間的問題？還是說，自己是因為看到她今早歡天喜地的樣子，所以才替躺在醫院休養的姜圓圓抱不平？然而姜圓圓受傷的事又不是楊韻之造成的，她們之間根本沒有必然的因果關聯才對，駱子貞不願承認，一早忽然大發雷霆，其實只是覺得自己心裡難過，而見不得楊韻之卻沉浸在夢想與愛情的兩相得意中。

對楊韻之這樣個性的女孩來說，她今天早上愛上孟翔羽，當然也可能在下午就甩了對方，這種模式就跟以前千百次的慣例一樣，完全不足為奇，駱子貞當然也希望自己的好姊妹可以在無止盡的尋愛旅程中，找到一個真正的終點，但問題是，孟翔羽那樣的人能給得起終點嗎？駱子貞不懂，為什麼都在一個人身上感受到痛了，卻還不知道卻步，還要繼續把自己往火坑裡推？楊韻之可是個從來不曾為失戀所苦的人，孟翔羽已經讓她破功一次，難保不會再有第二次，所以她更覺得生氣，但生氣是因為害怕楊韻之又受傷，她不希望楊韻之再為了孟翔羽又難過一次。可是她實在不懂，本來這些話可以好好談的，為什麼兩個人最後卻吵了起來，而且不是以前偶爾的小齟齬，卻是這樣近乎翻臉的大吵一架，兩個人幾乎把所有難聽話都說完了。

睏倦已極，她被滿滿的思緒攪得頭昏腦脹。洗完澡後，在鏡子裡看到的，是一個雙頰凹陷、黑眼圈非常濃重的樣子，跟平常自信滿滿、天下萬事都能揮灑運籌非常俐落的駱子貞簡直判若兩人。

那一覺睡得很沉，幾乎忘了時間的運行，等她再次睜開眼睛時，已經是傍晚五點多，而睜開眼，在窗外天色白與黑的交界間，她一時還有些朦朧，搞不清楚究竟接下來是要天黑或天亮。

掙扎起身，第一件事就是找手機，深怕自己因為熟睡而錯過了醫院傳來的任何訊息，但慶幸的是，這好幾個小時的睡眠中，看來姜圓圓並無狀況，她還特地打電話給程采，向她詢問情形，程采說一切都不錯，姜圓圓今天已經能下床走幾步，不再有頭暈的情況，食欲也逐漸恢復中。

沒事就好，她心想。楊韻之晚上應該會去醫院接班，自己暫時可以不用擔憂，而想來早上爭吵的事，程采也還不知道，否則她不會語氣中還透著樂觀輕快。姜圓圓無恙，那接下來就得處理另一個未知的問題了，駱子貞走到浴室去洗把臉，然後又拿出手機，在她熟睡的這段時間內，學聯會有好多人打過電話來，甚至連會長自己都打了七八通。

難道學校方面出了什麼事嗎？她心中犯疑。最近幾場活動都是徐倩如在處理，不干她的事，之後要等到三月底才有就業博覽會，但目前一切籌備都很順利，各項支援基本上都已到位，就等著依照日期進行而已，會有什麼天大的事，要整個學聯會的人都火燒屁股般地找上門？一邊想，一邊回撥電話，接通時，會長的口氣中充滿緊張與焦慮，要她現在立刻回學校一趟，所有重要幹部都在大會議室等著。

「什麼狀況？」她腦袋還沒十分清醒。

「妳現在馬上回來就對了，」會長還叮嚀：「妳手邊有多少活動報帳的相關單據，最好也全都帶著。」

滿腹疑惑地換過衣服，她依照會長的吩咐，帶了些近期的單據下樓，原本出了大門，應該往左走向附近的公車站，然而卻在門口右邊，看到了坐在機車上的李于晴。

「昨天晚上，妳一定留在醫院，沒有回來睡覺了，而今天白天如果都在補眠的話，那妳應該到現在都沒吃東西吧？」機車踏板上，擱著一個長方形的盒子，駱子貞知道那是專門用來放置跟保護吉他的東西。李于晴說他正要去樂器行，最近有個校外活動，他跟幾個學弟妹一起組團要演出，因此得勤加練習。順道買了點心過來，把塑膠袋裡的麵包交給眼前的女孩，但他卻沒有什麼好臉色，口氣也冷冷淡淡。

「謝謝。」嘆了口氣，駱子貞確實飢腸轆轆。

「去醫院的路上自己小心，我要先走了。」說著，扣好安全帽，不知道駱子貞其實現在正要去學校，還以為她又要趕去探視姜圓圓。李于晴發動了機車，就要準備離去。

「昨天的事，我……」儘管學聯會長的催促聲言猶在耳，但駱子貞還是非得耽擱這一下子，只是她雖然開了口，卻不曉得自己該說什麼才好。

「如果妳只是想要再一次，用妳自己那麼獨到的眼光，去把一件任誰都不能苟同的蠢事給合理化，那很抱歉，這些我不敢聽，也不想聽。」李于晴嘆了一口氣，說：「子貞，妳知道我會一直支持妳，但那不表示，有了我的支持，妳做的這些就一定都是對的，大多數的時候，我之所以站在妳這邊，只是因為我喜歡妳，可是不能因為這樣，妳就覺得自己可以為所欲為，影響別人，甚至無意間傷害了別人，哪怕本來是出自於好心，可是一旦有人受傷了，就表示這方法肯定是有問題的，凡事多跟別人商量一下，好嗎？」

「對不起。」聲音很低，駱子貞垂首。

「我不是要聽妳道歉，妳其實也不需要對我道歉，妳該做的，只是好好想想，如果姜圓圓的傷勢比現在更嚴重，妳該怎麼對她父母交代，又怎麼對自己交代，這樣而已，其他的，妳不需要對我解釋，也不用再想太多了。」李于晴語氣很淡，又一次提醒，「天氣冷，注意身體，路上小心。」

只有愛，能讓人無條件支持另一個人。

33

天色已經全部暗了下來，她踏進燈火闌珊的校門，因平常進出而早已熟識的校警還親切地打個招呼，問她這麼晚了是來上誰的課。

「來開會呀。」駱子貞無奈地說。

「年輕人有拚勁是很好啦，但也不要那麼衝，該休息還是得休息呀，這麼努力，妳長大以後想選總統是不是？」校警笑著說。

「我如果真的當了總統，肯定聘請你來當行政院長。」駱子貞苦笑著回答，她今天實在沒有開玩笑或找人抬槓的心情。

「好喔，那我後半輩子就靠妳了。」校警打趣地開玩笑，看著駱子貞快步走了進去。

那只是一小段的路程，也要不了幾分鐘，儘管還能跟校警說上幾句扯淡的話，但駱子貞其實有些隱隱不安。公車的路程不長，一路上，她心裡都還沒時間，好好把李于晴的話給琢磨透徹，又不住揣想，到底學校這邊出了什麼事。依照往例，學聯會不會晚上才討論事情，而所有例行的會議也都各有固定的排程時間，除非遭遇重大變故，否則更沒有臨時通知幹部回來議事的必要。

走進學聯會辦公室，一個正在角落使用電腦的學妹急忙站起來，手往裡面指指，朝駱子貞點頭示意，那是通往會議室門口的方向。本來她以為裡面只會有幾個核心幹部，然而推開門卻愣了一下，幾乎所有幹部都全數到齊，而所有人望向她，臉上都是古怪的表情。

「幹嘛，見鬼了是不是？」她隨口說著，往前走到最前面，兩位副會長向來是坐在會長的身邊，一左一右，只是她正要坐下，卻看到徐倩如已經站起身來，說：「先別急著坐，我們等了妳一整天，就是在等妳一個交代。」

「交代？」駱子貞一愣。

「這是財務長整理過後，提交出來的報告，裡面包含本屆學聯會所有活動的開支細項，」揚揚手中的資料夾，徐倩如說：「根據裡面的資料顯示，從去年我們接手學聯會的運作後，至今一共辦了大大小小十七個活動，其中有十二個是妳所負責，所有的活動總開支，共計為六十二萬四千七百六十六元，而需要核銷的項目，則有兩百一十七筆。」

「講重點。」駱子貞不明所以，但她不想看徐倩如一副趾高氣昂的嘴臉。

「重點就在這裡，兩百一十七筆的應核銷項目，卻只有一百六十張的單據，另外還有五十七張單據，共計將近三十萬的資金，都處於交代不清、去向不明的狀態。」

徐倩如把資料夾闔起，往桌上輕輕一拋，她說：「這些單據跟款項，以及部分由妳爭取到的贊助廠商，都缺乏詳細的數字明細，現在校方已經知道這件事，要求我們在三天內提出說明。」

「不過就是幾張單據，值得你們這樣勞師動眾，把我找回來開會？」駱子貞只瞄了一眼，根本沒有要伸手去拿那份資料的打算，但她掂掂自己的包包，會長在先前的電話裡吩咐過，要她整理家中的報帳單據，她只找到寥寥三五張，跟徐倩如說的數字還天差地遠。

「子貞，妳知道這些錢如果交代不清，最嚴重的後果嗎？」一直默不作聲的會長終於開口，他雙肘撐在桌面上，手掌托著下巴，滿臉嚴肅地說：「學聯會雖然屬於學生自治單位，但畢竟還是受到校方管轄，發生這種事，是會被移送法辦的。」

「發生什麼事會移送法辦？貪汙？侵佔？還是什麼？」駱子貞提高了音量，「學聯會歷年來都是下屆幹部遴選後，才開始結算前年度的所有帳目，然後進行移交作業，現在距離我們所有人卸任，至少還有幾個月時間，為什麼忽然開始算起帳來？」她心下了然，盯著必然就是始作俑者的徐倩如，駱子貞說：「說呀，如果我交代不出這些帳目，妳打算怎麼樣？」

「我可沒有能把妳怎麼樣的權力，這種事要學校方面決定，或者要會長決定。」她嘴角有得意的微笑，徐倩如說：「我只是想起妳前陣子在跟我嚷著預算問題，才心血來潮，找財務長聊聊大家的開支情形，無意間發現了這些數不清的坑洞而已。有洞嘛，當然得想辦法趕緊填一填囉，不然拖到學期末，我們怎麼跟下一屆辦理移交，對吧？」

「夠了，」揮手打斷徐倩如的嘲諷不休，會長又說：「這件事目前還沒鬧大，並不是沒有解決的空間，問題只是我們大家要怎麼一起努力，把問題處理好而已。」

「我可不想跟一隻專挖自家牆腳的老鼠一起解決問題。」翻了個白眼，徐倩如下巴抬高，冷冷地說：「誰捅的婁子，當然誰去收拾，自己擦自己的屁股吧。」

「把妳嘴巴放乾淨一點。」駱子貞恨不得衝上前去，就像在醫院對待莊培誠那樣，也賞給徐倩如幾個巴掌，「我經手過的活動，在我底下的每個幹部都有目共睹，這一點無庸置疑。」

「不要拖別人下水好嗎？」徐倩如又哼了一聲：「除非妳有分什麼好處給人家。」

瞪了她一眼，沒再繼續吵下去，駱子貞看著所有幹部，也看著會長，說：「如果要貪汙，也不會只拿這麼一點小錢，我格局沒有這麼小。這些開支的所有紀錄都在，就表示單據也會在，現在沒有，不表示以後永遠不會出現。我可以按照每一筆紀錄，去把核銷單據找出來，只是要給我一點時間。」

「妳光約會就夠忙了吧，還有時間找這些單子嗎？」徐倩如冷笑一聲，又說：「聽說妳最近事業版圖擴及校外，都做到別人的企業裡面去啦？怎麼樣，好玩嗎？我看妳也不用找那些單據了，不如直接跟妳那位幕後大金主打個商量，他也不用買什麼名牌包給妳，就直接拿點零用錢出來，幫妳把這錢坑給填了，不就什麼事都沒了嗎？我早就懷疑，哪有人家一個身價幾百億的大老闆，會只收妳區區六千塊錢就來演講，原來如此呀。」

「徐倩如，我最後一次警告妳，眼睛放亮點，說話也經經大腦，不要逼我在這裡搧妳巴掌。」駱子貞已經握緊了拳頭，她最近幾次，都因為忙著幫顏真旭的公司辦活動，而在學聯會的例行會議中請假缺席，一心只想把承接的工作辦好，沒想到顧此失彼，在這邊居然傳出了如此難聽的風聲。

「怎麼樣，給不給我時間去找？」轉過頭，駱子貞又問一次會長。

「就只有三天，妳一定要找出來，不然……」會長沉吟了一下，說：「事情的嚴重性，妳是知道的，最重可能會被學校開除學籍跟提出告訴，而就算最輕，妳也會被學聯會除名。」

「難道你沒問過他們嗎？所有活動都是在這些人的眼皮子底下辦出來的，你問過他們嗎？在這些幹部眼裡，我駱子貞就是個人格如此卑劣，可能貪汙那點小錢的人嗎？」她只覺得荒謬，但手一指，在座的所有幹部卻每個人都低頭不語，這些篳路藍縷，一起胼手胝足為學聯會跟全校學生貢獻不少心力的幹部們，竟然無一人願意站起身來，替駱子貞說上幾句話。

在那一片默然中，她只覺得整顆心都涼了，沒想到自己辛辛苦苦建立起來的世界，會在這麼快的轉眼間，就毫無預警地全面崩塌，而更沒想到，在世界崩塌之前，沒人肯先來提個醒，在崩塌之後，也沒人要伸出援手，全世界都眼睜睜地看著她孤立在懸崖邊，然後失足。

「如果妳還想在學聯會立足，要記得，只有三天。」掩面，會長說了沉痛的一句話：「三天後，中午，我們等妳。」

「三天之內，該給的交代我都會給，但是，在學聯會還要不要立足的問題，我現在就可以告訴你，也可以告訴你們——」情緒被逼到了最緊繃的頂點，全身微微顫抖，咬著牙，但她堅忍著不讓自己在這些人面前掉下眼淚，說著，她從口袋裡掏出那張學聯會的幹部名牌，往會議桌上一摜，「老娘不幹了。」

有些什麼，是幾乎一無所有時，還藏在心裡的。總會有的。

原來，沒有不會崩毀的世界，無論多麼信心滿滿，多麼小心翼翼，所有井然有序的架構、所有理所當然的模式，以及所有穩若泰山的根基，其實都是假的，它隨時可能因為幾根螺絲的鬆脫，而導致瞬間的崩壞與瓦解，沒有預警、無須預兆，甚至也不發出轟然大響，更不揚起一縷塵屑，它只是安靜的、無聲的，就這樣在眼前全部殞落，讓人猝不及防，甚至連掩面哭泣都來不及。

如果沒有發生這些意外的話，這一天，她應該穿著好看的套裝，打點漂亮的妝容跟整齊的頭髮，一起出席顏真旭他們公司那場活動的。身為幕後的推手，一切細節都已經交給了周姊，也把流程跟所有該注意的事項，都告知了負責活動主持的公關部門，她是可以好整以暇，悠閒自在地以一個局外人的身分，去欣賞欣賞自己的所有成果的，甚至，她還可以帶著楊韻之她們同行，而李于晴如果有興趣，他也可以跟著一起。

然而那些全都沒了，此時的她，跟這個世界已經完全脫鉤，不但沒有光鮮亮麗地出席活動，也沒有這些好友閨密在側，現在的駱子貞只能脂粉未施，滿臉憔悴，穿著居家的休閒服，卻一點也不休閒地翻箱倒櫃，把自己的房間徹底搜過一遍，為的就是那消失的幾十張核銷單據。學聯會副會長的招牌，她可以二話不說，毫不戀棧地親手砸掉，但名聲跟人格卻不行，除非死了不能還手，否則她不允許自己被任何人給鬥臭。

叼著幾片餅乾在嘴裡，根本沒心思咀嚼其中滋味，她將書桌的抽屜一個個拉出來，把裡面所有雜物都倒在地上，那裡有各式各樣的文具，有一堆隨手謄寫的紙條或筆記，也有不少零碎的小東西。接著她抓來垃圾桶，只要是沒用的東西，就全都往裡面扔，結果一個垃圾袋還不夠裝。而她花了大半個小時，幾乎連整張書桌都拆了，然而從那當中也沒找到一張學聯會的單據。翻過書桌，她又到桌邊的櫃子去找，甚至連裝著各種化妝品的小鐵盒也打開來看，但那裡面當然不會有她要的東西，從一只平常會亂塞雜物進去的小竹簍裡，她把所有的發票全都拿出來，逐一檢視，但那有各種便利商店、咖啡店、書店或服飾店的消費明細，卻幾乎全都與學校活動的報帳無關，整個房間搜過一回，竟然只找到兩張單據而已。

懊惱不已，她坐在地板上，心裡想起不久前才丟掉的、有個裝著關信華以前送的小東西的盒子，那裡面會有單據嗎？她側頭想了想，但不覺得有這可能。

「妳沒事吧？」不知何時，沒有掩上的房門外，忽然傳來一個聲音，程采站在那兒，一臉詫異地看著凌亂至極的房間，也看看跟瘋婆子一樣的駱子貞。

「沒事，我找點東西而已。」疲憊無力的語氣，駱子貞坐在地板正中央，手上還抓著一大疊發票，懊惱地搖頭。

程采說她回來拿點衣服，還要再趕去醫院，現在輪到楊韻之在陪伴姜圓圓。說著，她躊躇了一下，問：「妳又跟韻之吵架了？」

「沒事的，過兩天就好了，妳不用擔心。」心力交瘁，已經無暇再管這件事，她只能嘆氣。望著手上那堆垃圾，她忽然想到什麼，站起身來，從皮夾中抽出自己的提款卡，遞給程采。

「要我幫妳領錢嗎？」她一愣。

「當然不是呀，傻子。」駱子貞淡淡一笑，說：「學聯會那邊出了一點事，我恐怕暫時走不開，而且圓圓可能也不會很開心見到我，所以這幾天要拜託妳，也拜託韻之，請妳們幫我照顧圓圓。這張提款卡妳帶去，密碼是我的生日，如果圓圓有需要用錢，或者妳們在那裡要吃什麼、買什麼，妳就從裡面領。」她停頓了一下，又說：「要是遇到什麼妳們應付不來的狀況，那就打電話找大鯉魚，他會幫忙的。」

「可是……」程采急忙搖頭，就要把卡片推回來。

「不要連這種事都跟我爭上半天，」駱子貞把卡片又塞到她手中，說：「當初說好了，由我來負責圓圓的醫藥費。」

當程采又離去後，屋子裡很快恢復安靜，她雖然很想去醫院看看姜圓圓，然而現在分身乏術，又怕去了會跟楊韻之發生不必要的爭吵，想想還是作罷，畢竟學聯會給的期限很短，現在只剩一天半，而她好不容易在幾個皮包裡東翻西找，也才又找到兩三張單據，總計還不到一萬元，剩下幾十萬依舊去向不明。

現在該怎麼辦？有人能幫忙嗎？駱子貞感到懊惱，自己平常精明能幹，做事有條不紊，但就是有這種偶爾會將小紙條或小單子隨手亂塞的壞習慣，總認為東西只要沒丟，花點時間一定能找得到，現在可好，真正急著要時，它們就真的全都消失得無影無蹤，只是她感到很不解，就算自己亂丟的習慣再差，畢竟生活空間也才這麼一點大，自己常放置雜物的位置，除了書桌跟櫃子之外，頂多只有床頭那一點小空間，然而這些地方都翻遍了，就是再無更多收穫。俗話說當局者迷，會不會在這個太過熟悉的場域中，反而有些死角，是自己被鬼給遮了眼而忽略的？她雙手叉腰，心裡沉吟，一度還想打電話叫李于晴過來，要他以一個局外人的觀點，好好透視一下這個房間的所有角落，不過想想還是放棄，兩個人為了姜圓圓受傷的事情已經鬧得不愉快，她自己又吩咐過程采，可以把大鯉魚列為醫院看護的幫手之一，這時候怎麼好意思叫他來幫忙找單據？

眼睛很痠，駱子貞皺起臉來，也揉揉雙眼，心裡不斷回想，到底還有哪裡可能藏著那些單據，正想著，電話忽然響起，顏真旭心情似乎不錯，第一句話就問她怎麼今天沒來參加活動。

「我……」她想起自己還有兩個包包，平常都塞在衣櫃角落，那裡面也可能有不少細瑣的雜物，把電話夾在肩膀上，她打開衣櫃，而猶豫了一下，說：「我這邊有點狀況，不太好處理，所以實在很抱歉……」

「天底下還有難得倒妳的問題嗎？」顏真旭笑著說：「下樓吧，不然妳還會再多一個處理不了的狀況，叫作得罪妳未來的老闆。」

駱子貞大吃一驚，她沒想到顏真旭居然來了，那兩個包包才剛拿出來，她急忙一邊換衣服，也一邊把包包反過來，當然倒出的除了一些無關緊要的雜物之外，同樣沒有報帳單據。十分鐘後，她匆匆忙忙，一手撥順頭髮，一邊趕緊搭電梯下樓，卻看到顏真旭一派休閒，也沒搭乘司機駕駛的座車，而是自己開著一輛中高價位的休旅車，停在大樓外面。

「妳精神看起來很不好，該不會這幾天都沒睡好吧？」顏真旭看到她第一眼，就皺起眉頭問。

「是幾乎都沒睡。」駱子貞摸摸自己的臉，彷彿都摸得到黑眼圈的痕跡。

「到底發生了什麼事？」他這時才覺得事態有些嚴重，「該不會跟男朋友吵架了吧？」

「哪裡來的男朋友啊？老實說，我捅了一個天大的婁子。」駱子貞嘆氣。

本來是沒打算跟顏真旭一起出門的，然而就在她說著學聯會裡面的這些風風雨雨時，車子已經開動，原以為可能只是到附近吃點東西，沒想到休旅車轉上大馬路後，卻朝著高速公路交流道直奔而去。

「顏先生，雖然我真的很想去看看今天活動的成果，但我是真的很忙，實在騰不出時間，而且我連妝都沒化……」駱子貞苦著臉說。

「首先呢，我不認為妳把自己關在那個小房子裡，東翻西找了幾天都一無所獲之後，還能再出現多少奇蹟；再者呢，我今天已經受夠了很多次，尤其是小周，她一直問我要不要親自打個電話，邀請妳來參加活動，大家都對今天下午的遊戲內容非常滿意，玩得很盡興，更期待晚上的露天烤肉派對。

「整個過程既然都這麼精采了，妳這個籌畫活動的影武者要是不能一起來同樂，他們會非常非常失望的。所以我特別叫小周留了一隻烤乳豬，然後親自出馬，大老遠到台北來接妳，要是這一趟再空手而回，妳說我這張老臉往哪裡擺？我像是丟得起那種臉的人嗎？就算妳認為我這張老臉不值幾個錢，好歹也顧慮一下那隻烤乳豬，妳希望牠因為沒人要吃而難過不已嗎？」

「但是我可能會因為一隻烤乳豬而被學校開除。」駱子貞一想到自己接下來的命運，就覺得什麼山珍海味吃下去大概也都形同嚼蠟。

「妳說欠了多少錢？」

「幾十萬吧。」駱子貞嘆氣。

「我很想現在就在路肩停車，從身上掏出一本支票簿來，直接把錢簽給妳，不過隨身帶支票簿，這種事只會出現在沒智商的電視劇裡面，或沒水準的暴發戶身上。要說那區區幾十萬，我借給妳都可以，但是得等明天進公司。」握著方向盤，顏真旭聳肩說。

「你真的想害我被貼上一張勾搭企業老闆的標籤嗎？」駱子貞苦笑。

「要真被貼上了，那我還得去感謝那些送妳標籤的人，他們真好心，願意在我這張老臉上貼金，給足了我面子。」顏真旭大笑，但駱子貞一張臉卻早已苦到極點，完全笑不出來。

「放心吧，總會有辦法解決的。」顏真旭信心滿滿地安慰她說：「妳知道自己沒做那樣的事，那東西就一定不會不見，它們只是還不到被妳發現的時候而已。」

「我怕在它們願意被發現之前，我就已經先崩潰發瘋了。」

「哪有這麼容易就崩潰發瘋的，那個送點心、送消夜來給妳的小男生呢？他為什麼沒有幫忙找？而且妳也有室友呀，大家一起找，不是應該更快嗎？」

一提及李于晴他們這些人，駱子貞就忍不住嘆氣，原本她只談到學聯會的這些事而已，現在則不得不把姜圓圓受傷的前因後果，還有因此而起的，這些跟朋友們的糾紛全都說了。

「看樣子事情還挺棘手的。」顏真旭手握方向盤，點了點頭，說：「還記得我跟妳說過的，曾經發生在我身上的那些事嗎？而我是不是都熬過來了？妳要明白，能做大事的人，會比別人更能忍受煎熬，那是這世界對妳的考驗，同樣，也是妳對妳自己的考驗。跟東西有關的事情，通常都很好解決；但是跟人有關的事情，妳得想想、多想想，再想想。」

「想那麼多，事情就能解決嗎？」

「沉住氣，等雨停就有彩虹。」顏真旭笑著說。

我們期盼的，不都一樣是雨天過後的彩虹？

## 35

依照駱子貞最初規畫的構想，她希望這些已經出了社會，在一流企業裡沒日沒夜賣命辛勞的上班族們，能藉由這次活動，再一次體驗學生時代參加團康的樂趣，重新找回最單純的歡笑與喜悅，所以那一群壽星，就成了必須要一關闖過一關的冒險家，所有關卡都是駱子貞親手設計，而把關的就是一起參加活動的公司職員。他們一早抵達活動地點後，便開始依照分組進行遊戲，一整天的熱鬧之後，大家也差不多筋疲力盡了，然後才是晚上的重頭戲，這些人要在擁有偌大寬廣草坪的民宿前烤肉慶生。

一下車，駱子貞彷彿就聞到了遠遠處的海潮氣息，只是三月天還冷得很，她不由得拉拉外套衣領。周姊很親切地過來打招呼，同時也拿了幾份文件給顏真旭，即便是公司舉辦活動的日子，看樣子身為企業的大老闆，也不能片刻得閒，他拿了文件就往民宿裡面去，走開前，他拍拍駱子貞的肩膀，說：「希望今天晚上，哪怕只有幾個小時都好，妳是快樂的。」

如果真能快樂得起來就好了，走在草坪上，看著到處聚集的人群，一撮一撮各自圍著火堆環坐，烤肉香氣四溢，她忽然感到孤單。

自己上次烤肉是什麼時候？身邊有些什麼人？她想起有一回，應該是暑假吧，跟楊韻之她們帶著烤肉用具，偷偷溜到學校操場邊的水泥看台上，趁著校園裡都沒人的時候，姊妹們一群人在那裡升起火來，又烤肉又喝啤酒，唱唱笑笑地鬧到半夜才被巡邏的校警發現，本來這是嚴重違反校規的行為，但那次校警卻高抬貴手，大發慈悲地放她們一馬，除了叮嚀絕對不能再有下次之外，還吃了她們好幾片烤肉，而之所以會這麼大方，純粹是因為看在犯事的一群人當中，有一位學聯會的副會長，以及打扮得美艷動人，還願意留下電話號碼的楊韻之的面子上。

那時，我們多開心！駱子貞心裡嘆口氣，她根本沒有坐下來跟任何人同樂的心情，卻只想到現在四個人分崩離析的場面，為什麼會走到今天這地步呢？而以後呢？她們四個人還能像什麼都沒發生過那樣，繼續住在同一個屋簷下嗎？她不知道自己還有沒有臉去面對姜圓圓，也不知道在扯破臉後，還能不能跟楊韻之繼續當朋友。

「妳怎麼在這裡？」隨便走著，正出神，駱子貞忽然聽到一個再熟悉不過的聲音，她愣了一下，回頭一看，好半天都以為眼花了，還忍不住晃了晃脖子上的腦袋，想確定自己不是因為過度勞累才產生幻覺。眼前站著的這個人，赫然正是李于晴，而他背後不遠處，是幾個駱子貞都見過的吉他社學生，他們身上都揹著樂器，儼然一副正要準備上台演出的樣子。

「這句話應該是我問才對吧？」她詫異不已，「你又為什麼在這裡？」

李于晴把手一指，草坪盡頭，靠近圍牆的那邊，原本是一座民宿老闆砌建的小涼亭，那兒是駱子貞的企畫書裡，預計要做為今晚最後重頭戲的摸彩活動地點，然而現在卻已經搭上燈光音響，變成一座小舞台，李于晴說他們待會要表演。

「我可不記得自己寫的企畫書裡面，有音樂表演的這個環節，是誰叫你們來的？」駱子貞說話很不客氣。

「有人可以找妳辦活動，當然也可以有人找我們來表演，妳管得著嗎？」被這麼一搶白，李于晴似乎也沒有太好的脾氣，他立刻還嘴。

「我當然管得著！這一場從早到晚的活動都是我親手打點的，我說沒有音樂表演，就是沒有音樂表演！」

「為什麼不能有音樂表演？這可以增加整個活動的音樂性，難道不好嗎？妳能不能試著接受一個事實，就是同樣的一件事，妳不可能永遠都當最後的主宰者，也必須承認，自己設計的內容，不可能完美到無以復加，到別人都不能有所變更的地步呀。」李于晴不高興地說：「妳只是一個人，妳不是上帝呀，不要老是有這種精神上的潔癖，總還記得我跟妳說過的吧，凡事多跟別人商量一下，也許就會有不同的、甚至更好的點子，不是嗎？」

「誰要去改動上帝決定的事情，這我管不著，但誰要變更我規畫的內容，就得先經過我同意，更何況，你今天來這裡安插這個演出，不也沒跟我商量過嗎？」駱子貞瞪眼說：「總之，我在這個活動裡，要求的是娛樂性、是團結性，而不是音樂性！」

說著，一轉身就要往民宿大廳去，她要去問問周姊，甚至問問顏真旭，這究竟是怎麼一回事。

「我覺得這很好呀，有何不可呢？」聽完駱子貞氣急敗壞的述說，依舊坐在沙發上，剛把幾份文件都看過，也一一做好裁示的顏真旭，滿是平靜的語氣反問：「這麼美好的夜晚，如果能有音樂演出，那不是非常愜意嗎？」

「我只是覺得納悶，為什麼會找他？而這些添加的部分，是不是應該……」總不能直接對著出錢的老闆發脾氣，但駱子貞的語氣跟身段也沒放得多軟多低，儘管還纏身在學聯會的風波裡，分不出多餘的心思來想別的問題，但眼前這種狀況，已經觸及到她親手所規畫的活動內容，也就等於踩到她的地雷。

「應該先徵得妳同意，是嗎？」顏真旭微微一笑，站起身來，居然對著駱子貞一鞠躬，說了一句對不起，不但讓周姊大為錯愕，更讓駱子貞傻眼，她急忙搖搖手，正想解釋點什麼，而顏真旭卻問：「記不記得妳那次來公司跟小周討論活動的時候？」

顏真旭揮揮手，叫駱子貞坐下，同時也告訴她。那一天，他剛結束一個媒體採訪，回到公司，已經略微超過約定的時間，匆促上樓，本來要進去聽聽周姊跟駱子貞的討論，結果卻在會議室外面的小沙發上，看到李于晴坐在那兒百無聊賴地擺動手指。

「你是彈吉他的吧？」顏真旭臉帶微笑，眼睛看著李于晴輕顫的左手手指，說：「你的手指很靈活，看來吉他彈得應該不錯吧？我以前念書的時候，對課業一向都不是很認真，但是社團卻玩得很起勁，吉他社也待過一陣子。不過說也奇怪，課本這種東西，我連碰都懶得碰，但是成績卻要命地好，而反過來，我幾乎每天晚上都抱著吉他睡覺，但是不管怎麼練，我彈出來的永遠都是亂七八糟的節奏，到最後連基本四和弦都練不起來，只好乖乖放棄。」

李于晴大吃一驚，急忙站起身來，恭恭敬敬地點了頭，一時間還不曉得如何回話才好，而顏真旭想了想，秉持他一貫開門見山的風格，下一句就問他是不是駱子貞的男朋友。那當下，李于晴居然脹紅了臉，半晌答不出話來，顏真旭大笑著，拍拍他肩膀，問他需不需要一個告白的機會。

「告白的機會？」聽完這番轉述，駱子貞瞠目結舌地說：「前幾天在醫院外面，他氣得差點就要把我生吞活剝，接下來跟我碰到面，也沒有什麼好臉色給我看，他現在居然要告白？告什麼白？告訴全世界，說他有多想殺了我嗎？」

「他生氣的原因，妳懂嗎？」顏真旭依舊是那副老神在在的模樣，他走到門口，朝外面望了一下，回頭又說：「在我公司裡，我給了他名片，也約好了今天的表演，本來想給妳一個驚喜的，哪知道後來卻發生了妳朋友車禍受傷的事，當然，你們是怎麼吵架的，後來我也都知道了，因為這小子昨天忽然跑來，就已經全都說了。今天在車上，我只是想聽聽看，從妳的觀點來看待，會是一種怎麼樣的角度而已。」

「我怎麼不知道顏大老闆是隨便任何人說要見就能見的？」駱子貞幾乎要笑出來，但語氣中卻殊無笑意。

「當然見不到，他等了我四個多小時，一直到我忙完，才有時間跟他碰面。」顏真旭點點頭，說：「他來見我，先跟我道歉，然後向我提出一個變更表演曲目的要求，然後我也答應了，而這就是我今天非得親自跑一趟，去把妳載來的原因。只是我沒想到，除了妳朋友受傷的那件事之外，妳在學校還另外出了那麼大的狀況而已。」

駱子貞聽得恍然，但一時不知如何反應，顏真旭揮揮手，提醒她：「走吧，是妳該站在舞台前面的時候了。」

有些人守護愛情的方式比較拙劣，但從來無損於真心。

36

燈光已經亮起，把剛剛黯淡的小涼亭照耀得七彩繽紛，許多本來各自成群在烤肉的人們，此時不約而同都移動腳步或轉過頭來，看向了舞台這邊。李于晴帶著他的幾個學弟妹一起上台，接連幾首開場的曲子，是所有人都耳熟能詳的，五月天樂團的歌曲，很多人跟著唱，也不少人點頭或踏腳一起打拍子，似乎都頗沉浸在這些旋律中。

「沒想到我們這群人莫名其妙就出道了，但其實我們連個團名都還沒取好，真是有點不好意思。不過也要感謝貴公司願意給我們這個機會，能一起參與今天晚上的盛會，希望你們都同樣開心。」幾首歌之後，李于晴透過麥克風說話，他在舞台上居然咂咂嘴說：「那個烤肉真的很好吃，希望待會唱完之後，你們可以稍微留下一點給我，好嗎？」

他話一說完，全場的人紛紛大笑鼓掌，而就在掌聲未歇之際，李于晴撥動吉他琴弦，輕靈的音樂聲透過音箱傳送出來，在廣闊的夜空下慢慢響起。他沒有用力刷弦，就只是輕輕地撥著，弦音流暢而悅耳。站在一邊，顏真旭忽然小聲地對駱子貞說：「他彈的是分散和弦的指法，以前我有學過。」

「你會彈吉他？」駱子貞狐疑地問。

「我也年輕過。」顏真旭認真地點頭，而舞台那邊，李于晴又開始說話：「本來呢，我們已經安排好一整晚的曲目，要從頭high到尾的，畢竟這是一場生日派對嘛，可是，因為最近發生了一些事，所以我前兩天特地拜訪了貴公司的大老闆，想請顏先生給我一個機會，讓我在這次的節目單裡，偷渡一點自己的東西。」李于晴很認真地看著台下，搜尋到駱子貞，他說：「在這裡，我想跟一個女孩說：對不起，那天，我跟妳同樣焦急，所以失去了包容與耐心，而說了一些不好的話，讓妳感到很不開心；而在那之後，我還沒調整好自己的情緒，也無法在妳最低潮時，給妳更多的支援與保護，這些都是我沒做好的地方。

「但請妳相信，我真的沒有想要傷害妳，或者冷落妳的意思，我只是覺得心疼，心疼妳為了這世界，為了身邊每一個人的幸福而努力，卻反而讓自己傷痕累累，到了最後，在妳筋疲力盡的時候，最應該繼續無條件支持妳的人，是我，但我卻沒有跟妳站在同一邊，這是我的錯，對不起。」說著，他站起身來，彎腰道歉。

駱子貞幾乎看傻了眼，只見李于晴再次坐下，湊近麥克風，又說：「相信在場的大家都會很納悶，這個女孩到底是誰，為什麼我要佔用各位的時間，在這裡說這些話？我跟你們說，如果不是她，我今天是根本沒有機會來到這裡演出的；而同樣的，如果不是她，今天大家也許同樣有慶生活動，但所有的節目內容跟舉辦地點，可能也都會截然不同。

「因為，她就是幫各位規畫今天的活動，讓你們上山下海跑個沒完的那個企畫人。雖然，我們的表演其實也不在她安排的節目表上，真正邀請我們來演出的，是貴公司的負責人，顏真旭先生，在此，我們也要向顏先生致謝。」說著，他不厭其煩又站起身，再次鞠躬，而與此同時，現場觀眾們已經發現顏真旭跟駱子貞就側身在人群中，趕緊紛紛讓開，只是眾人的目光並不是看著顏真旭，而是留意到他身邊，那個一直望著台上怔怔出神的短髮女孩。有些知道活動策畫內情的人紛紛交頭接耳，很快的，大家便知道，她就是舞台上的李于晴所指的那個女孩。「可以再給我一次機會嗎？」李于晴的聲音，讓大家的注意力又回到舞台上。

「太卑鄙了，這根本是一個不公平也不對等的談判場合，絲毫讓人沒有回絕的餘地，你倒是說說看，我現在該怎麼辦？」悄悄的，駱子貞低聲問顏真旭。

「隨便妳呀，這關我什麼事呢？妳可以答應，當然也可以掉頭就走，不過我要提醒妳兩件事，也要提醒妳一個道理，」顏真旭聳個肩，也壓低聲音說：「第一件事是，他一直在彈同樣的旋律，而且開始愈彈愈亂，那表示他真的很緊張；第二件事，則是這時間根本沒有公車可以讓妳坐回家，而我今晚可沒打算回台北，多虧妳幫我們預訂了這麼好的民宿，我不住下來豈不是對不起妳？至於一個我要提醒妳的道理，那則是非常簡單，想必妳也知道的，就是在這世界上，永遠都不會有所謂的完美計畫，因為計畫總是趕不上變化，變化又趕不上大老闆們的一句話，所以千萬別勉強自己，一個人去承擔上帝的責任，那太辛苦，也辜負了妳身邊那些一直願意陪伴妳、願意支持妳的人，知道了嗎？」

「這樣惡整別人是很缺德的。」駱子貞低聲，狠狠地白了一眼。

「不客氣。」顏真旭則點頭微笑。

除了吉他旋律外，那是一片安靜的世界，駱子貞站在原地，她沒有刻意要去思考或盤算什麼，卻有許多畫面不由自主地泛過腦海，可能是在哪一堂的通識課上，也可能是一群人在某次的聚會中，或者只是簡單一回在永和豆漿店裡，都有李于晴存在的身影，甚至她還彷彿看見自己房間裡，李于晴送的那好大一面鯉魚旗正搖曳魚尾，那是他用來向駱子貞賠罪的禮物，因為這個老愛隨便把核子彈給拍爆的傢伙，以前三天兩頭就拿駱子貞的名字開玩笑。

「你那天是不是對我大吼大叫，說以後不管我愛怎樣，你都隨便我？」往前走了幾步，來到小舞台前，駱子貞拿起麥克風，當著所有人的面前，問李于晴：「這句話現在還算不算數？」

「永遠都算數。」李于晴很認真地說：「只要不是壞事，以後妳愛怎樣，都隨便妳，因為我都會支持妳。」

凝視了他良久，駱子貞點點頭，說：「好，那你快點唱歌，不要再浪費大家時間了，好嗎？我安排的活動流程裡面，可沒有預留給你說太多肉麻話的時間。」說完，她拍拍李于晴的肩膀，在全場所有人的歡呼與鼓掌叫好聲中，轉身，輕輕走下台。

「這下你可滿意了吧？」又低聲的，在李于晴的歌聲中，駱子貞問顏真旭。

「恭喜妳大獲全勝。」顏真旭滿是笑意地說。

隨便妳，因為我都會在。

能夠跟李于晴重修舊好，當然是一件令人開心的事，但擺在眼前的，還有更迫切的問題需要解決。等最後一首，也是眾所期待的生日快樂歌唱完，李于晴開開心心下台後，他急著跑過來，想一起分享剛剛烤好的肉排跟蛤蠣，然而當駱子貞把學聯會裡發生的事情告訴他後，本來還歡天喜地的表情，瞬間就從李于晴的臉上消失不見，他連想都想不到，居然會發生這麼重大的事件。

「你敢罵我一句就試試看。」先聲奪人，駱子貞說。

「我現在唯一能想到的，就是打電話給我爺爺。」李于晴的爺爺就是這所大學的校長，但想了又想，他電話拿在手上，沒有按下撥號鍵，卻問：「妳覺得他會借我三十萬嗎？」

「那要看理由。」駱子貞說。

「幫他未來的孫媳婦還債？」

「閉嘴。」駱子貞已經不想再理他。

「我是認真的，如果有需要，用私人的帳戶，撥點錢借妳應急，這點忙我還幫得到。」眼看他們兩個年輕人根本想不出辦法，顏真旭忍不住插話，停了一下，又補充一句：「還可以不算利息。」

「就算沒收利息，我都還不出來。」駱子貞搖頭。

「妳可以簽張合約呀，」顏真旭攤手，若無其事地說：「我們公司有一張合約書，叫作工作內容保密條約，簽了，妳就可以按月慢慢還，非常輕鬆。」

駱子貞啞然失笑，簽下工作內容保密條約，不就意味著自己從今以後的幾年，都得隸屬於這家公司了？她再一次鄭重致謝，感激顏真旭願意給她這個機會，但同時也搖頭說：「三天的期限還沒到，誠如你說的，那些遺失的單據，或許只是還不到該出現的時候，所以我有回家再找找的必要。」

「祝妳找不到。」顏真旭很誠摯地伸出手來。

「謝謝。」駱子貞用力地跟他握了手。

不管書桌也好，或者櫃子也罷，駱子貞至少都搜過好幾遍了，然而全都一無所獲，本來想叫李于晴不必再翻，但就像她自己之前也考慮過的，只是此刻連這條大鯉魚都想到了，他認為當局者迷，也許換個人，用不同的角度來看待，就能有些不同的發現。

「什麼叫作不同的角度？」駱子貞再次拉開抽屜，東翻西找著，她問。

「比如說這個櫃子，妳可能覺得自己幾百年沒碰過它，東西絕對不可能在裡面，於是就不會太認真去找，甚至搞不好妳連翻都沒翻過，但萬一東西真的在那裡呢？這一點我會比妳客觀，因為這房間的每一個角落，對我來說都是陌生的，也都具有無限可能。所以妳也應該跟我一樣，先拋棄自己的成見，認真地再找一次看看。」李于晴煞有其事地說著，但拉開一個櫃子的下層抽屜，翻出來的卻是一條駱子貞可能八百年前塞進去的絲襪，上面都沾滿灰塵。

「噢，抱歉。」李于晴一愣，絲襪則被駱子貞一把搶過去，直接扔進了垃圾桶。

這時已經顧不得什麼男人止步的門禁嚴令了，不但讓他登了堂，而且還入了室，花了兩個多小時，李于晴在一個不起眼的小鐵盒裡，找到幾張沒有用的便條紙、幾枚迴紋針，但同時也果真發現了兩張單據，都是學聯會與校外廠商訂購活動材料的內容，價值兩萬多塊。駱子貞雖然開心不已，然而這卻也是他們一整晚唯一的成果，接下來就又陷入膠著，什麼也沒翻到，倒是在翻找的過程中，駱子貞簡單地說了自己跟楊韻之大吵一架的事。

李于晴不肯死心，再一次翻箱倒櫃，一邊找，他問：「所以妳到現在都沒跟楊韻之說過話嗎？」

「她根本沒回來過，我怎麼跟她說話？」把衣櫃裡的衣服全都翻出來，逐一搜索每一個口袋，駱子貞頭也沒回地回答。

「再這樣下去也不是辦法，學聯會的狀況已經夠讓人煩惱了，現在還雪上加霜，居然又發生這種事情。妳應該找個機會跟她解釋，說自己只是因為姜圓圓的事，也是因為怕她又被孟翔羽給傷害了，心煩意亂之下，才會口不擇言。」

「廢話，但問題是碰不到人，我又走不開。」駱子貞說：「一關一關過吧，先把單子都找出來，處理掉眼前的問題再說，剩下的只好走一步算一步了。」

「子貞呀，」李于晴忽然嘆口氣，叫了一聲。駱子貞疑惑地回頭，兩個人坐在房間地板上，已經大半夜了，靜悄悄的房子裡，李于晴緩緩地說：「其實，就算找不到也沒關係，顏先生的提議，妳真的可以考慮考慮。」

「為什麼？我們不是還有最後一個晚上的時間嗎？到中午之前，搞不好還能找到更多不是？為什麼現在就要放棄？而且，錢根本不是最重要的問題，我在乎的可是我名聲的清白。」駱子貞說。

「跟那幾十萬塊錢比起來，妳不覺得……朋友比較重要嗎？」李于晴沉吟著說：「再說，如果韻之的那整件事，是因為妳誤會了人家，那不等於妳也抹煞了她的清白？沒道理妳把自己的清白擺在前面，卻把別人的清白擺在後面呀，對不對？」

「錢還不出來，我連書都沒得念，馬上就會被開除，搞不好還要坐牢，你覺得這樣就會比較好？就算我現在去找韻之她們，跟她道了歉，大家當作什麼都沒發生過，但再之後呢？你們要一起來探監，看我坐牢的樣子嗎？我沒有不在乎韻之的清白，但過了眼前這一關以後，我或許還有辦法跟她道歉、解釋，可是如果單子不找出來，那就什麼機會都沒了，除非你認為在監獄的會客室裡上演大和解，是一齣不錯的戲碼。」駱子貞沒有開玩笑的意味，她當然知道自己遲早必須面對楊韻之，但那不是現在，而且屆時要用什麼態度跟語氣，她自己也還沒準備好。

「所以我才說呀，必要的時候，考慮顏先生的提案。」

「等早上吧，到了早上再沒結果，我會做決定的。」駱子貞放眼一屋子的凌亂，冷靜而堅決地說：「現在我們應該做的，是繼續找。」

只是儘管再怎麼用心翻找，他們卻是一無斬獲，李于晴很認真地搜過書桌下面，把抽屜都拿出來，仔細檢視書桌裡面的夾層，同樣沒有東西。搜索到早上，外面的天空已經漸漸亮起，他全身力氣幾乎耗盡，精神也靡頓不堪，這才縮在床邊閉眼小憩。沒上床躺，是因為床上現在已經堆滿雜物，根本無一處可以容身。

但這一覺睡得極不安穩，幾次睜眼，都看見駱子貞還在東翻西找，他感到萬分佩服，天底下怎會有這麼不肯死心的人，難道她不累嗎？李于晴不這麼認為，連續多天的煎熬與折磨，駱子貞早已耗光了全身上下的所有力氣，但憑著不認輸的精神，她就是不肯放棄，也不肯接受顏真旭的優惠條件。

大約睡了兩個小時左右，李于晴又一次睜開眼睛，但這回房間裡卻有點不太一樣，只見駱子貞似乎已經停下所有動作似的。她盤腿坐在原地，膝蓋邊有個小鐵盒，盒蓋打開，幾張信紙正拿在手上，好像很認真地看著。

「有找到什麼東西嗎？」李于晴好奇地問，然而駱子貞只是看著信紙出神，卻沒有回答。他疑惑著湊過來，又問了一句：「妳還好吧？」

「我們以前玩過一個遊戲，四個人都各寫一封信，要寫給未來的自己。」駱子貞拿著信，顫抖著聲音說：「可是我們誰也不知道別人寫什麼，而且約好了，二十年之內，不可以公布答案，那些信都由我收著，就放在這個鐵盒子裡。」

「結果妳居然偷看了……」李于晴本來想笑的，但話還沒說完，卻看見駱子貞臉上掉下了一滴眼淚，那霎時他驚駭不已，認識那麼久，中間發生過那麼多事，無論天大的風風雨雨，駱子貞永遠都是最堅強、最能咬著牙撐過去的人，然而此時此刻，她卻毫無預警地忽然流下眼淚。

有些人的眼淚，只會留給最值得的人。

我個人認為，寫這一封信的意義趨近於零，因為即使再過二十年，駱子貞還是駱子貞，會有很多大家解決不了的問題，跟太多需要幫忙的人，正在那兒孤立無援地等待她出手搭救。二十年後，如果我正在看這封信，那麼，二十年前的駱子貞，會這樣跟二十年後的駱子貞說：雖然這是一個由妳發起的笨遊戲，但請停止妳毫無必要的感性，趕快回過頭去看看，社會經濟的脈動需要妳，國家興亡的關鍵需要妳，那三個可能依舊一事無成，看著二十年前的筆跡，看得眼淚稀里嘩啦的女人，她們也需要妳。

那是第一張信紙，以現在的時間點來看，就是兩年前的駱子貞，要寫給十八年後的駱子貞，篇幅很少，言簡意賅，而且充滿一貫的自負與驕傲。李于晴看完之後，從淚流不止、沒有說話的駱子貞手上，接過了另外三張。

今天早上，因為吃了妳親手做的三明治，拉了太多次肚子，我的肛門到現在都還有點痛，但我不得不說，以一個專業美食家的角度而言，那份三明治真的不錯吃，前提是如果妳能搞懂醃肉粉並不能取代胡椒粉，也明白焦糖醬並不適合加在麵包裡面的話，真的，我很喜歡妳的手藝。

但是妳也知道，我很討厭寫字，尤其我現在很擔心，會不會大學四年，我一封情書都送不出去，唯一寫過的信，居然是寫給妳的？這種事，哪怕再過一個二十年，一定照樣會被大家嘲笑，而且笑得最大聲的那個人肯定是妳。

可是我還是乖乖回房間寫信了，因為妳說我們要記得此時此刻，我們大家最開心的感覺，不可以因為時間過去，就全都遺忘了。但是我不知道二十年後的自己會變成什麼樣子，也許會更胖，搞不好我依然是處女，就跟妳剛剛害我哭的原因一樣，妳居然問我是不是會擔心，擔心二十年後，大家一起讀信的時候，我還是一個連初吻都沒給出去的可憐蟲？好可怕，我不要想像那個畫面，所以我覺得最好的方式，就是寫一封信給妳。

什麼？不符合遊戲規則？那又怎樣呢，再過二十年，我如果真的已經變得更胖，說不定會罹患很多心臟血管方面的疾病，妳應該也不方便再罵我了吧？小心我高血壓還腦溢血，妳就完蛋了妳。那麼，二十年後的妳好嗎？應該不會再逼我們又寫一封信，然後又要再等二十年才拆來看吧？我很胖，我可能沒辦法多活很多個二十年；妳也是，妳脾氣不好，說不定這時候已經中風了，而且因為個性太差，也沒人敢娶妳，一個脾氣不好、個性太差又嫁不出去的中年女人是什麼樣子，我會認真拭目以待的。

有些歪斜的字跡，內容充滿了食物與肥胖等關鍵字，李于晴不用問就知道，那肯定是姜圓圓寫的信，只是文不對題，信件內容根本與自己的二十年後毫無關係，收件人反而應該是駱子貞才對。

二十年後的我，妳好。

妳現在在做什麼？我不太敢想像妳那時候會變成什麼樣子，但也可能還是跟現在一樣，對不對？子貞說過，程采就是那種外表不太會變，內心也不會變老的那種人，為什麼呢，因為程采是個自閉兒，外面的世界變來變去，都跟她一點關係也沒有，她永遠只會關心自己正在關心的事情，至於外面亂成什麼樣子，她一點也不受影響。

如果可以許個願，我很想把自己跟子貞加起來再除以二，這樣平均分配下來之後，我們應該都會變成比較正常的一般人，她就不會永遠都很忙的樣子，也可以把心思稍微多留給自己一點，而不是整天看著外面的世界，卻忘了對自己好一些。所以我也很希望，二十年後，當我們大家一起看這封信的時候，子貞可以多關心她自己寫什麼，而不是搶著要看我們大家寫的這些。

但如果這封信最後還是被搶了出去，離開了我的手，那，子貞，我跟妳說，二十年前的我常受妳照顧，謝謝妳；而這二十年來，我一定受到妳更多的照顧，所以也要說謝謝妳，那麼，接下來可能還有很多個二十年，一樣要讓妳照顧，因此我還是要說謝謝妳。

寫完了。

李于晴看得哭笑不得，這種文筆與思維果然是程采的風格，他拿起最後一張繼續看下去。

如果我沒有像妳擔心的那樣，正因為妨礙了誰的家庭而被人控告，導致坐牢入監，或者被哪個男人的元配老婆給潑了硫酸，從此不敢見人的話，那麼，這當下我應該是坐在妳身邊，一起欣賞與回味著二十年前，因為妳的一句玩笑話，而讓大家振筆疾書的傻樣子吧？但我為什麼要讓妳稱心如意呢？可惡，我一邊這樣想著，居然一邊拿著筆，認真在這裡寫字，這未免太奇怪了吧？

老實講，我根本不曾想過自己未來二十年後，將會變成什麼樣子，因為這答案沒有想的必要，我依然年輕貌美，或許眼角有些細紋，然而瑕不掩瑜，也是徐娘半老的風韻佳人一枚，但妳駱子貞可就難講了，妳可能會為了挽救地球某個角落一些沒飯可吃的貧童，而參加什麼人道救援組織，現在搞不好剛下飛機，從非洲的哪個小國回來，澡也沒洗，灰頭土臉，身上說不定都還帶著某些不知名的病菌，妳骨瘦如柴，妳營養不良，妳已經忘了睫毛膏該怎麼用，也不記得穿高跟鞋走路的方式。

但我倒是相信，妳一定會記得這一天，是我們約好要一起把鐵盒打開、一起讀信的日子，所以儘管風塵僕僕，妳還是會趕回來。只是我也由衷希望，在妳要坐下來陪我一起看信之前，麻煩請先去洗個澡，因為二十年來，我永遠都有約不完的會，在陪妳看信之後，樓下應該會有哪個年輕帥氣的小開或成熟穩重的有錢老闆，在等著我看午夜場電影或吃個消夜。妳那一身臭汗可別把我也玷汙了。

娟秀的字跡寫到這裡，一張信紙已經用完，李于晴把它翻過來，背面空白的地方，楊韻之繼續寫道：

我想，如果真要說句話給二十年後的自己，那大概也只能說句：「妳很棒，繼續加油。」可是，如果要寫給未來的妳，那或許就困難了。首先，我想先跟妳說句謝謝，如果不是那天妳忽然問我要不要搬來一起住，我此時或許還屈身在某個水管漏水、蟑螂老鼠肆虐的爛套房裡，既沒有朋友，也寫不出什麼小說，多虧了妳當時問我的一句話，讓我從此有了一個好棒的房間，也讓我走進妳建構的世界。這裡很安全，很開心，雖然一點也不平靜，但那只是完美當中的一點小點綴，用來烘托完美的存在。我有一種預感，二十年後，我會寫一篇很棒的小說，來記錄我們四個比親姊妹更要好也更長久的感情，那個故事，我連書名都想好了，要把它叫作《凝望浮光的季節》，瞧，這名字多美，多適合我們這宛如浮光輕掠，在迷濛中又洋溢甜美滋味的繽紛畫面不是？對呀，妳注意到了嗎？妳身邊這個快四十歲的女人，現在已經是一位知名作家了，妳應該對她禮貌一點才對。

二十年了，我們是不是還跟現在一樣，誰也離不開誰呢？或許因為很多緣故，我們會各分東西，會走在自己的路途上，就像妳莫名其妙去了非洲那樣，但沒關係，因為有些什麼，一定都已經烙印在我們彼此的心裡，不管天涯海角，離得再遠，這份情感都能讓我們帶著，到處去浪跡天涯，而我們也都會因為這份情感長存在心裡，而能隨時隨地，一回想，就覺得幸福與溫暖。二十年了，我相信自己還是會很想跟妳說，有妳，有妳們，真的很好，很棒，很幸福。

李于晴慢慢地看完，天色已經大亮，兩個人幾乎都忘了應該盡最後一分力，再試圖多搜索出幾張單據來的，駱子貞低著頭，淚水不斷落下，她哽咽著：「這或許就是我跟她們之間，最大的差別，」停了停，嚥下一口唾液，她說：「她們永遠都是不由自主地就想到我，好像理所當然那樣，而我，我以為自己是最常想到她們的人，但其實內心裡，我關心的對象始終都只是我自己……」說到最後一句時，她已經泣不成聲。

李于晴也嘆了口氣，他放下信紙，挪動一點身子，在清晨陽光灑入的窗前，輕輕抱著駱子貞，溫柔地摸摸她的頭髮，拍拍她的背，輕聲溫柔地說：「沒事了，沒事了，一定都會沒事的。」

愛是因為相信，所以存在，所以不變。

睜眼了就是天明，雲散了就有晴空，
而我俯身摘起的是，早春時一抹呼吸晨露的花，
聽這世界隱微卻細緻的聲音。

那是個我們窮得只剩青春可供揮霍的季節，
唯一能相信的，僅僅是愛而已。

39

學校佔地面積廣大，好幾棟大樓之間都各有一小段距離，為了方便，許多性質或功能相類的單位組織會被編排在同一棟大樓裡，比如眼前這座建築，它一樓是學生事務組跟課外活動組，二樓是學聯會，三樓再上去也還有不少跟學生直接相關的單位。

急急忙忙往前跑，上氣不接下氣，已經很久沒吃過東西的駱子貞累得差點連胃酸都嘔了出來，但她沒時間拖延腳步，跟李于晴一起快步往前跑，就是為了到學聯會一趟。

「再撐一下，就快到了。」一面跑，一面回頭，李于晴伸出手來，拉著駱子貞繼續邁進。

好不容易到了大樓外面，李于晴自己也氣喘吁吁，連他都沒力氣再爬那幾階樓梯了，儘管只是二樓，他照樣按下電梯按鈕。

「駱子貞。」忽然聽到叫喚，兩個差點累癱、彎腰不斷喘氣的人，一起抬頭，卻看到關信華剛從課外活動組走出來。

「你又想幹嘛？」一見到他，李于晴就沒有好心情，擋在駱子貞面前，他隨時做好要揍人的準備。

「我不是來吵架的，」關信華看了李于晴一眼，說：「上次，聖誕節晚會那次，我想我應該跟你說聲謝謝。」這一說，不只駱子貞納悶，連李于晴都露出疑惑的表情，還愣頭愣腦地問他：「我又沒有借錢給你，要謝我什麼？」

「我一直以為兩個人一旦分手，就什麼都結束了，彼此再也沒有瓜葛，當然就沒有誰還欠誰什麼的道理，但是那天晚上，聽你說完那些話，我回去以後想了很久，終於明白了你的意思。」先對李于晴說著，然後他轉頭看向駱子貞，又說：「如果還來得及的話，我希望自己可以有一個機會，跟妳說句對不起。」

駱子貞覺得一頭霧水，接連好多天茫茫擾擾，她都已經快忘了聖誕晚會那天，到底李于晴跟關信華說的是些什麼，而就在她隱約就要想起之際，電梯門卻恰好打開，一刻也不想多停留，她就要往裡面走。

「子貞！」關信華上前一步，伸手擋住電梯門，皺起眉頭，他問：「妳真的連接受我一個道歉也不願意嗎？我沒有別的企圖，只是想給妳一個交代，這也是給我自己一個交代，這個道歉是我欠妳的、我該還的，我甚至不奢望能再當妳的朋友，但無論如何……」

「無論如何，你現在不要浪費我的時間，真的。」駱子貞用力按了幾下關門按鈕，李于晴則同時擠進了電梯裡，他伸出手就要推開阻礙電梯門闔上的關信華。

「拜託妳……」關信華苦著臉。

「是我拜託你才對，拜託一下，不管你有什麼事要跟我說，都請你先等一下，不用很久，幾分鐘就好。等我忙完之後，咱們學生餐廳見，不見不散，我保證聽你把話說完，好嗎？謝謝。」說完，李于晴替她一把將人推開，電梯門瞬間關上。

「他到底想幹嘛？」疲累不堪，駱子貞垮著肩膀問李于晴。

「誰知道呀？」李于晴也搖頭。

今天一早，在李于晴看完那些信，正輕輕擁抱著泣不成聲的駱子貞時，客廳大門忽然開啟，幾個人走進玄關，最前面的程采快步向前，她本來見那房門開著，還以為駱子貞不在，哪知道一踏進去，卻見滿屋子亂七八糟，一男一女同坐在地板上，男人正擁抱著哭泣的女人，她嚇了一大跳，還以為發生什麼強暴案，一聲尖叫，正想隨手抄起什麼東西砸下去，卻赫然發現那是李于晴跟駱子貞，而更令她駭然的，是從來也沒哭過的駱子貞居然滿臉淚容。

「他……他欺負妳？」程采戰戰兢兢地問：「要不要我報警？」

「妳怎麼回來了？」駱子貞趕緊擦擦眼淚，也沒多做解釋，卻問：「是不是圓圓怎麼了？」

正問著，只見客廳那邊又走過來兩個人，先是楊韻之只看了她一眼，默不作聲轉身就回自己房裡去，而跟著便是姜圓圓。

「圓圓？妳為什麼出院了？」駱子貞非常詫異。

「我受不了了，我真的受不了了……」姜圓圓的手扶在門框上，一臉蒼白，有氣無力地說：「我真的好餓……」

那一屋子瞬間都因為這句話而活了起來，李于晴強打起精神，急著出去買吃的，而駱子貞跟程采則大開冰箱跟廚房的所有櫃子，翻找各種庫存的食物，要給在醫院住了幾天，差點被那裡的難吃伙食給折磨死的姜圓圓果腹。

東忙西亂了好一陣子，李于晴也帶回豐盛早餐，看到滿桌食物，姜圓圓終於恢復了一點笑容，在她痛快地飽餐一頓之際，駱子貞坐在一旁，伸出手來，搭著姜圓圓的手臂，輕輕地跟她說了一句「對不起」，而姜圓圓從沒聽駱子貞道歉過，她也顯得扭捏而不自在，有些害羞地說：

「沒關係啦，真的。」

那一桌蛋餅、飯糰、燒餅油條跟包子，幾乎都被姜圓圓一個人吃光，駱子貞坐在旁邊相陪，有一種比自己吃飽更開心的感覺，本來她還打算趁著今天終於跟楊韻之照面，先去她房裡聊上幾句，或許可以把誤會解開的，然而就在杯盤狼藉，碗底朝天之際，姜圓圓打了一個飽嗝，這才忽然疑惑地問李于晴怎麼會來，而也在那當下，駱子貞皺了皺眉，才說自己因為弄丟了學聯會許多報帳單據，現在惹上天大麻煩的狀況。

「那怎麼辦？」旁邊的程采張大嘴巴。

「走著瞧囉。」駱子貞微微一笑，但笑得非常心虛。

只見姜圓圓側著頭，想了想，問：「那些單據長什麼樣？」

「不一定呀，有的是一般收據，有的是蓋了店章的發票，另外有些可能就是不同公司的不同樣式吧？」駱子貞聳肩。

「妳整個房子都找過了嗎？」姜圓圓又問，而駱子貞點頭，說不但她搜過了好幾次，連李于晴都幫忙找了一整晚。

「妳的房間門上呢？」姜圓圓指著房門那邊，說：「房門後面的掛鉤上頭，那裡有好幾個環保袋，妳去那裡找過了嗎？」她這一說，讓駱子貞跟李于晴面面相覷，彼此都搖了個頭，兩人找過房間內部多次，但包括駱子貞在內，她每次都開著房門在找東西，門一開，就不會再注意到門後的掛鉤上還有袋子沒搜。

「我不是大年初二就回來大掃除了嗎？那時候我整理韻之的房間、程采的房間，也去妳那裡整理過，妳的房間真的很亂耶，很多東西都到處亂放，最難收的就是妳那間，又不像韻之跟程采那樣，反正她們房間都只有垃圾，丟掉就算了，妳那些亂七八糟的東西，我也不敢倒掉，所以只好先幫妳都裝起來……」她還沒說完，李于晴早已跑了進去，把那幾個袋子都提出來，嘩的一聲，所有東西全都往地上倒。

「你又弄亂了！」姜圓圓近乎潔癖似地嚷了一聲，就要彎腰下來收拾，而駱子貞搶先一步，隨手抓起一張又一張紙片，她睜大眼睛，大叫：「就是這些！就是這些！原來都在這裡！」一邊嚷著，她忽然抓起姜圓圓的臉，在她胖嘟嘟的臉頰上用力一吻，還喊了一句：「姜圓圓我愛妳！」

答案總會浮現的，而且只浮現在有耐心等候的人面前。

「雖然這問題有點荒誕不經，但也不是不無可能，本來嘛，男人女人都可以互相愛來愛去，就像程采那樣，誰也不能說不對，但問題是，如果妳真的愛上姜圓圓，那我怎麼辦？」電梯門開，二樓很快就到，李于晴想起什麼似的，忽然問。

「閉嘴。」駱子貞白了他一眼，這時間點，她可絲毫沒有開玩笑的興致。

快步走到會議室外面，李于晴原本已經伸手要推門，但駱子貞忽然停下腳步，深深吸了一口氣，原本一路都倉皇趕來，可是到了這兒，她反而不急了，站在門口，像在想著什麼似的。

「不用緊張，反正東西都找到了不是？」李于晴輕拍她肩膀。

「不是緊張。」駱子貞搖頭說：「我只是覺得感慨，大學三年多來，我幾乎把所有的精力與心思都耗在這個地方，本來以為會穩穩地做到卸任，沒想到卻在今天，提早畫下句點。」

「那又怎麼樣呢？走出去之後，不是還有海闊天空的世界嗎？」李于晴給她一個微笑，「這地方，妳一個人待得夠久了，以後還有很多地方可以去，而我都會在，放心。」

那是一句很棒的承諾，駱子貞回過頭來，眼神裡帶著感激，然後她提提起袋子，昂然往裡面走去，只留下李于晴在門邊候著。

會議室裡的所有人都屏息以待，從頭到尾，誰也沒有開口說上一句話。駱子貞走進來後，臉上的神情，已經從剛剛在門外的感性與溫柔，瞬間換成冷漠與剛強的那一面。當著會長、徐倩如，以及所有幹部的面前，把那一整袋單據全都倒出來，灑滿了會議桌。她在出門前已經檢查過一次，不但一張都沒少，而且統計的全部金額，也比之前計算的短少情形要多出近萬元，那都是在舉辦各種活動時，為了臨時需要，駱子貞自掏腰包墊付的款項。

既不跟誰開口說話，也沒走回原本的副會長座位，她直挺挺地站在原地，等財務長一張張核算過後，把結果呈到主席位前，讓會長跟徐倩如複查。看完後，會長臉上露出欣慰的微笑，他站起身來，就要走到駱子貞身邊。

「廢話就可以省了，我現在沒事了吧？還有沒有任何可以將我移送法辦的罪名，需要我來澄清的？」駱子貞斜眼看著眼前這些人，但包括徐倩如在內，卻沒人敢吭一聲，連會長也才走了兩步，就驚覺氣氛不對，他停了下來，囁嚅著想打圓場，說：「不要這樣，大家都是一起努力的好夥伴不是？問題解決了就好，接下來，就業博覽會還有一堆事情需要妳呢。」

「好夥伴？這我可高攀不上。至於那場博覽會，只怕你得另請高明了，不用怕找不到人，貴單位人才濟濟，你們不是還有另一位才高八斗、神通廣大的副會長嗎？找她吧，她肯定行的。」駱子貞用誇張的語調說著話，又冷笑一聲，繞著半圓形的會議桌，經過每一個人的背後，她看著這些人，眼神銳利而冷峻，而每一個背對她的幹部，聽聞鞋跟踩踏到身後的聲音時，也不由得要不寒而慄一下。

駱子貞一直走到徐倩如旁邊，拿起那本核算過後的資料，隨手翻了幾頁，就像當初徐倩如趾高氣昂在查閱帳目內容那樣，一字一字，把所有金額跟細項的數字念了一遍，然後露出潔白的牙齒，笑著對根本說不出話來，已經面如死灰的徐倩如說：「坦白講，我覺得這一切還挺荒唐可笑的，這世上居然有人如此天真，以為用些幼稚愚蠢的小手段，就能輕易撂倒我。」她把帳目闔上，朝桌面重重一甩，砰的一聲，資料夾散開，單據跟帳目紙頁滿天飛舞。在紙花旋散中，駱子貞轉身往門口走，再也不看會長一眼。

「噢，對了，」一直走到門邊，忽然停下腳步，駱子貞又回頭，盯著滿臉慚愧，一片鴉雀無聲的眾人說：「其實我是應該跟你們說句感謝的，謝謝你們讓我看到，原來人類的醜陋本性可以這樣被發揮到淋漓盡致的程度，也謝謝你們讓我看到，原來走出這個狗屁倒灶、烏煙瘴氣的地方後，外面還有更大的天空，跟更值得我去珍惜的朋友。我很高興你們給我這個機會，讓我從此得到自由，不必再跟你們繼續蛇鼠一窩，謝謝大家。」說完，她只覺得全身輕快無比，轉身，踏出學聯會大門。

在門外，李于晴臉上帶著微笑，他不需要多問細節，光從駱子貞的表情，就能知道這是一次徹底扳回顏面的大勝仗，她掙回來的，不只是名聲或學籍，還包括了尊嚴跟人格。本來很想一起出去慶祝慶祝的，但其實駱子貞最後的一絲力氣都在學聯會的會議室裡耗光了，方才那幾分鐘的冷峻剛強，正是身體裡僅存的些微能量，集中一次爆發出來而已，現在事情解決了，才剛走出大樓，她就差點昏倒。

「我送妳回家休息吧，妳真的需要好好睡一覺了。」李于晴扶著她，心疼地說，但駱子貞卻搖頭，李于晴於是也明白，儘管她過了眼前這一關，但是要怎麼回去面對楊韻之，這一節則還沒準備好。

「去你家。」軟弱的氣音，駱子貞說著。

「我家？」李于晴懷疑自己有沒有聽錯。

「你說以後什麼都隨便我的。」有氣無力，駱子貞說，而李于晴也只好點頭答應。

她幾乎連眼睛都快睜不開，而慶幸的是李于晴的宿舍離學校並不遠，儘管那棟被吉他社跟熱音社學生所佔據的宿舍，無分晝夜總是嘈雜熱鬧，卻一點也不影響她的睡眠。在那張充滿李于晴氣息的小床上躺著，有一種讓人莫名的安全感，她睡得很沉，直到晚上八點多，才在一陣飢餓感中矇矓醒來，睜眼時，正好看見李于晴坐在椅子上，手抱吉他，虛做刷彈之狀。

「我第一次看到有人可以睡成這樣，好像天塌下來都不會有反應似的。」他笑著說。

「你試試看幾天幾夜不闔眼，會不會跟我一樣。」一睜眼，駱子貞的口舌就非常鋒利地說：「搞不好你會睡到斷氣都醒不過來。」

「妳知道我在笑什麼嗎？」李于晴放下吉他，依然保持微笑。

「不是笑我睡相難看？」駱子貞問，但李于晴搖頭，他笑著，看看手機上顯示的時間，說：「有一件事，妳肯定是忘了，而我也剛剛才想起來。今天中午，妳叫關信華去學生餐廳等著，還跟他說不見不散，到目前為止，已經八個小時過去了，妳說該怎麼辦？」

幸福是一個深愛的人，在身邊緩緩甦醒的畫面。

接近中午的十一點多，本來應該在學校上課的楊韻之忽然衝回家來，一進門口，鞋子直接往旁邊踢去，完全罔顧姜圓圓所制定的生活公約，當然更沒留意自己的腳步輕重，她砰砰砰地踩過地板，甚至連敲門都沒有，直接轉開門把，把還在睡夢中的程采搖醒，然後又跑到隔壁，踹開姜圓圓的房門，星期四的整個早上，這兩個女人都沒課，果不其然也就到了中午都還沒醒。

「快快快，快去拿杯子來！」不由分說，楊韻之已經打開了廚房的玻璃櫃，拿出一瓶程采的紅酒，興高采烈地說：「這可能是妳們最後一次，不用排隊就能跟我一起喝酒了！」

對作息亂七八糟的大學生來說，這種時段勉強可以稱之為七早八早，都還沒刷牙洗臉，程采跟姜圓圓睡眼惺忪地坐在餐桌前，兩人手上的杯子已經被斟上半杯紅酒，但還一臉茫然。

「剛剛出版社的編輯一到公司，馬上打電話通知我一個好消息，」楊韻之興奮地說：「我那本小說不但有出版機會，而且他們特地變更了出版順序，要在最短時間內製作完成，立刻上架，而且還要舉辦一場新書發表會，我是主角，孟翔羽要擔任我的特別來賓兼推薦人，時間就訂在一個月後！」

連珠炮似地說完，讓桌邊這兩人聽得如癡如醉、瞠目結舌，只見楊韻之高舉杯子，開心地說：「怎麼樣，為妳們眼前這位小說界的明日之星，痛快乾一杯吧！」

「肚子都還空空的就喝紅酒，這樣好嗎？」姜圓圓皺眉頭。

「而且這好像是我那個櫃子裡面，最貴的一支紅酒耶……」程采也皺著眉。

那種感覺是很微妙的，一張餐桌，周圍共有四張椅子，多久以來，這兒是每次誰要發表重大聲明時的不二場地，有時是駱子貞徵召她們義務性地參加學聯會活動，有時是楊韻之愛上了誰，要高調宣布戀愛消息，或者程采的排球隊即將參加比賽，她號令所有人一律要到場加油，當然也有姜圓圓遇到解決不了的課業問題，拜託其他三人連袂在此幫她解答。而現在，有一張椅子，已經好幾天沒再拉開過，若不是姜圓圓三天兩頭拿著抹布擦拭，只怕椅子上都要沾灰塵了。

儘管三支酒杯碰在一起的聲音依舊響亮，但不知為什麼，似乎就是少了一點歡樂的氣氛，才剛喝下第一口紅酒，本來歡天喜地的楊韻之忽然嘆了一口氣。也不需要說明原因，姜圓圓跟程采都明白那一口長吁是為了誰，不約而同，她們也放下手中的酒杯，憂鬱地望著餐桌一隅的空位。

「這本書在網路上連載的反應非常好，點閱率幾乎每天都好幾千人，難怪出版社如此深具信心，所以妳也應該加油，不要那麼沒自信。相信我，他們的投資是正確的，打鐵趁熱才有效果，過陣子的新書發表會，一定會有讓妳意想不到的豐收成果。」電話中，孟翔羽語調輕柔，問楊韻之：「怎麼樣，妳晚上要過來嗎？」

要去嗎？其實她有些猶豫，想去，是因為她想他，她想更了解他，孟翔羽之所以跟以前認識的男人有所不同，是因為這人充滿了飄忽的感覺，他的想法很跳躍，而無論發生什麼事，也好像都能無動於衷，半點不放心上。楊韻之曾親眼目睹，距離出版社安排的宣傳活動只剩下半個小時就要開始了，而他居然還可以悠悠哉哉地在家蹲馬桶，直到最後一刻才慵懶地準備出門，但說也奇怪，活動現場居然聽不到半句微詞，所有人照樣報以熱烈掌聲，歡迎這位當紅的才子，即使他腳底下穿著的，赫然是一雙忘了換掉的夾腳拖，現場讀者也把這當成是率性的真情流露；更有一次，楊韻之陪著孟翔羽去電台受訪，主持人問他接下來最想寫什麼題材，他居然想都沒想，就說他想寫一個主角自殺的故事，還說如果有必要的話，為了探索人物心理的微妙轉折，他認為即使親自在自己的脖子上割一刀也很理所當然，當場嚇得主持人目瞪口呆。這世上一定有很多人，不會贊同孟翔羽的這種思維邏輯，比如駱子貞就是，她怎麼可能容得下像孟翔羽這樣永遠都在脫序演出的人？然而，楊韻之偏偏就是著迷於這一點。

「妳不是要出去嗎？」看她已經換好衣服，卻又在客廳晃來晃去，程采原本高舉酒杯，正對著燈光不斷輕輕搖晃，觀察酒液的顏色，但忍不住分心，她疑惑地問。

「子貞最近有回來嗎？」沒有回答，楊韻之反問。

「好像是前天下午吧，她回來拿了衣服跟書，然後又出去了。」程采搖頭晃腦地說：「她最近都這樣，很奇怪，整天窩在大鯉魚他家。」想一想，她還問：「子貞真的會跟大鯉魚談戀愛嗎？」

「誰知道，或許吧？」楊韻之尷尬地搖頭，她沒有把自己心裡想的那些說出來。

自從完成那幅超巨大的拼圖作品後，程采著實沉寂了好一陣子，但最近一個多星期來，她似乎又找到了新的樂趣，加入學校新成立的紅酒研習社團，現在不但家裡多了一支又一支的紅酒，連冰箱裡也有一堆因為喝剩的紅酒實在太多，所以被姜圓圓拿來跟其他食材混搭而成的料理。

「我覺得這可能是她最爛的興趣。」看著程采一手拎著酒瓶，一手提著酒杯，飄呀飄地就回自己房間去自斟自飲，姜圓圓搖頭嘆氣，還說如果駱子貞在，絕對不會讓程采喝成這樣。

「妳最近會遇到子貞嗎？」等程采進房去後，楊韻之問姜圓圓。

「不一定耶，也不知道她哪時候會回來拿東西。」姜圓圓搖頭。

「我有一件事，或者說，我有個想法，想聽聽妳的意見，」楊韻之在沙發上坐著，她揮揮手，叫姜圓圓也坐下，問她：「如果我搬走了，妳覺得子貞會不會比較開心一點？或者說，她就會願意回來住？」躊躇了一下，楊韻之又說：「畢竟，對我們三個人而言，她才是這裡的房東。」

姜圓圓兩眼直瞪著楊韻之，沒想到她要說的竟是這樣的話，一時間不曉得如何應對，楊韻之沉吟了一下，又說：「在妳住院的那幾天，為了孟翔羽的事，我跟她大吵過一架，彼此鬧得有點難看，我想應該是為了這件事，所以她才避著我。」

「可是……」姜圓圓腦袋裡幾乎都空了，她只覺得這絕對不是最好的辦法，然而自己又提不出什麼好見解。

「我只是在考慮而已，還沒確定。如果真要搬走，我可能也還需要一點時間去找房子。」楊韻之說：「妳也知道，要在學校附近找到適合寫作的地方，其實並不容易，學生一多就容易吵鬧，再說……」她環顧了這房子一眼，「都住那麼久了，忽然說要搬，我也真的很捨不得。」

「那就不要搬了吧？」姜圓圓急忙順著她的話說。

「傻瓜，現在已經不是我想不想搬，而是這裡還容不容得下我的問題，妳懂嗎？」楊韻之搖頭說：「如果子貞已經到了這麼不想見到我的地步，連回家拿點東西，都要避開跟我照面的機會，那我最好就不要造成她的困擾了。」說著，她站起身來，輕輕嘆了口氣，拿起包包跟外套，準備出門。心裡老充塞著這些躊躇與反覆的念頭，一整晚都待在家，只會讓心情更複雜，她想來想去，不如還是去找孟翔羽算了。

「韻之，」姜圓圓依舊坐在沙發上，她凝神想了想，忽然叫住眼前的人，說：「我覺得妳的說法有點不太對。」

「什麼意思？」楊韻之一愣，她在玄關口停下腳步。

「我不相信子貞會希望妳搬走。」姜圓圓篤定地說。

「為什麼？」

「如果她想要妳搬走，她會直說，而不是用這種拐彎抹角的方式來逼妳走。」姜圓圓也站了起來，說：「只要稍微想想看，到底我們所認識的子貞，她是什麼樣的個性，妳就知道我說的並沒有錯了。」

「好，那妳告訴我，如果妳的說法沒錯，那為什麼她三天兩頭回家來，都要故意避著我？」楊韻之攤手。

「或許，她只是跟妳一樣的想法，」姜圓圓皺著眉頭，「也許，她也還沒找到一個……一個可以面對妳的方式吧？」幾句話，說得楊韻之默然，姜圓圓問她：「妳要不要再考慮考慮剛剛說的那個念頭，再給妳們彼此更多一點時間跟空間？」

「妳真的覺得，她是因為這樣的心情，所以才不想跟我碰面嗎？」楊韻之躊躇了許久才抬頭問。

「愈在乎，才會愈覺得尷尬，不是嗎？」

我們說不出的為難，其實正源自於我們斬不斷的羈絆。

## 42

「妳看起來似乎心情不太好。」剛洗過澡，只穿一條短褲，也不畏懼乍暖還寒的這三月天隨時可能感冒，孟翔羽裸著上半身，拿著一本文學雜誌，正翻到他自己接受採訪的那一頁，遞給剛脫下外套的楊韻之。

「我已經快一個星期沒看到子貞了。」這篇採訪進行時，楊韻之人就在現場，她只大略看了幾眼，就已經知道裡面的內容。捧著雜誌，坐在床緣，她低著頭。

「是不是讓妳很為難？」孟翔羽坐到她身邊，輕輕撥開細長的髮絲，聞到淡淡的香水味，「如果妳覺得為難，或許可以由我來做點什麼。」

「該不會是說要跟我分手吧？」直覺就想到這個，楊韻之轉過頭來問他。

「傻瓜，怎麼可能。」孟翔羽笑了，像在欣賞一件難得的藝術品，手指輕撫過楊韻之的臉頰，順著她彎彎細細的眉毛，再滑落鼻尖，孟翔羽說：「不曉得為什麼，妳總是給我一種很活的感覺。」沒有說話，楊韻之只是閉上眼睛，耳裡聽到孟翔羽說：「妳讓我覺得自己有活著的感覺，我好像可以不用再覺得，自己只是這個世界上到處亂飄的一片羽毛似的。」

「別把我說得那麼神，講重點，你要幫我做什麼？」楊韻之嘴角微揚，但說也奇怪，她忽然覺得自己像是在模仿駱子貞說話的語氣一樣。

「妳不是正在為了該走向哪一邊而矛盾拉扯嗎？既然這樣，那很簡單呀，找個機會，妳就走向她那一邊吧，好嗎？」孟翔羽說。

「那你呢？」楊韻之睜開眼。

「當然是陪著妳走過去呀，不然怎麼辦呢？」剛好四目交投，孟翔羽微笑的嘴角吻上了楊韻之的唇邊。

這是愛情嗎？楊韻之自己也不知道，她最近偶爾會來孟翔羽家過夜，在這裡，他們聊文學，聊創作，一起看電視，或者一起吃點東西，當然也睡在同一張床上，但孟翔羽實在很怪，他像個充滿好奇的孩子，雙手跟嘴唇幾乎探索過楊韻之的全身，有好幾次，被撩動的情欲幾乎要佔滿楊韻之的腦袋了，但孟翔羽就是不跟她做愛。有一回，楊韻之在關了燈的漆黑夜裡，呼吸急促地問孟翔羽，為什麼不做，但孟翔羽卻說他不想破壞一件寶物的完整性，而這件至寶，有讓他繼續期待的價值與意義。

「雖然沒有任何一丁點的冒犯之意，但我是很認真地想問妳，妳是不是打算在我這裡長住，不想再回家了？」相較於在孟翔羽家，很文學式的愛情，這城市的另一頭，卻又全然換了另一個平實而毫無美感的風貌景況。

那天，李于晴對著剛從外面陽台走進來，手裡還攬著一堆曬乾衣服的駱子貞說：

「妳有沒有照過鏡子，照一下，妳會發現自己已經完全融入這個生活空間，變成這屋子的一部分了。」

「我看起來很像地基主嗎？」瞄了一眼，駱子貞問：「還是你覺得我很像地縛靈，打算作法驅魔了？」

「就跟妳說不是這意思嘛。」李于晴放下手中的吉他，說：「有妳住在這裡，我當然覺得很開心，但問題是，很多人都在這棟樓裡看過妳了，妳要是一直住下去，我怕別人會誤會。」

「哪來的別人？如果怕我住在這裡會對你造成什麼妨礙的話，你可以大大方方說出來，不必找那麼多藉口，我會識相一點，自己滾蛋的。」

「奇怪咧，」李于晴無奈搖頭，嘴裡喃喃自語：「大白天的，好好的一個女人不當，卻偏偏要當女鬼……」

「你說什麼？」聽力極好的駱子貞本來已經轉身要摺衣服，一聽到這句話，立刻回過頭來，一瞪眼，腳下的拖鞋馬上飛了出去，若不是閃得快，李于晴的臉差點就被打中了。

這棟宿舍一共有五層樓高，每層的角落都配備了一台洗衣機跟烘衣機，另外還有泡麵跟飲料的自動販賣機，而李于晴恰好住在邊間，所以生活機能非常方便。房間是小了點，床鋪當然讓給了駱子貞，再加上李于晴的地鋪，屋子就只剩下一張小桌子的擺放空間。這裡現在有一大半的區域，全都騰出來給天后御駕專用，讓她放衣服跟書本，而李于晴本來就是那種只需要一張小床跟一把吉他就能過活的人，所以也無所謂。

相偕騎車到學校，駱子貞趕著要上課，李于晴倒是一臉悠哉，他要去吉他社哈啦打屁，但剛一走過文學院，兩個人卻不約而同都停下腳步。李于晴問她是否也收到簡訊，駱子貞則點點頭。那簡訊是姜圓圓傳來的，寫了過陣子那場新書發表會的時間跟地點，目的不言而喻，而同樣的訊息，也傳給了駱子貞。

「妳想去嗎？」

「再說吧。」深吸一口氣，然後吐出，駱子貞聳肩。

「妳不要一直這樣，繃著自己的情緒跟情感。」

「不然我要像那次一樣崩潰大哭嗎？你很喜歡看女人哭是不是？」駱子貞說。

「一直維持這樣的個性，妳不覺得很辛苦，也很孤單嗎？」李于晴說：「妳挽不回快要失去的友情，也敞不開心來接受新的愛情，這樣的生活，能讓妳開心嗎？」

「我不喜歡那種既不能靠理智來處理，也不能順著邏輯走的東西。」駱子貞搖頭，於是李于晴只好苦笑，他要朝著右邊的小徑走向吉他社，但才踏出兩步，忍不住又回頭，對著還望向文學院，怔然呆立的駱子貞說：「中午別亂跑，在中庭等我電話，一起吃飯。」

「你是不是很怕自己一個人吃飯，萬一噎死了沒人救你，所以每天中午都非得要我等你不可？」屢屢被打斷思緒，駱子貞開始不耐煩。

「如果接下來的幾十年，妳願意每天都這麼為我擔心的話，我會覺得很幸福的。」李于晴大笑著說。

能為一個人擔心一輩子，是一種既辛苦但也愉悅的幸福。

簡直哭笑不得，駱子貞看著那傢伙終於走遠，忍不住嘆口氣。在他家住了好些天，其實自己也很不願意，除了造成別人生活作息的困擾外，每個女孩子總有些不方便的時候，然而她已經沒得選擇，放眼這校園裡，儘管到哪裡都可能遇見認識的人，但她真正能依靠或託付的對象，卻是屈指可數，自己再不情願，卻也只好逼著李于晴接受。

對駱子貞而言，她何嘗不想回家？那個房間有的是自在與舒適，是真正屬於她的世界，她在那兒，才是真正的愛怎樣就怎樣，儘管李于晴現在也是處處讓著、配合著，但那又是一種完全不同的感覺。況且，大鯉魚今天早上所說的話也不無道理，一個女孩子，整天窩在男生家裡，別人看到了難免會指指點點，尤其她駱子貞在學校裡還算是知名人物，雖然自己並不很在乎，然而這總是不太好。

本來應該繼續往上走，前往教室上課的，然而不知怎地，忽然又沒了興致，一個人在偌大的校園裡漫步閒晃，這些若干年來早習以為常的風景，現在卻怎麼看都陌生。她晃過了學聯會所在的那棟樓，忍不住朝上望幾眼，心中感慨萬分。

虛度了兩個小時，中午轉眼就到，她在等李于晴來電。最近日復一日都是如此，兩個人在校園裡找個安靜角落，哪怕只是吃吃便利商店的微波食物，但那很輕鬆，很愉快，沒有壓力。

這能不能算是愛呢？駱子貞忽然想起，剛住進李于晴的宿舍時，頭幾個晚上老睡不好，動不動就做惡夢，而每回都在半夜被驚醒。為此，李于晴特別從自己的皮夾裡拿出一張觀音廟裡求來的平安符，讓她墊在枕頭下，說是神明會保佑。說也奇怪，從那之後果然夜夜好眠。那是觀音菩薩的保佑嗎？駱子貞啞然失笑，她其實不太相信這個，與其說是神明顯佑，她寧可相信那份安心的感覺來自李于晴。

「我們念的是天主教大學，你爺爺還是這裡的校長，結果你身上卻帶著觀音菩薩給的護身符，這樣合理嗎？」幾天沒做惡夢後，駱子貞想到什麼似的，問問他。

「妳是那一戶的房東，有完整的管轄與支配權，卻在我家裡住了那麼久，這不是一樣的意思嗎？」李于晴攤手說：「上帝不會介意這點小事，就像我很樂意照顧妳一樣。」

「閉嘴。」駱子貞白眼。

她從來也不覺得自己會是個需要被照顧的人，但當她有一天忽然發現，面對這個男生，開始有愈來愈多的依賴時，卻也似乎為時已晚。她三餐吃什麼，都是李于晴決定的，因為自己有偏食的壞習慣，以健康為名，李于晴逼她餐餐要吃肉類跟水果。每天早上，李于晴就算自己沒課，但手機預設的鬧鐘總是準時響起，就跟今天一樣，把人送到學校後，他自己百無聊賴，會到吉他社去打發時間；甚至，住在那個宿舍裡，連用什麼洗頭髮，李于晴也有意見。他從雜誌上看到的理論，說經常換用不同的洗髮精，才能常保頭髮光澤，也才能照顧頭皮健康，於是那傢伙跑去大賣場，一次買了好幾種洗髮精回來，害駱子貞現在三天兩頭，腦袋上的味道不斷變來變去。

也許這就是李于晴在表現自己的愛了吧？但如此一來，駱子貞好像便就此失去了以往那種果決與果斷的能力，開始變得猶豫與矛盾，經常在接受與否的兩端來回拉扯。也許這就是太依賴別人的壞處，弄得自己好像都不會思考了一樣，駱子貞有些茫然，對於此間的對錯界線，她有些模糊，不知道怎麼判斷才好。

一想到這兒，她於是又想起那個契機的問題。有些迷惘，她跟李于晴之間，已經到了同住一室，這般密不可分的關係了，可是她總覺得自己似乎還是沒真的發現什麼觸發愛情的契機。如果這樣都還看不出契機之所在，那契機論的正確與否，是不是就應該重新拿出來檢視一番？也許人類在愛情的發展過程中，根本沒有這種東西的存在必要？凡事講求理性與邏輯的駱子貞走在校園一隅，忍不住以手支頤，開始胡思亂想了起來。

「這麼悠閒逛校園？妳男朋友呢？」出神發呆，不知不覺走到學生餐廳附近，這兒人潮聚集，她剛被兩個路過的女生撞了一下，差點沒跌倒，甫一站穩身子，卻聽到旁邊有人說話，本來一隻手已經伸出來要扶她了，但又像觸電一樣，趕緊再收回去。

定睛一看，居然是上次被她放了大鴿子的關信華。

「上次很不好意思，我真的累壞了，才忘了要赴約。」當時，駱子貞經李于晴一提醒，立刻就已經傳了簡訊致歉，現在再碰到面，她雖然不太情願，但還是低頭又道歉一次。

「算了吧，也沒什麼關係。」關信華尷尬一笑，四周望望，又問：「都已經中午了，妳男朋友沒陪妳來吃飯嗎？」

「他不是我男朋友。」駱子貞搖頭。

「為什麼？」關信華詫異。

「什麼為什麼？不是就不是，有什麼問題嗎？」駱子貞皺起眉頭。

「問題倒沒有，我只是納悶。」他聳個肩，又問：「他看起來還不錯，在學校也很有名，算是配得上妳，幹嘛不要？」

冷笑一聲，駱子貞道過歉後，很快恢復成原本不愛搭理對方的那個招牌表情，說：「那就要算到你頭上了，拜你之賜，我現在看到每一條草繩都會當成蛇。」懶得再囉嗦，她越過關信華，就要再往前走。

「嘿，」然而關信華又叫住她。駱子貞露出有些不耐煩的表情回頭，只見關信華雙手一攤，說：「如果因為以前的那些事，真的給妳造成一些影響，那我願意再道歉一次，但不管怎麼樣，還是希望妳不要阻斷了幸福的各種可能，好嗎？」

很想跟他說句謝謝，但不管怎樣，駱子貞都不覺得關信華有資格扮演什麼人生哲理的啟蒙導師，她只是再看了他一眼，然後轉身想走開，但關信華的演說顯然還沒打算結束，他又擋著去路，說：「也許妳會覺得我很煩，也覺得輪不到我來插嘴，但這些話，我是很認真、也很誠摯地想跟妳說的，還是妳願意給我一個機會，一個讓我請妳吃頓飯的機會，好嗎？」

「當然不好。如果你已經說完了，那就麻煩讓一讓好嗎，我肚子餓，也真的要去吃飯了。」沒好氣的，駱子貞說：「對了，除了上次放你鴿子，非常不好意思之外，還有一點很抱歉的是，今天我跟大鯉魚已經有約，就算沒有，我也不想跟你吃飯，謝謝。」說著，她刻意繞了開去，只留下關信華還傻在原地。

中午天氣漸漸熱了起來，駱子貞脫下外套，疑惑李于晴到底死哪裡去了，說好要打電話，可是卻遲遲沒有消息。她本來走進學生餐廳，各種食物香味撲鼻而來，也被觸動了飢餓的感覺，正想隨便瀏覽一下，看有沒有中意的東西可以當午餐，然而一瞥眼卻看見姜圓圓跟程采，她們顯然正要往滷味攤子走過去，那是程采的最愛。

她開心地往前，急忙要叫住那兩個人，也許今天可以例外一下，把李于晴丟到一邊，而跟自己的好姊妹們一塊吃個飯的。然而就在手剛舉起，嘴巴張開，正要叫人之際，駱子貞卻看見滷味攤子旁的座位區上，楊韻之已經先一步站起身來，叫了姜圓圓的名字。

那瞬間，她的動作顯得有些僵硬，緩緩把手放下，也閉起了嘴巴，看著遠處的三個人分別落座，她心裡百感交集，只能怔怔地望著，望了許久之後，她終於默默地轉過身，走出了學生餐廳。

走不進一個自己建立的世界，那是最令人感傷的一件事。

「就算臨時有事，你也早點說一聲，讓我餓肚子是怎樣，是暗示我該減肥嗎？」沒好氣地挑了一大堆食材在籃子裡，全都拿到櫃檯去付帳時，她還抱怨連連，吸引了幾個收銀員的目光，讓李于晴萬分不好意思。理所當然，這趟大採購就由他買單，以示補償。

拖到下午兩點多，兩個人都飢腸轆轆，但走出學校，偏又選不出什麼想吃的東西。最後李于晴提議要買菜回家自己煮，駱子貞納悶地問他是不是會做菜，然而李于晴又黯然搖頭。

做菜嘛，算得上是多困難的事？憑藉著記憶中，看過已經不計其數的、那個姜圓圓掄刀在手，運轉如飛的畫面，駱子貞照本宣科，但做起來卻失誤連連，先是一刀差點切斷自己的手指，跟著在洗菜時，不小心讓好幾片葉子都被洗手台的水流給沖走，然後一打蛋，蛋黃、蛋白全攪在一起不說，連蛋殼都掉了好些碎片在裡面，怎麼挑也挑不乾淨。

「如果妳真的很不情願，其實我也不介意吃泡麵的。」李于晴望著動作極其不順利，已經開始發起自己脾氣來的駱子貞的背影，戰戰兢兢地說。

「閉嘴。」沒回頭，駱子貞正小心翼翼開始切著蔥末。

花費偌大工夫，兩碗亂七八糟的麵條終於端上桌，但兩個人都早已餓過頭，望著還在噴冒熱氣的麵碗，駱子貞忽然一愣，本來想說點什麼的，卻忽然又靜默了下來。

「怎麼回事？」李于晴問。

「我今天在學校，看到她們三個。」隔了半晌，駱子貞長嘆一口氣，小聲地說著。語氣中帶著藏不住的落寞。

「沒去打招呼？」他又問，而駱子貞則微微搖頭。

也嘆口氣，已經吸了麵條在嘴裡，但李于晴又放下筷子，說：「為什麼不呢？她們都是妳最親近的朋友，無論如何，妳都不應該那麼疏遠的。」

「可能我還沒準備好吧，對圓圓跟程采當然都沒關係，但是對韻之，我就……」駱子貞難得囁嚅。自從學聯會的事情解決後，李于晴其實不只一次提醒過，要她找時間回去跟楊韻之再聊聊，好朋友們住在一起，相處之間難免偶有齟齬，心裡有矛盾的時候，就要大方剖白，而不該一直憋著，憋到後來，不但問題解決不了，一不小心，只怕友情就這樣隨之疏遠淡化，搞不好連朋友都沒得當了。

起初駱子貞並不認同這個說法，她只覺得自己還沒整理好情緒，對付學聯會那些人，她可以斬釘截鐵，說切割就切割，絲毫不存留戀；但當對象換作是楊韻之時，駱子貞卻顯得諸般糾結，一來她就算能拉下臉來道歉，卻也不認為對方就會願意接受，二來是時間拖得愈久，她就愈覺得失去動力，更無力去釐清這些糾纏的思緒，甚至轉而趨向逃避。

「表達自己的情感，應該是一件理所當然的事，不需要想那麼多，就像我平常對妳那樣，我也從來不考慮太多。」

「所以你常做沒大腦的事啊！」抬起頭來，駱子貞又是一句犀利的話，但李于晴沒有生氣，他笑了出來，低頭又吃了好幾口麵，一邊稱讚好吃，一邊卻說：「情感這種東西，就像妳說的，既不理智也無法計算，非常不保險。但問題是，那麼保險要幹嘛？情感如果是本來就存在的，那妳就去面對它，直接表現出來就好，有什麼好擔心跟害怕的？」

「那萬一我表現出來的情感不被接受，怎麼辦？難道拿著一張熱臉去貼別人的冷屁股，這樣就會比較值得開心？」駱子貞搖頭。

「妳想太多了。而且，我相信那些有福氣能被妳選中的人，一定都是值得妳付出的人，大家開心都來不及了，誰還會給妳臉色看？」挾起一大片青菜，全都塞進嘴裡，臉上露出開心的表情，李于晴說：「這當中也包括我在內。」

白他一眼，駱子貞不想談這種形而上的話題，她先用湯匙舀起一口湯，送進嘴裡，然後又挾起幾根麵條，放到嘴裡咀嚼，就在這時候，她眉頭忽然緊皺，立刻把麵又吐了出來，詫異地問：「麵沒熟？」

「我在乎的是好不好吃，不是麵熟不熟。」李于晴聳個肩，還繼續吃著，但駱子貞驚訝不已，她完全按照記憶中，曾經看過姜圓圓煮麵條的方式在進行，怎麼湯頭還算可以，麵條卻根本沒有熟透？而她不信邪地挾起青菜，也只咬了一口就吐出來，菜葉在湯裡雖然泡軟了，可是菜梗卻還是硬邦邦的，尤其帶著一種噁心的土腥味，讓她差點反胃。

「為什麼這麼難吃的東西，你還吃得下去？」她覺得不可思議之至，忍不住問問已經吃掉大半碗麵的李于晴。

「給自己一個機會，也給別人一個機會吧，放膽去做，一切就都會變得更好，就像妳煮這碗麵一樣。」李于晴捧起湯碗，仰頭喝乾，然後才從嘴角邊撥出好幾片蛋殼碎片。他臉上是飽足的幸福模樣，咂咂嘴說：「妳不需要在已經為我煮了一碗麵之後，才開始擔心我願不願意吃的問題。煮麵是這樣，感情也是這樣，有時候，妳其實已經在做了，只是自己還沒察覺，卻又一直在質疑自己能不能做得到，或者別人願不願意接受。無限迂迴，在同一個漩渦裡無謂地打轉，這是程采的思考方式，不是駱子貞的。」說著，把麵碗放下，李于晴先打了個飽嗝，才又說：「而且，沒有人打娘胎裡就帶著做菜的本事出生，從不會做菜，到很會做菜之間，也不是跟電燈開關一樣，一巴掌拍下去就能馬上切換的，很多事情本來就是不知不覺間才累積或產生，甚至經營得來的不是？」

「你現在影射的，是我在處理友情方面的問題嗎？」駱子貞的肩膀垮了下來，無奈地問。

「當然不只是友情。其他的部分，說太多了又會被罵，不過以妳的聰明才智，相信是一定會參悟明白的才對。」李于晴忽然站起身來，在書桌最下方的抽屜裡，東翻西找半天，最後拿出一小罐面速力達母軟膏，還有一捲透氣膠帶，他把藥膏塗抹在駱子貞剛剛不小心被燙傷，但自己卻沒注意到，已經腫紅了一塊的皮膚上，然後貼上膠布保護好。說：「謝謝妳為我煮了一碗麵。」

說著，他忍不住在駱子貞的額頭上輕輕一吻，本以為這下會遭天打雷劈，一顆心七上八下，就等眼前的這位壞脾氣天后來個大屠城的，沒想到駱子貞只是怔怔地看著他，然後，第二次，她在李于晴面前又流下了眼淚。

有些人的眼淚極其珍貴，他們只為了愛而流淚。

一整個月時間，雖然嘴巴說不累，但駱子貞看得出來，李于晴最近經常佝僂著身子走路，也動不動就伸手到背部去揉揉後腰。長時間睡在地板上，只靠著薄薄的一層軟墊，儘管沒有受涼感冒，但脊椎早晚也會出問題。

「明天你去不去？」夜深了，只有床尾一盞小夜燈，透出橘黃色微弱的光，那是太黑不能睡的李于晴，與不黑不好睡的駱子貞，折衷協調後的結果。躺在床上，側著身，駱子貞小聲地問。

「妳呢？還在擔心，怕楊韻之不想見妳嗎？」李于晴也還醒著，他反問。明天下午兩點，是楊韻之正式躋身作家行列的重要日子。好多天來，他一直沒開口相詢，就是想等駱子貞自己做決定。

「我是怕去了，會影響她的臨場演出。」

「妳的回答，並不是我這問題的重點。」微光中，還看得見李于晴淡淡的笑容。

「我想去。」幾乎是氣音，駱子貞說：「不管怎麼樣，我都不應該缺席這樣的日子。」

「那就去吧，她一定會很開心見到妳的。」李于晴說著，輕輕閉上眼睛。

今天晚上很幸運，整棟樓好像沒人在玩樂器，本該是個能安心好眠的夜晚，但隔了半晌，在一片寂靜中，駱子貞忽然又開口，叫了李于晴兩聲。

「我會陪妳去，不用擔心。」原來他也沒睡著，只是閉著眼睛說話。

「我當然知道你會陪我去，但我想說的是……如果明天去了，一切都沒問題的話，也許我就會搬回去住了，你想過這問題嗎？」她問，但李于晴沒有回答，他只是深深吸了一口氣，然後緩緩吐出，過了良久才說：「妳知道原因的，我會希望妳別走，卻又希望妳走，所以，妳要自己做選擇。可是不管妳怎麼決定，也一定要記得，那句我曾經說過，而妳也曾經再次跟我確認過的話。」

「你什麼都隨便我。」駱子貞輕輕笑了出來。

「是的。」李于晴從頭到尾都沒睜開眼睛，但他點了點頭，臉上有要笑不笑的表情。

「你上來睡吧，好嗎？至少，今天晚上，我很想要你上來陪我一起睡。」駱子貞伸出手，握住了李于晴的手。那個契機不契機的問題，此時早已絲毫沒有思量與斟酌的意義了。多日來，不斷反覆琢磨著那天煮麵時，李于晴所說過的話。駱子貞心中明白，沒有一份愛情的開展，是像電燈開關一樣，拍了一下就從無到有的。無論是友情或愛情都需要練習，也需要累積，當然更需要積極地經營，只有勇敢去正視了，才能看見自己內心的想望，也才能坦然地張開雙手，去擁抱自己想擁抱的人。

她自己也覺得奇怪，最近好像特別愛哭，那根本不是她所認識的駱子貞了。此時，又有點盈眶的感覺，特別是當李于晴也一起擠到這張小床上，自己縮進了他溫暖的懷抱中時。對著這個躺上來後，反而身體更僵直，動也不敢動一下的男人，她輕輕吻了他的嘴，讓自己封閉已久的心，重新得到釋放。

本以為回到家時，屋子裡應該會空空如也，一個人都不剩下才對，新書發表會是下午兩點開始，而她走過大樓的管理室時，稍微看了一下時間，已經是中午過後，一點二十分。

這幾天，她常在書店外面看到張貼的海報，楊韻之微側著臉，細捲的長髮遮住半邊臉龐，有媚惑的眼神與性感的唇角。居然用自己的沙龍照來做新書宣傳的主視覺，也未免太誇張了點？幾次看到海報，駱子貞都忍不住搖頭，然而想想倒也很合理，一本愛情小說，除了需要蕩氣迴腸的故事內容，作者的長相當然也非常重要，否則遇到這種需要露臉的場合怎麼辦？

她的包包裡有一本熱騰騰才剛出版的新書，那是早上她特地去買的。新書沉甸甸的，讓她有一種格外踏實的感覺。終於實現夢想了，儘管那夢想是楊韻之的，但又何嘗不是一屋子另外三個人也都引頸企盼的？即使有些心結還卡著，尚未能化解得開，但駱子貞卻由衷地想為楊韻之喝采。

應該直接前往會場就好，但駱子貞想了想，卻改變了決定，她叫李于晴先到舉辦活動的書店去，自己則搭計程車，想先回家一趟。

「要不要我陪妳？」出門前，李于晴問。

「沒關係，我想自己回去看一看，順便換個衣服，不會耽擱太多時間的。」駱子貞給他一個安心的微笑。

這戶大樓裡的房子，曾經是建構一群人夢想的基地，姑且不論一切能否再回到過去那樣，然而，此時她卻很想再回去看看，趁著家裡都沒人，她想重溫一下那種歡樂時光的滋味。

懷抱著這種微帶感傷的心情，她掏出鑰匙，進了門，但是才踏入玄關，瞬間就覺得有點不對勁，姜圓圓難道瞎了嗎？還是她轉性了？怎麼可能放任玄關亂七八糟丟了一堆鞋子？而她剛踏入客廳，鼻子裡就聞到一陣酒臭味，只見客廳的桌上橫豎丟著三四支紅酒瓶，還有好幾支酒杯也沒收，居然全都擱在那兒。

駱子貞皺起眉頭，不太敢相信這是自己家裡會有的場景。以往她們一群人當然也會喝酒，可是總能在歡飲之後立即收拾乾淨，絕對不會把善後工作留到隔天，但現在這是怎麼一回事？看著沙發上到處亂丟的抱枕跟衣服，駱子貞連一個放包包的地方都沒有，她朝走廊過去，正想回自己房間，卻忽然聽到一個怪聲音，納悶地推開沒鎖的隔壁房門一瞧，赫然看到姜圓圓在那兒酣睡不醒，還發出間歇性的打呼聲。

「嗯？妳回來啦？」還沒來得及進去叫門，走廊邊是眼睛還睜不開的程采。

「為什麼妳們都在家？」駱子貞狐疑地問：「難道我記錯日子了？否則妳們這時候應該陪著韻之，準備新書發表會不是？」

話還沒說完，一邊的主臥室那邊，房門也推開，駱子貞差點沒傻眼，楊韻之披頭散髮，只穿著睡衣睡褲，嘴角邊還帶著口水痕跡，惺忪的她也沒注意到，站在眼前的人是好一陣子都沒見面講話，彼此已經帶著偌大隔閡的駱子貞，很順口地就問現在幾點。

「距離妳應該上台的時間……」駱子貞在那瞬間也忘了還存在於彼此之間的心結，脫口而出的是習慣的稱呼用語，她說：「親愛的，妳還剩下二十四分鐘可以準備。」

然後這個世界就跟姜圓圓出院那天一樣，瞬間又活了過來，而且是以一種近乎爆炸與崩潰的型態在熱烈激昂地活著。楊韻之大聲尖叫，在房間裡跑來跑去，她一下子找不到替換的衣服，一下子又嚷著說梳子不見了，甚至還跑回客廳，把她昨晚就脫下來，丟在沙發上的內衣給一把扯起，跑回房間去穿。

「來不及了！怎麼辦，我來不及了！我就算長出翅膀也飛不到呀！完蛋了這下！」歇斯底里地叫嚷著，楊韻之手忙腳亂，連程采跟姜圓圓也跟著天翻地覆，三個女人各自在驚慌中忙碌不堪，唯獨駱子貞站在原地，一臉淡然地看著她們東逃西竄般，不斷穿梭來去。

而看著看著，她忽然微笑了起來，這不就是她最習以為常的畫面嗎？這多像她們平常的樣子哪！她忽然在心裡感激李于晴，想跟他說句感謝，原來，這美好的世界真的還在，只要她願意走回來，這世界還是以一個最初的型態，原封不動地等著她。儘管不是笑的時候，但她就是忍不住。一邊微笑，拿出手機，一邊從通訊錄裡搜尋出號碼，撥打電話，但一邊又為了能再一次置身於這個她熟悉的環境而開心著。

「妳先刷牙洗臉，再把衣服給換好，這樣就可以了，其他的交給我。」講完電話後，她拉住嘴裡叼著牙刷，右手拿著化妝棉，左手捧著化妝水的楊韻之，很冷靜地對她說：「三分鐘後，立刻到樓下來。」說完，她又放大音量，對程采跟姜圓圓喝道：「妳們兩個，今天只是配角而已，還挑什麼衣服！程采，妳是要去相親嗎，把那件跟馬掛一樣的東西給我脫了，妳唱大戲是不是！去換正常人的洋裝！姜圓圓，今天不需要妳露乳溝，去加一件外套，給我包緊點！」

一聲令下，三隻熱鍋上的螞蟻就像發現了一線生機般，果然毫不思考，全都按照指示動作，短短的三分鐘不到，她們已經遵循吩咐，全都到了大樓中庭集合，而等在那裡的，赫然是一輛警車。

「陳大哥，千萬拜託你了。」把三個女人都趕上車，駱子貞先對坐在駕駛座上，還穿著員警制服的中年男人致謝，那個警察露出微笑，還比出大拇指。

「妳怎麼有辦法找警察來幫忙？」儘管已經刻意壓低聲音，但警笛聲大作的嘈雜中，後座最右側的程采還是用了比平常更大的聲音，才能讓旁邊的駱子貞聽到她說什麼。

「之前學聯會辦活動，請了轄區分局來疏導交通，當然就認識了呀，這叫作便民服務。」駱子貞只簡短交代，跟著轉過頭來，她打開手上的鐵盒，裡面是自己的化妝品，飛快的動作，她已經開始在最左側的楊韻之臉上塗塗抹抹。

「不好意思，我們昨天晚上本來只是想要提前慶祝，沒想到居然喝醉了……」微閉起眼睛，讓駱子貞均勻地為她拍上粉底液，楊韻之慚愧地說著。

「真是一群天才哪，她們兩個沒頭沒腦，怎麼連妳也跟著胡鬧呢？」駱子貞嘆口氣說：「如果沒有我，妳今天連個偶像明星都要當得亂七八糟了是嗎？」

那瞬間，楊韻之忽然一陣鼻酸，眼淚差點就要流下，但駱子貞急忙小聲地說了一句：「哎呀，別哭啊，會吃不住妝，這樣就不好看了。」

生命中有一種牽掛，能讓人始終甘之如飴；而這種牽掛，幸運的人才能擁有。

「很感謝今天來到現場的所有朋友，在今天之前，我一直擔心，擔心現場可能會發生工作人員比讀者多的窘境……」一站上台，望著台下摩肩擦踵，幾乎無法旋身，而人人手捧一本新書的擁擠場面，楊韻之差點就要哭出來。在現場如雷的鼓掌聲中，她吸了幾下鼻子，才又說：「這樣的一篇故事，是我在毫無心理準備，純粹只是一時興起的情況下所完成的，沒想到它卻能成為一本實體出版的書，老實講，連我自己都很意外，所以我必須先跟推薦我投稿的孟翔羽先生說句感謝。」說著，楊韻之的手一指，剛剛負責開場的孟翔羽穿著筆挺的西裝，站在台邊，微微點頭致意，當然現場也響起一片掌聲。

「此外，我也要感謝出版社的編輯，以及負責這本書所有行銷工作的每一位同仁，謝謝你們。」禮貌地點頭，楊韻之又深呼吸幾口氣後，握著麥克風，說：「但除了這幾位之外，我還有一位很重要的朋友，她像是我的姊姊，像是我的家人，甚至，比我真正的親人還要照顧我。我簡直無法想像，如果沒有她，此刻我可能會以怎樣一種樣子上台；如果不是她的幫忙，今天根本就睡過頭的我，搞不好到了活動結束都還來不了。」說著，她很努力在台下的人群中搜尋，然而人數實在太多，她看了又看，卻一直沒看到駱子貞的身影，只發現李于晴跟程采就在角落，露出加油打氣的眼光，一起看著這邊。

「對不起，因為人數比我想像的還要多上很多，所以我看不到妳。」楊韻之有些緊張，輕咬幾下嘴唇，用微微顫抖的聲音說：「子貞，如果妳在的話，可以上台來嗎？我覺得，這一刻，所有的開心跟喜悅，所有的驕傲，都是因為有妳在，才有價值……」說到這裡，楊韻之已經流下眼淚，現場的工作人員急忙跑上台，拿了濕紙巾，小心地幫她擦拭，只是直到擦拭過後，始終不見駱子貞的身影。

「我知道妳在，也知道妳一定是不好意思上來，但沒關係。」努力讓自己情緒恢復鎮定，楊韻之說：「我的這位好朋友，是在我大學的這幾年中，不斷支持我，也給我很多啟發的夥伴，她經常像一位睿智的先知，永遠能夠比任何人都更早一步，看到這個世界的變化，也因此，她才能引領我，以及我們的幾位室友，在這樣的世界裡一步一步往前進。各位，請恕我在這裡聊起我的朋友，但我希望你們能夠明白，如果沒有她，今天你們根本也不可能認識寫小說的楊韻之。

「只是，最近我們的生活圈裡，陸陸續續的，發生了好多事情，我們吵架，我們憎恨，我們埋怨，我們也誤解或曲解了彼此要傳遞給對方的關心，而在那之後，又缺乏坦然道歉的勇氣。我們跟所有的平凡人一樣，都不具備足夠的理性，好去克服那些障礙。所以長達一個多月來，她暫時離開了我們的身邊，離開了我們一起居住的地方。而我有很多次、很多次，都想撥個電話給她，都想跟她說聲抱歉，請她原諒任性的我，請她再給我一次機會，讓我再次回到那個開心的世界裡。

「然而，每次當我拿起手機，卻又被我自己的懦弱所擊潰，我害怕她可能會拒絕，害怕自己會從此失去一個最重要的人，這種不安的情緒，一直深藏在我心裡，而隨著這場活動的即將到來，忐忑的心情也幾乎到了最高點。

「昨天晚上，我的另外兩位室友，她們提議要一起提前慶祝，可是我一邊喝著紅酒，卻一直感到悲傷，因為，那本來應該是我們四個好朋友，像家人團聚般的聚會。這本新書的出版，如果有任何值得驕傲的地方，那這份驕傲，都應該是我們要一起分享的，可是，她卻缺席了。

「因為這樣，昨天晚上我喝了很多酒，只有把自己灌醉，我才能稍稍地從龐大而沉重的心理負擔裡暫時逃脫，只是我也知道，隔天醒來後，或許終究還是得面對那種，可能再也看不到她、再也回不到過去那種日子的痛苦，而我也幾乎相信，一切就只能是這樣了。這種煎熬的心情，一直到今天中午，就在這場活動開始前的半小時，才終於得到釋放。

「有些很早就來排隊的朋友，也許你們已經留意到了，我在活動開始前五分鐘才抵達，是一輛奔馳在台北市區，鳴笛聲呼嘯不已的警車把我們載來的，能有這麼廣大的神通，想得到這種辦法的，當然也就只有我的這位好朋友駱子貞了；甚至，連我此時臉上的妝，也都是在警車上，她幫我一點一點化上去的。她沒有忘記今天的活動，她沒有忘記這份我很想跟她一起分享的榮耀，她沒有拋棄即使已經如願以償，當上作家之後，但依舊非常渴望、非常盼望能再跟她一起生活的，那個一無是處的我。

「說了這麼多，我不只想感謝我最親愛的、最重要的這位好朋友，我也想跟你們說，不要輕易忽略了，你們一定也跟我一樣，身邊可能都有一位，或者好幾位這麼重要的朋友。各位，我們活在一個不能沒有愛的世界，對吧？既然如此，那你們就千萬不要跟我一樣，差點因為自己的任性跟懦弱，就失去了一個最重要的朋友，好嗎？」說著，楊韻之臉上帶著微笑，眼神依舊努力在人群中搜尋著，然而看來看去，她終究還是沒找到人。

「子貞，」談話的最後，楊韻之站在台上，輕輕閉上眼睛，說：「無論妳在或不在這裡，我都想跟妳說，謝謝妳，能在這個世界上遇到妳，是我最快樂、最幸福，也最驕傲的一件事。」

每個人都應該有資格，擁有一份不變的情誼。

冬雪融盡，陽春於焉而來，
初雷伴隨雨水，會刷淡一切曾有的陰霾，
像極了那個吻的感覺，如此溫暖。

只有曾經失去的人，才能學會珍惜。
所以我們承諾，執子之手；再長的路，都一起走。

47

為期一個半小時的活動，就從孟翔羽的開場介紹後正式展開，除了楊韻之的談話，孟翔羽也再次登台，為這本新書又做了一次推薦，並且充當主持人，就小說的內容跟楊韻之進行了一段討論。在後台稍微恢復情緒後，她已經能夠鎮定如常，再在現場讀者的面前，與孟翔羽聊聊創作的心得，並且接受台下書迷們的舉手提問；而後面預留的半小時，則當然是最重要的簽書動作。

楊韻之壓根沒料到會有這麼多人，還以為半小時綽綽有餘，然而她一本一本地簽，卻發現排隊人龍減少的速度異常地慢，幾次抬頭，始終都只能看見人潮已經排到書店外面，根本看不見隊伍的終點。

好不容易，一直簽到最後一本書，她每簽一本都抬眼一次，跟讀者說聲感謝，同時也想看看，駱子貞會不會側身人群中，也拿著書，走到她的面前來。可惜直到最後，都沒看到那個她最想見的人。

「如果她不來，或不願待在這裡，一定都有她的原因，無論如何，妳也都要體諒，好嗎？」難掩黯然的神色，楊韻之在活動結束，強顏歡笑地跟大家揮手告別後，回到後台，孟翔羽輕聲安慰她。

「沒關係，我會去找她。」強打起精神，楊韻之說。

這個名為後台的地方，其實只是書店內部的小辦公室，除了放置營業用的相關文冊，還有一組小沙發。出版社的工作人員在外面觀察，必須確定現場的讀者幾乎都已離開，才能在不受打擾的情況下，讓作者順利結束這一天的行程。而同樣的流程，下一週的地點則在台中跟高雄，一共有三場新書發表會。

「妳不覺得很有趣嗎，這年頭，連寫作都可能讓妳變成明星。」孟翔羽轉個話題，他捧了一杯熱茶給楊韻之，說：「妳今天的表現很棒，要繼續加油。」

「謝謝。」她由衷感激地道謝。

在後台等了大約十五分鐘，工作人員進來打過招呼，看來是可以順利離場的時候。楊韻之拿起外套跟包包，在孟翔羽的陪伴下走出辦公室。然而她剛一踏出門口，卻看到姜圓圓跟程采驚慌失措地跑過來，手上還拿著幾張紙片。

「怎麼了？」楊韻之一愣。而姜圓圓也不囉嗦，直接從那些卡片中，抽出了署名要給楊韻之的一張。她納悶地接過來，但也忍不住想看看其他幾張，姜圓圓說：「其實只有名字不同，內容倒是都一樣。」

「我們好久沒有烤肉了，要不要一起來呢？有個地方，看得見藍天，看得見浮雲，也看得見青草，是個我們不能，卻偏要撒野的地方，烤肉、喝酒，還要唱歌跳舞。」

筆畫勾勒非常有其勁道，不用猜，這字跡楊韻之早見得多了。

「我剛剛才發現，也不曉得她是哪時候放進我包包裡面的，可是，這說的到底是什麼地方呀？」姜圓圓一頭霧水。

「是我們都去過的地方嗎？」程采也疑惑。

再仔細看了一次那兩行字，楊韻之忽然會心地一笑，說：「我知道那是哪裡。」

「這怎麼看都不像是一個適合烤肉的地方，而我也不覺得今天這天氣，會是一個適合在戶外活動的好天氣，要是不趕快閃人，搞不好待會就會需要救護車了。成為今年第一個被雷打到的倒楣鬼，感覺就是很丟臉的事。」李于晴望望滿天陰雲，想起電視裡的氣象報告，說今年的春雷可能就會在這兩天落下，他忍不住問駱子貞：「除了開警車的警察，妳該不會那麼碰巧，也認識開救護車的司機，可以隨傳隨到吧？」

「閉嘴，不要吵。」駱子貞瞪他一眼，「別忘了你答應過我的事。」

「是是是，隨便妳，隨便妳。」李于晴趕緊點頭，但他還是不由得要再抬頭看看天氣。

「除非你這隻大鯉魚能發揮功用，幫我求一個好晴天，否則從現在開始，我不要再聽到你沒大腦地胡言亂語。」駱子貞望著天空，心裡也擔心著就怕真的下起大雨。

「能幫妳撥雲見日的，那個叫作晴天娃娃。雖然同樣來自日本，但我送的那個是鯉魚旗，它跟晴天娃娃所負責的業務不一樣，我是專門用來保佑一些既任性又不肯乖乖聽話的野小孩們，能夠平安順利長大的，懂嗎？」李于晴說著，但見駱子貞已經橫眉豎目，只好再次閉上嘴巴，乖乖地將他剛從便利商店裡買來的一大袋啤酒全都放到地上。

「喂，」不讓人家講話，偏偏又要問問題，駱子貞問他：「你覺得她們會來嗎？」

「無庸置疑。」很帥的一個俯角，站在台階最上面的李于晴，望著從遠遠處走過來的一群人，他笑著對駱子貞說：「跟我愛妳一樣。」

「閉嘴！」

後來真的下起了雨。在雨聲淅瀝中，隱約還聽得到一年之初的春雷悶響。幸好事出倉促，李于晴來不及去採辦烤肉材料，否則別說還在學期中，校警肯定不會通融，而就算通融了，這種天氣，連火也不可能升得起來。

「好久不見。」孟翔羽坐下來，跟旁邊的李于晴碰了碰酒瓶，仰頭喝了一口。

「是呀，最近好嗎？」

「還不錯。」孟翔羽點頭笑著，他看看遠處的駱子貞，問李于晴：「你覺得，如果我很認真、也很正式地提出對楊韻之的交往要求，那位脾氣非常暴躁的駱大小姐會同意嗎？」

「第一，駱大小姐可不是楊韻之的老母，她沒有反對的立場，頂多只能算是有一點發言權而已，而即使她神威顯赫，不但可以發言，還擁有投票權，那也絕對不會是關鍵的一票。」李于晴說著。

「那其次呢？」孟翔羽又問。

「其次者，一個自己已經得到愛情的女人，有什麼資格去反對她最要好的朋友也擁有愛情？你說是不是？」

孟翔羽笑了出來，他又一次跟李于晴碰碰酒瓶，說了一句恭喜。

「彼此彼此。」李于晴笑著。望著那邊正嘻笑著的幾個女孩，他的目光焦點只集中在駱子貞的身上。這個堅強又頑固的女孩已經累了，這些年來，她辛苦建立起的世界雖然看似堅固而雄偉，卻一度瀕臨崩壞，而且崩壞還是從內部與外部同時發生，令人猝不及防。李于晴知道，學聯會的問題、害姜圓圓受傷的事，還有跟楊韻之吵架，對駱子貞而言都是巨大的打擊，然而失之東隅，收之桑榆，這些事情固然帶來沉重的傷害，卻無疑也擊潰了她封閉的內心世界，從而才能在一地的破碎中，重新拼湊起一個新的自己，而這個新的自己，是願意接納愛情的。

所以李于晴儘管覺得心疼，卻又感到慶幸，在學聯會的事件鬧得沸沸揚揚時，陪在駱子貞身邊的是他；當駱子貞為了跟楊韻之的衝突而選擇避居時，能提供一個庇護所的也是他。他沒有特別想證明什麼，但無意間，他已經把自己想證明的，全都表露無遺了。那未來呢？李于晴喝了一口啤酒，他還是那個最初的想法，只想陪著自己喜歡的人，去那裡、做什麼都好。

只有失去一切的人，才會明白「珍惜」的可貴。

## 終章

全身都被雨水淋濕了，每個人的頭髮都凝成一束束貼在臉頰上，依舊是冷冷的天氣，但誰也沒有躲雨的打算。無懼於昨天晚上才因為爛醉而引起的輕微頭痛，楊韻之、程采跟姜圓圓的手上都拿著啤酒瓶，愉快地暢飲著，也絲毫不在乎雨水狂妄地落下，順著瓶身流進去，雨水都混著酒水。她們只是放肆地在學校的操場邊，在水泥看台旁，開心地唱著不成曲調的歌，又一邊跳著舞。

「妳還是不肯跳舞是嗎？」楊韻之臉上的妝都花了，硬是擠到駱子貞的身邊，拉著她就要一起下來同樂。

「得了吧，妳們那能算得上是跳舞嗎？猴子發羊癲瘋吧這是？」駱子貞鄙夷地說，她站在三個人圍成的小圈圈之外，手上當然也有酒瓶。

「是不是怕舞技太爛，影響了大鯉魚對妳的觀感，妳怕嚇跑他對不對？」楊韻之賊兮兮地笑著說：「放心啦，妳就算在操場的泥巴裡滾幾圈再爬起來，去問問他，他也照樣願意當妳男朋友的啦。」

「何必這麼辛苦？」駱子貞白她一眼，「我好端端地站在這裡，他也照樣已經是我男朋友呀。」

那一說，不但楊韻之錯愕得瞪大眼睛，連本來在一邊瘋瘋癲癲地舞動身軀的程采跟姜圓圓也詫異不已。

「妳淪陷了？」程采不可置信地指著看台那邊，又指著駱子貞問。

「神話終於也有破滅的一天哪……」姜圓圓用誇張的哭腔，搖頭嘆息著。

「我就知道遲早會出事，妳去他家住了那麼久，看來清白的少女之身就這樣遠別去了……」楊韻之像在唱大戲一樣，手舞足蹈地問：「親愛的，妳為什麼要如此屈就自己呢？」

「妳都敢在孟翔羽身上賭一把了，我為什麼不能挑李于晴？」

「當然也不是不行，我只是擔心有那麼一天，又蠢又笨的大鯉魚可能會讓妳氣得中風，會腦溢血。」楊韻之一副哀傷憐憫的口氣。

「不會有那種事的，萬一哪天忍不下去了，也許捲起包袱，老娘會很乾脆地甩了他，自己就去參加人道救援組織，給非洲某個角落的小國當志工，去照顧貧童了。」駱子貞哼了一聲，冷冷地說：「楊大作家，妳的想像力可真是不容小覷呀。」

此話一出，不但程采跟姜圓圓詫異不已，楊韻之更是大驚失色，她一手握著酒瓶，一手朝著駱子貞連指了幾下，顫抖著聲音說：「妳偷看了？妳偷看了是嗎？妳怎麼可以違背約定，偷看那些信？」

哼了一聲，駱子貞又瞄了姜圓圓跟程采一眼，說：「這筆帳咱們回家再慢慢算，叫妳們寫信給二十年後的自己，結果妳們寫成了什麼鬼樣子，回去全都給我重寫一遍。」面對著瞠目結舌的那三個人，駱子貞還握著酒瓶，雙手攤開，嬌嗔著說：「現在，妳們三個很久沒繳房租的房客都給我過來，我要抱一抱妳們。」

而那一邊的看台上。

「我其實不是很懂耶，這是不是一種特殊的宗教儀式？你看，駱大小姐抱著她們三個，還把啤酒往大家頭上淋下去，那是不是在祈福，還是什麼消災解厄之類的程序？」孟翔羽愈看愈糊塗，好奇地問。

「你想太多了，兄弟。」已經稱兄道弟起來，李于晴望著操場那一邊的畫面，綿密雨珠落在地表上，層層堆疊的白色水霧泛起，蒸騰出一片浮浮掠掠的光影，像是一場不真實的夢境。他拍拍孟翔羽的肩膀，說：「不管你寫了再多暢銷小說，寫過多少愛情，這世界上有一種情緒轉折永遠讓你沒辦法搞懂的生物，叫作女人。」他這麼說著。

如果這世上會有一群永不分離的人們，那就是我們。

【全文完】

- 後記 -

# 珍惜我們的花樣之年，在凝望浮光的季節裡

原是沒打算寫後記的，但我忍不住要推敲，漫長的寫作生涯，已經變成一份職業後，怎麼自己忽爾還出現這種失心瘋似的，像某種宗教狂熱般，片刻不想離開這篇小說的衝動狀況？花了大約七個工作天，逐日以逾萬字的篇幅在敲打鍵盤，最後那天晚上，我把自己關在公司裡，從早上九點半，一直寫到入夜後的凌晨兩點，居然一口氣飆完了最後三萬多字，完成通篇初稿。

因為初稿寫得太快，我完全省略了每一節之後的小句子，甚至也來不及區分篇章，而第一次修稿完畢後，儘管句子補上了，但又因為分章困難，所以這變成一篇不像以往那樣，而是沒有扉頁篇章的小說。當然，一個故事不會只修一次稿，這一點我們非常清楚，所以在第五次總算修好後，扉頁篇章有了、每一回的篇幅長短調整過了、故事線的比重也重新分配了，我花了快一年的時間在這些人物的經營上，同樣的幾首曲子聽到都快吐了。

必須承認的是，這樣一篇故事，在寫作過程中當然受到很多電影與電視劇的影響，而我開心的是自己難得有一次機會，跳脫以往敘事焦點完全集中於男女主角身上的模式，改採比較全面的視野，去描寫故事中這些男男女女們的眾生相。當然主角是誰，還是一眼能夠辨認出來，那是駱子貞無疑，但第二主角呢？第三主角呢？初稿完成之際，我覺得楊韻之的戲分好像都比李于晴多，她的角色鮮明度根本已經遠遠超越了男主角，幸好在後來的幾次修稿中，總算慢慢又調整回來。

只是我偶爾也會想，萬一沒調整過來，把愛情當成故事主軸，那這故事又會變得怎樣呢？我在想，這篇故事著重的應該不只是愛情而已，整體氛圍裡，我想表達的應該是同一個屋簷下，四個女孩的組合，可以交織出什麼樣的發展，而她們的愛情，又會受到多少友情的影響，那種影響應該是互相的，是具有關聯性的，也是最吸引我的。所以我比以前任何一次寫作都更加投入，雖不至於發生夢中還在跟自己討論劇情的情形，但從開始寫故事，一直到完成初稿的這十天之間，我從想著故事走向的朦朧間醒來，又從思索人物對話風格的恍惚間睡去，無時無刻，那些人物的一舉一動都以畫面的方式呈現在想像中，我甚至經常聽到駱子貞叫李于晴閉嘴，或者看到程采總是滿臉為難而囁嚅著不曉得怎麼表達自己的模樣，也彷彿看到顏真旭老成的笑容。一邊任由無數個天馬行空的景幕不斷飄過，然後，不小心就完成了小說。而直到寫後記的這當下，我還沒空想書名，卻已經彷彿又看到續集的一開始，不是我要讓駱子貞怎麼樣，而是她根本超出了我的掌握，她一邊手握方向盤，大清早的，一邊開車等紅燈，一邊伸手端起杯架上的那杯熱咖啡，卡布奇諾的香味瀰漫車內。她啜了一口，辨認路徑，等號誌轉綠，要朝著去見闊別幾年不見的老友們的方向而去，四個人的故事將從這裡再次銜接……你們說，這個作者是不是已經病了，而且病得不輕？

預想這故事之初，我本沒有任何先入為主的打算，只是在網路上瀏覽瞎逛時，看到佛家所謂的貪、嗔、癡三毒，因為人性中的貪、嗔、癡，所以妨礙了修行之路，除此之外，又有「求不得」之苦。怎麼原來我們活在世界上，注定了就是擺脫不了這些嗎？什麼樣的人會貪得、什麼樣的人會癡迷、又怎樣的人總是嗔怒，以及何等人總處在求不得間？我當然不是鑽研佛學的清修高士，只是百無聊賴中，心裡生出一點好奇，於是轉念又想，能不能把貪嗔癡跟求不得都聚在一起，讓這些人住在同一個屋簷下，然後發生一點故事？

小說就是從這裡開始的，而我只是無意間讓最常嗔怒的駱子貞扮演了主導的角色，畢竟一個有資格嗔怒的人，應該最具領導力與影響力，否則誰還在乎她的嗔怒？而理所當然，楊韻之也好，程采也好，甚至姜圓圓也罷，她們自然就是貪求愛的人、癡於自我的人，以及求不得夢想的人。

但四個女生之外，活在夢幻裡的孟翔羽不癡嗎？耐心守候的李于晴不是求不得嗎？莊培誠不貪名嗎？連故事裡僅只出場幾次的徐倩如，她都具備了某些特質，而唯一一個得道的，也許只有步入天命之年的顏真旭而已。

佛家理論剖析了人生而不快樂的許多病根，當然不只這四項而已，但寫完一篇小說後，回頭瞧瞧這些故事人物，原來人人身上都有殘缺，殘缺可能導致人生的困頓與危厄，卻也才讓困頓危厄中依然不變的情誼，因此彌顯珍貴。任何人在這樣一篇描寫殘缺性格的故事裡，都可能發現某個人物或某些情境中，有彷彿自身縮影的地方，只是卻不免感嘆，自己未必能遇上那些故事裡始終守候陪伴的摯友或愛人。但你真的沒人陪或沒人愛嗎？

我並不因為這篇小說是歷年來那麼多次寫作中，最快完成的一篇，而產生對於滿意度的質疑，相反地卻覺得，這可能是十年來，又一次讓我自己感動不已的篇章。當然作者其實不該自賣自誇，但事實上，正因為同一個類型的小說寫多了，我們經常麻木，經常困囿在劇情如何與過往不同而導致的許多技術性障礙上，反令寫作本身的樂趣打了折扣。但這一回，儘管它肯定也會被挑剔出許多毛病，可是我自己覺得很爽，因為我總算又品嚐了一次因為想說一個故事而得到的無比樂趣。

「有些人花了一輩子時間，希望能跟他們朝思暮想的人更親近一些，卻永遠只能如星光與星光般，彼此照耀，而從無交會的一天；有些人又何其幸運，在交相輝映的同時，還能擁有彼此的心。」這是故事中，孟翔羽頭一次開口說話，說話對象是駱子貞。我自己很喜歡這段話，因為這就是整篇小說中，我唯一想表達的一件事。儘管誰都是帶著殘缺的性格活在這世界上，但希望我們都能學會珍惜，珍惜那些看似不起眼，卻始終陪伴在身邊的一切，因為就是這些殘缺的聚集，我們的生命才終於完整，我們每個人的花樣之年，也才從而精采了起來。

附帶說明的是，我後來終於領悟一個道理：初稿愈快寫完的故事，通常就意味著修稿將是無止盡的地獄折磨，十年前的《大度山之戀》我體驗過一次，但是沒有記得教訓；十年後的《花漾之年》，我果然又一次嚐到了代價。初稿修潤完成於二〇一四年的三月底，而第六次修稿完成時，距離二〇一五年只剩不到三天。將近一年，讓我有一種被自己逼瘋的感覺，連《花漾之年》這個故事篇名，都是在續集已經寫完前才想到的，而最後因為這個「漾」字的問題，我們又把書名再改成《凝望浮光的季節》。

看，果然衝太快的都沒好下場，下次我要慢慢寫，寫到如玉來我家敲門催稿為止（握拳）。

東燁二〇一四年十二月三十日

國家圖書館出版品預行編目資料

凝望浮光的季節——冬雨 / 東燁著. -- 初版. -- 臺北市：商周,
城邦文化出版：家庭傳媒城邦分公司發行, 民104.03
面； 公分. --（網路小說；243）
ISBN 978-986-272-748-5（平裝）

857.7　　　　104001349

# 凝望浮光的季節——冬雨

作　　者 / 東燁（穹風）
企畫選書人 / 楊如玉
責 任 編 輯 / 謝汝萱、楊如玉

版　　權 / 翁靜如
行 銷 業 務 / 李衍逸、黃崇華
總　編　輯 / 楊如玉
總　經　理 / 彭之琬
發　行　人 / 何飛鵬
法 律 顧 問 / 台英國際商務法律事務所 羅明通律師
出　　版 / 商周出版
城邦文化事業股份有限公司
台北市中山區民生東路二段141號9樓
電話：(02) 25007008　傳眞：(02)25007759
E-mail：bwp.service@cite.com.tw
Blog：http://bwp25007008.pixnet.net/blog
發　　行 / 英屬蓋曼群島商家庭傳媒股份有限公司城邦分公司
台北市中山區民生東路二段141號2樓
書虫客服服務專線：02-25007718・02-25007719
24小時傳眞專線：02-25001990・02-25001991
服務時間：週一至週五09:30-12:00・13:30-17:00
劃撥帳號：19863813　戶名：書虫股份有限公司
讀者服務信箱Email：service@readingclub.com.tw
歡迎光臨城邦讀書花園　網址：www.cite.com.tw
香港發行所 / 城邦（香港）出版集團有限公司
香港灣仔駱克道193號東超商業中心1樓
E-mail：hkcite@biznetvigator.com
電話：(852) 25086231　傳眞：(852) 25789337
馬新發行所 / 城邦（馬新）出版集團【Cite (M) Sdn. Bhd.】
41, Jalan Radin Anum, Bandar Baru Sri Petaling,
57000 Kuala Lumpur, Malaysia.
Tel: (603) 90578822　Fax: (603) 90576622

版 型 設 計 / 鍾瑩芳
封 面 設 計 / 黃聖文
電 腦 排 版 / 極翔企業有限公司
印　　刷 / 高典印刷有限公司
總　經　銷 / 高見文化行銷股份有限公司
電話：(02)26689005　傳眞：(02)26689790　客服專線：0800-055-365

■2015年 (民104年) 3月3日初版
定價200元

Printed in Taiwan

城邦讀書花園
www.cite.com.tw

 ISBN 978-986-272-748-5

商周出版

| | | | |
|---|---|---|---|
| 廣 | 告 | 回 | 函 |
| 北區郵政管理登記證 | | | |
| 北臺字第000791號 | | | |
| 郵資已付，免貼郵票 | | | |

104　台北市民生東路二段141號2樓

英屬蓋曼群島商家庭傳媒股份有限公司城邦分公司　收

請沿虛線對摺，謝謝！

商周出版

書號：BX4243　　書名：凝望浮光的季節——冬雨　　編碼：

請於此處用膠水黏貼

商周出版

# 讀者回函卡

不定期好禮相贈！
立即加入：商周出版
Facebook 粉絲團

**感謝您購買我們出版的書籍！請費心填寫此回函卡，我們將不定期寄上城邦集團最新的出版訊息。**

姓名：________________ 性別：☐男 ☐女

生日：西元________年________月________日

地址：________________

聯絡電話：________________ 傳真：________________

E-mail ：

學歷：☐ 1. 小學 ☐ 2. 國中 ☐ 3. 高中 ☐ 4. 大學 ☐ 5. 研究所以上

職業：☐ 1. 學生 ☐ 2. 軍公教 ☐ 3. 服務 ☐ 4. 金融 ☐ 5. 製造 ☐ 6. 資訊

☐ 7. 傳播 ☐ 8. 自由業 ☐ 9. 農漁牧 ☐ 10. 家管 ☐ 11. 退休

☐ 12. 其他________________

您從何種方式得知本書消息？

☐ 1. 書店 ☐ 2. 網路 ☐ 3. 報紙 ☐ 4. 雜誌 ☐ 5. 廣播 ☐ 6. 電視

☐ 7. 親友推薦 ☐ 8. 其他________________

您通常以何種方式購書？

☐ 1. 書店 ☐ 2. 網路 ☐ 3. 傳真訂購 ☐ 4. 郵局劃撥 ☐ 5. 其他______

您喜歡閱讀那些類別的書籍？

☐ 1. 財經商業 ☐ 2. 自然科學 ☐ 3. 歷史 ☐ 4. 法律 ☐ 5. 文學

☐ 6. 休閒旅遊 ☐ 7. 小說 ☐ 8. 人物傳記 ☐ 9. 生活、勵志 ☐ 10. 其他

對我們的建議：________________

________________

________________

【為提供訂購、行銷、客戶管理或其他合於營業登記項目或章程所定業務之目的，城邦出版人集團（即英屬蓋曼群島商家庭傳媒（股）公司城邦分公司、城邦文化事業（股）公司），於本集團之營運期間及地區內，將以電郵、傳真、電話、簡訊、郵寄或其他公告方式利用您提供之資料（資料類別：C001、C002、C003、C011 等）。利用對象除本集團外，亦可能包括相關服務的協力機構。如您有依個資法第三條或其他需服務之處，得致電本公司客服中心電話 02-25007718 請求協助。相關資料如為非必要項目，不提供亦不影響您的權益。】

1.C001 辨識個人者：如消費者之姓名、地址、電話、電子郵件等資訊。
2.C002 辨識財務者：如信用卡或轉帳帳戶資訊。
3.C003 政府資料中之辨識者：如身分證字號或護照號碼（外國人）。
4.C011 個人描述：如性別、國籍、出生年月日。

請於此處用膠水黏貼